Mi vida lejos de mí

Ana Guiu, Ainhoa Berganza
y Eider Madariaga

ALREVÉS
BARCELONA 2013

Primera edición: marzo de 2013

Publicado por:
EDITORIAL ALREVÉS, S.L.
Passeig de Manuel Girona, 52 5è 5a
08034 Barcelona
info@alreveseditorial.com
www.alreveseditorial.com

Printed in Spain
ISBN: 978-84-15098-88-1
Código IBIC: VS
Depósito legal: B. 5284-2013

Diseño de portada: © Book & Look / EM

Impresión: Ulzama Digital

A nuestras madres María Jesús, Laura y Asun
A nuestras hijas Laia y Lur
A todas las mujeres que habitan en nosotras

1

Me levanto de la cama muy temprano. Me calzo las zapatillas y camino de puntillas por el pasillo en dirección a la cocina a medida que me abrocho la bata. No quiero despertar a Jordi y a los niños. Es el único momento del día en que puedo disfrutar de un poco de paz. Necesito este rato de silencio para despejar mi mente, mientras me apresuro a preparar los desayunos y mochilas de Laia y Marc, como cada mañana.

Todavía medio adormilada, termino de colocar los tazones con cereales, los zumos de naranja y las tostadas, y el almuerzo que devorarán en el recreo. Aún dispongo de unos minutos de tranquilidad. Cruzo los dedos para que, por una vez, Laia y Marc no se peleen, lleguemos al colegio en tiempo récord y no se repita la tortura de todos los días. ¿Es tanto pedir? Ahora mismo siento que cuadrar mi vida personal y profesional es mucho más complicado que alcanzar la cima del Everest.

La paz dura pocos minutos porque Marc se despierta y, como cada mañana, reclama mi atención entre mimos. Voy hacia la habitación y lo saco a besos de la cama, como a él le gusta. Acto seguido, me acerco a la cama de Laia, que levanta sus pequeños brazos para recibir la misma ración de afecto que su hermano. Todavía tiene celos.

—¡Hola, mami! —Se agarra a mi cuello con una fuerza que no sé de dónde saca, en cuanto me acerco a darle un beso.

—¡Hola, cariño!

Mientras cargo con Marc en brazos, cojo a Laia de la mano y me los llevo a la cocina para iniciar el ritual del desayuno. Laia, sin demasiadas ganas, coge el vaso de zumo y, como si de un pajarito se tratase, pega el primer sorbo con el que parece saciarse para el resto del día. Durante cinco minutos se dedica a mirar y manosear su tostada untada en mantequilla y mermelada sin decidirse a comerla. Sus cereales flotan casi desintegrados en el bol de leche. Me desespero, pero procuro contenerme respirando profundamente.

—Laia, por favor, date prisa y ayuda a mamá a llegar pronto al cole.

Mientras acaba su desayuno, aprovecho para vestir a Marc, un pequeño glotón que, a diferencia de su hermana, hace tiempo que ha terminado.

Al regresar, encuentro a Laia exactamente igual. Sin haber tocado la tostada y con el zumo en el mismo punto, ha encendido la tele y contempla embobada una de las últimas andanzas de *Las tres mellizas*, sus dibujos animados favoritos. Está claro que esta niña pone a prueba mis nervios:

—Hija mía, ¿en qué idioma te lo tengo que decir? ¿Quieres hacer el favor de terminarte el desayuno de una vez?

Con el susto, da un codazo al vaso de zumo, que, en cuestión de segundos, se desploma en añicos. La mesa, el suelo... Todo se ha puesto perdido. Al traste mis súplicas por una mañana tranquila. Noto que la ira se apodera de mí y empiezo a gritar como una loca, mientras Marc llora asustado y Laia me mira con cara de «estás como una cabra».

Me arrodillo para recoger los cristales y secar el suelo, cuando aparece Jordi.

—Pero ¿qué pasa aquí? —pregunta despreocupado.

Sin hacer amago de echarme una mano, cruza el charco de zumo de puntillas y va directo a prepararse un café con leche. No doy crédito a su actitud. Recuerdo cuando éramos novios. Se levantaba a prepararme el desayuno y me daba los buenos días entre besos y abrazos. ¿Qué hay de aquel Jordi que conocí? No veo rastro de él por ningún lado.

—Como ya veo que no estás por la labor de ayudarme a limpiar, encárgate al menos de que tu hija termine el desayuno —le digo sin poder controlar mi rabia.

Sin darse por aludido, se dirige a Laia:

—Venga cariño, que ya eres mayorcita.

—Es que la tostada no me gusta —responde su ojito derecho.

—Venga, va, la comemos entre los dos.

—¡Vale, papi! —exclama Laia, con entusiasmo.

La solución de Jordi consiste en comerse tres cuartas partes de la tostada, mientras la niña ríe sus gracias y contempla atónita los enormes bocados con los que su padre pone fin a su problema. Laia inicia la jornada con un minúsculo trozo de tostada en su estómago. Decido, una vez más, obviar el episodio y añadir un paquete de galletas de chocolate a su mochila. A la hora del recreo tendrá un hambre voraz.

Las obligaciones familiares no parecen ir con Jordi, que, como cada mañana, sale en estampida hacia el trabajo, como si los niños y yo le diéramos alergia. Siempre tiene cirugías de vida o muerte. Tengo la sensación de que son su pretexto para desentenderse de los problemas de casa. Aprovecho que Marc ojea *La culebra viajera*, el libro que mi hermano Jan les ha traído de uno de sus últimos viajes a Buenos Aires, y que Laia sigue enganchada a *Las tres mellizas* para vestirme. Me enfundo en mi uniforme de batalla: un traje gris oscuro que considero mi comodín de armario. Últimamente no tengo demasiada imaginación para vestirme, y me saca de apuros a menudo. Me miro en el espejo, mientras coloco las solapas de la camisa sobre la chaqueta. En mi vida me había visto con peor cara. La Beth que me devuelve el espejo me genera un rechazo absoluto. Tengo claro que si fuera un hombre, yo no sería la mujer a la que cortejaría.

El profundo llanto de Marc me devuelve a la realidad. Corro hacia el salón y descubro a Laia en pleno ataque de celos, rompiendo en pedazos *La culebra viajera*. Podría estallar en gritos, como hace un rato, pero me contengo.

—Laia, pero ¿qué estás haciendo?

—¡El libro es mío! ¡Me lo regaló el tío Jan!

—¡El libro es de los dos y lo estaba viendo tu hermano! ¡Me tienes harta, Laia! ¡Castigada dos días sin *Las tres mellizas*! —le digo a sabiendas de que mi decisión le dolerá.

—¡No, por favor, mami, no! —llora Laia, con desconsuelo.

—No quiero discutir más, Laia. Estoy muy enfadada contigo y quiero que le pidas ahora mismo perdón a tu hermano —exclamo con la mayor gravedad que mi tono de voz me permite.

Despido a los niños en la puerta del colegio y emprendo el camino hacia el trabajo. La A-2 vuelve a estar congestionada. Enciendo mi cigarro de rigor, que absorbo a grandes caladas. ¡Menuda mañana gloriosa! Ni queriendo hubiera resultado peor. Y tener que ir al trabajo es lo que menos me apetece. Se me revuelve el estómago de solo pensarlo. Llevo trabajando los últimos doce años en la misma empresa y hace tiempo que no me motiva lo que hago. Soy la responsable del área de Formación y cuento con un equipo de cuatro personas a mi cargo. Cada cual conoce como la palma de su mano cuáles son sus obligaciones, y el equipo funciona de manera mecánica. Así que mi día a día transcurre sin demasiadas sorpresas, y por qué no decirlo: sin emoción alguna.

Sobre las once de la mañana, después de haber asistido a una reunión y responder a la mayor parte de los correos almacenados en la bandeja de entrada, voy a la máquina a comprarme un bollo para desayunar y aprovecho para sacarme el segundo café del día. Huelga decir que su calidad es considerablemente inferior al que me he tomado a primera hora de la mañana. Suelo decir para mis adentros que es radiactivo y que, de tanto tomarlo, un día me saldrá un tercer ojo en la frente. En cualquier caso, prefiero tomarlo a tener que compartirlo junto al resto de mi equipo. Ahora mismo no soy precisamente un animal social. Estoy tan desconectada de todo y de todos que me siento más a gusto en soledad.

La jornada se desarrolla lenta y sin novedad. Resuelvo unas pocas cuestiones administrativas, con la sensación de estar a medio gas. Hace unos años hubiera hecho cuatro veces lo que hoy hago en una jornada de trabajo. Pensando en el por qué de mi bajo rendimiento, cuando miro la hora constato que se me ha hecho tarde para recoger a los niños del colegio. Apago el ordenador y me despido de la gente. En vista del poco entusiasmo con que me responden, pienso que si mañana me tragara la tierra no me echarían de menos. ¿Los habré contagiado con mi apatía?

Me dirijo al aparcamiento. Llueve. Llego hasta el coche a toda prisa, busco las llaves en el bolso y no las encuentro. De solo pensar que, con este día, Laia y Marc me estén esperando y ser la última madre en ir a buscar a sus hijos, me invade una terrible angustia. ¿Dónde habré metido las llaves? ¿En qué me he equivocado para que me salga todo tan mal? Arrojo con brusquedad el contenido del bolso al suelo, hasta que las encuentro.

El sonido del motor me relaja. Llueve sin descanso. El limpiaparabrisas, que parece no dar abasto para retirar el inmenso volumen de agua, me hipnotiza con su movimiento rítmico. Recuerdo que deberemos pasar por el supermercado porque la nevera está vacía. Absorta en mis pensamientos, el coche de detrás me pita. Arranco y tomo el camino hacia el colegio.

2

—Mami, ¿jugamos a muñecas? —me pide Laia, a gritos, desde el cuarto de juegos.

—Ahora no puedo, hija, estoy preparando la cena. Ven tú —respondo desde la cocina.

Me encantaría desentenderme de las tareas del hogar y jugar con mi hija, tal y como rogaba que mi madre hiciera conmigo cuando era pequeña. No entendía que nunca tuviera tiempo para mí e, ironías de la vida, ahora soy yo la que reproduce su comportamiento. No puedo evitar sentirme culpable por ello.

La verdad es que hemos pasado una tarde de infeliz recuerdo porque a Marc le ha subido la fiebre repentinamente y nos hemos ido a Urgencias. La espera ha sido interminable. Lo he tenido en brazos todo el rato y ha sido como estar abrazada a una estufa porque desprendía un calor tremendo. La pobre Laia se ha aburrido como una ostra. Entre eso y que se siente como una reina destronada desde que su hermano llegó al mundo hace ya dos años, hoy no ha sido su mejor día. Tampoco el mío.

—¿Cuándo vendrá papi? —me pregunta Laia, mientras pongo a hervir un poco de arroz.

—Dentro de poco, cariño —la consuelo, sin saber realmente a qué hora aparecerá.

Con la inocente pregunta de Laia, me enciendo. Hoy me he vuelto a ver sola. Fue Jordi quien insistió en que tuviéramos un hijo. Su deseo era tan grande que creía que aquello lo convertiría automáticamente en el mejor padre del mundo, pero me equivocaba. Con el tiempo se ha convertido en un virtuoso malabarista del escaqueo. Sus compromisos profesionales lo son todo para él y su escala de prioridades nada tiene que ver con la mía. Siento que un abismo nos separa y procuro salvar esa distancia a diario, pero me desgasto en el intento. Hace tanto tiempo que no mantenemos una conversación adulta, que cuando llega a casa no sé de qué hablar con él. Hay tantas cosas que debería contarle que no sé por dónde empezar. Me da pereza.

Si existiera un botón para borrar las últimas semanas de mi vida, lo pulsaría. Y no me refiero solo a mi descontento con Jordi. Parece que el resto de parcelas de mi vida están tocadas por el mal fario. Últimamente, los niños están siempre enfermos. Laia ha estado con anginas y bronquitis y a Marc es ya la segunda vez que le sube la fiebre. Y mi trabajo... De solo pensarlo me pongo mala. La desmotivación que arrastro desde hace tiempo me ha convertido en un ser inepto e incompetente. ¡Buff! Cada vez que pienso en la conversación que mantuvimos el otro día Carmen y yo, la palabra bochorno se queda corta.

Carmen es mi jefa y hacía tiempo que me había enviado una convocatoria para la revisión anual de mis objetivos. Era miércoles y a media mañana sonó el teléfono con insistencia. Estuve a punto de no descolgar el aparato pensando que el tema no revestía mayor importancia, pero, guiada por una especie de sexto sentido, lo hice. Era Carmen.

—Beth, llevo cinco minutos esperándote en la Sala Roja.

Habíamos quedado para hacer la revisión anual de tus objetivos, ¿recuerdas? —me soltó con voz cortante.

—Ay... Sí, sí... ¡Claro!... Un minuto. ¡Ya voy! —respondí absolutamente desubicada. ¿Cómo se me había podido pasar? Revisé mi agenda de inmediato, y, efectivamente, lo tenía anotado. Otro despiste.

—En un minuto te quiero ver aquí. Sabes que detesto la impuntualidad y no quiero perder más tiempo; tengo muchas cosas que hacer.

—Sí, sí, ya voy.

Colgué e inmediatamente me dirigí a la Sala Roja.

Al entrar me di cuenta de que no había cogido ni libreta ni folios para tomar notas. Apenas recordaba cuáles eran los objetivos que me habían marcado para este año, pero sabía que no los había alcanzado. Me sentía indefensa porque llegaba sin ninguna preparación a la reunión. Confesarlo encendería a Carmen más aún, así que opté por fingir.

—Hola, Beth. Si te parece, vamos al grano. —Carmen estaba muy seria.

—Claro, sí... Es lo mejor —respondí, intentando ocultar mi nerviosismo.

—¿Te has revisado los objetivos que habíamos propuesto para este año y el grado de cumplimiento de los mismos?

—Sí —mentí.

—¿Y?

—... —Su pregunta me pilló fuera de juego y no supe qué responder.

Carmen tomó la palabra:

—Nos habíamos fijado tres objetivos: organizar veinte talleres internos de formación para el personal base y los mandos intermedios; impartir cinco cursos de habilidades directivas a mandos medios de la compañía; y por último, diseñar un catálogo formativo para el próximo año con el fin de que la plantilla conozca cuál es la oferta de cursos que ponemos a su disposición desde el área de Formación —leyó Carmen—. ¿Recuerdas?

—Sí, claro... —volví a mentir. Sabía que inmediatamente después me hablaría acerca del grado de consecución de los mismos. La cara me ardía del sofoco.

—Pues bien, Beth. Según mis datos, has propuesto y ejecutado solamente diez talleres, has impartido un solo curso y el catálogo formativo brilla por su ausencia —dijo Carmen, tajante. Su voz borraba cualquier rastro de compasión.

—Sí, Carmen... Reconozco que no ha sido un buen año —confesé. Mi jefa me miraba fijamente a los ojos, pero fui incapaz de sostenerle la mirada.

—Y ¿por qué no has pedido ayuda? Sabes que cuentas con un equipo de gente que puede ayudarte a alcanzar los objetivos establecidos. Y yo siempre estaré dispuesta a echarte un cable, y lo sabes.

—Sí, Carmen, lo sé, pero no es nada fácil liderar la formación en esta empresa. La gente es reacia a recibir formación interna y prefiere apuntarse a cursos externos. —Mis manos sudaban.

—Excusas, Beth. Esto lo sabemos desde hace tiempo, y por ese motivo impulsamos un Plan de Formación Interna que nos permitiera ahorrar costes y potenciar la cohesión de la plantilla.

—Ya, pero... —Intentaba justificarme, pero Carmen no me dio opción.

—Ni pero ni nada, Beth. ¿Sabes de qué va todo esto? De las ganas que le pongas al asunto. De tu grado de entusiasmo. Porque cuando uno quiere que las cosas salgan, las cosas salen. Y tú lo sabes.

—Sí, lo sé.

—Beth, estos resultados no hay por dónde cogerlos. El año

pasado tampoco llegaste a los objetivos, pero los de este año han sido mucho peores aún.

—No puedo rebatirte lo que me estás diciendo, Carmen. No sé cómo he llegado a esta situación —volví a reconocer.

Mis ojos estaban a punto de estallar en lágrimas. ¿Qué me había pasado? ¿En quién me había convertido? Yo, que siempre había sido tan crítica con el trabajo de los demás, merecía ser juzgada con la misma dureza con que en el pasado lo hice con aquellos a los que consideraba poco eficaces.

—Sabes que con estos resultados —prosiguió Carmen— no te podemos dar la parte variable.

—Vale —acordé. ¿Acaso se lo podía rebatir?

—Los ultimátums no van conmigo, Beth, pero quiero un departamento potente de Recursos Humanos con gente implicada y necesito saber si puedo contar contigo. Te invito a que reflexiones acerca de este asunto —concluyó Carmen.

Vuelvo a sonrojarme al recordar la escena. Cuento con todo a mi favor: un presupuesto para acometer retos de envergadura, el apoyo de Carmen y de la dirección general y un equipo de buenos profesionales a mi cargo. Así que alcanzar los objetivos fijados debería haberme resultado sencillo. Siento que he agotado todas las oportunidades que la empresa me ha servido en bandeja. Carmen me presentará los objetivos de cara al próximo ejercicio y no sé qué haré. No tengo fuerzas ni ganas para llevarlos a cabo.

Escucho la puerta. Es Jordi. Laia se levanta y corre a recibirlo. Tiene cara de estar agotado. «Ilusa —pienso—, si creías que podías relajarte lo tienes claro.» Pasa por delante de mí con un inexpresivo «hola, qué tal» sin darme un beso, ni tan siquiera dignarse a mirarme a los ojos. Se dirige al salón, se deja caer en la butaca y enciende la televisión.

—¿Cómo ha ido el día? —pregunto. Mi esfuerzo por intentar comunicarnos resulta en vano.

—Bien. Sin parar —me responde escuetamente, sin darme pie a más.

Me hubiera gustado decirle que hemos pasado la tarde en Urgencias. Que sus hijos lo necesitan y yo también, pero siento que el esfuerzo es inútil. Me acerco a la habitación de los niños y le pongo a Marc la mano en la frente. La fiebre ha bajado.

3

Son las 20.30 horas. Llevo un rato largo en casa con los niños. Los he bañado, dado de cenar, y ahora toca contarles un cuento antes de dormir, con el que daré por finalizadas mis obligaciones como madre por hoy.

—Laia, Marc, a la cama —ordeno sin éxito alguno—. Laia, va —insisto—, que se note que eres la mayor. ¡A la cama!

Parece que mis palabras han surtido efecto. Laia ha cogido carrerilla y atraviesa el pasillo a todo correr para ser la primera en llegar a la cama. Tengo la sensación de que es un intento desesperado de recuperar su trono de reina. Marc intenta alcanzarla con una cara de velocidad que me despierta una de las pocas sonrisas de las últimas semanas. Cuando llego a la habitación los veo saltando en sus camas como locos y riendo a carcajada limpia. Creía que con el baño caerían redondos, pero nada más lejos de la realidad. Están completamente pasados de rosca e intuyo que me costará dormirlos.

—Chicos, a la cama —digo, mientras Laia y Marc continúan a lo suyo—. O me hacéis caso o no hay cuento. ¡A la de una, a la de dos, a la de...! —Antes de que pueda pronunciar el tres, los niños se meten de un brinco en la cama. La técnica de la cuenta atrás resulta infalible.

Les leo *El gigante egoísta* de Oscar Wilde, un cuento que me trae muchos recuerdos. A mi madre le gustaba leérmelo cuando era pequeña y cada vez que lo hacía terminaba llorando. Nunca entendí el por qué de sus lágrimas, hasta que me hice mayor. ¡Cuánto la echo de menos!

Suena mi iPhone. Tengo un mensaje de Jan: «Estos chinos son duros de pelar, pero la conferencia ha ido rodada. ¡Me encanta Pekín! ¿Skype?». «Dame veinte minutos», respondo.

—¿Sabéis que vuestro tío Jan está en Pekín? —les digo a los niños.

—¿Kín? —pregunta Marc, que como un lorito repite la última sílaba de todo lo que escucha.

—Sí, cariño, es una ciudad de China.

—Y ¿dónde está eso? —Ahora es Laia quien pregunta.

—¡Uy! Eso está —y abro mis brazos todo lo que puedo para que se percaten de la magnitud de la distancia— muy, muy, muy, muy lejos.

—Pero yo quiero que vuelva —me dice Laia, con los ojos llenos de lágrimas, pensando que no verá a su tío nunca más.

—Que esté lejos no significa que no lo vuelvas a ver —le explico—. Pasado mañana cogerá un avión y enseguida podréis estar con él.

Les doy las buenas noches a cada uno y apago la luz. Antes de llamar a Jan me preparo una taza de leche caliente con miel que tanto me gusta tomar por las noches y cojo un par de onzas de chocolate del armario que me meto en la boca según voy hacia el salón. Me siento frente al ordenador y me conecto a Skype. ¡Qué ganas de hablar con él! Siento que es el único que me escucha y me entiende, algo de lo que ando tan necesitada ahora mismo.

—Jan, ¿me oyes? —pregunto, sin respuesta al otro lado de la línea—. ¡Eoooo! —insisto.

—¡Qué pasa, hermanita!

—¡Jan! —exclamo con entusiasmo—. ¿Qué tal por China?

—Muy contento, la verdad. El país me ha sorprendido gratamente y estoy conociendo a gente muy interesante. Hoy, sin ir más lejos, he comido con el director general de una multinacional de aquí y me ha dado consejos muy útiles para hacer negocios en el país. Está claro que viajar enriquece y mucho.

—Suena bien.

—¿Bien? Muy bien, diría yo. —Su puntualización me molesta—. Mañana me voy a la Muralla China y por la tarde visitaré el distrito artístico 798, del que todo el mundo habla maravillas.

—¡Menuda vida! Tú por ahí y el resto del mundo, aquí, currando —le digo sin poder evitar morderme la lengua. Me arrepiento de inmediato.

—Beth, eso ha sonado a reproche.

—Perdona, Jan, es que estoy de bajón.

—¿Por qué? ¿Qué te pasa?

—La semana pasada mi jefa me reunió para hacer un repaso de los objetivos que me marcaron para este año y no he alcanzado ninguno. Me ha dado un ultimátum... Voy de mal en peor, a diferencia de ti, que cada vez que hablo contigo tu vida parece de revista.

—Pero, tía, ¿cuántas veces tengo que decirte que te largues de ese curro? ¿Cuántos años llevas haciendo lo mismo? ¿Te suena de algo la palabra reinvención? Beth, la vida son dos días y uno ya ha pasado. Estás a punto de cumplir los cuarenta. ¡No dejes que pasen los años porque llegará un día que será demasiado tarde para cambiar y no te lo perdonarás!

—Habló don Perfecto.

—No, Beth, no se trata de eso. Se trata de ti. Ahora mismo no estás contenta en tu puesto y eso te está mermando. ¡Parece que no quieres verlo!

—No es cierto, Jan. Me gusta mi trabajo —le digo sin creérmelo en absoluto—. Lo único que, últimamente, no estoy en mi mejor momento. No sé qué me pasa. Es como si me hubieran chupado toda la energía. No tengo ganas de nada. Siento que toda mi vida está cuesta arriba.

—¿Y Jordi? Con una cirugía de vida o muerte para no variar, ¿no? Mira, Beth, ¡D-E-S-P-I-E-R-T-A! Lo de Jordi es para echarle de comer aparte. Tienes un marido que no te merece.

—Te equivocas. Jordi tiene muchas cosas buenas —replico sin convicción.

—¡Faltaría más, todos las tenemos! Pero reconoce que no está dando la talla por ningún lado.

—Jan, no me apetece hablar de esto ahora. Suena todo muy fácil en boca de alguien en cuya vida no existen responsabilidades.

—Estás siendo injusta con quien más te quiere, Beth. No te tomes un buen consejo como un ataque personal ni me culpes porque las cosas me vayan bien. La única diferencia entre tú y yo es que yo vivo la vida que quiero y tú no.

—Ya he tenido bastante por hoy. —Cuelgo inmediatamente sin darle opción a seguir.

Un sentimiento de mezquindad se apodera de mí y me arrepiento profundamente de lo que acabo de hacer. No estoy preparada para escuchar las verdades de Jan. Soy consciente de que tiene razón y que siempre procura ayudarme con sus consejos, pero ahora mismo sus palabras me escuecen como si me pusieran sal sobre una herida abierta.

Jordi, el trabajo... ¿Y ahora Jan? Siento que me falta el oxígeno y me abrazo a un cojín con todas mis fuerzas para llorar con desconsuelo. Estoy completamente perdida y desorientada. No sé cómo reconducir mi vida.

Al cabo de un rato, cuando creo haber agotado las existencias de agua de mi cuerpo de tanto llorar, vuelvo a recuperar la calma. Tomo mi iPhone y escribo: «Perdona, Jan. Gracias por estar ahí. Sabes que te quiero».

«Yo vivo la vida que quiero y tú no. Yo vivo la vida que quiero y tú no. Yo vivo la vida que quiero y tú no.» Ha transcurrido un largo rato desde nuestra conversación, pero sus palabras siguen retumbando en mi cabeza sin cesar. ¿Me gusta realmente la vida que llevo? Actúo de manera tan mecánica que ni me lo había planteado. Quizás Jan esté en lo cierto.

4

—Entonces, Beth, ¿qué objetivo te gustaría alcanzar?

—No lo sé. Me siento perdida. Sé que tengo cosas que cambiar en mi vida, pero no sé por dónde empezar. Llevo mucho tiempo abandonada y no tengo claro quién soy. No me reconozco.

—¿Qué te parece «creer más en mí»?

—Me parece bien. Pero además de eso, me gustaría estar contenta con mi vida.

—¿Ser más feliz?

—Exacto.

—Perfecto, «ser más feliz» será entonces el objetivo de nuestro viaje. ¿Cómo sabrás que lo has alcanzado?

—Lo sentiré. Me despertaré por las mañanas con ilusión y ganas de hacer cosas. Hace tiempo que mi vida no es así.

—Muy bien. Si te parece, como punto de partida, te voy a contar la historia del águila entre polluelos:[1]

»Un águila nació en un gallinero y fue creciendo con los pollitos. Se sentía muy a gusto en aquel ambiente, donde no le falta-

1. Oriol Pujol, *Nada por obligación, todo con ilusión*, Editorial Amat.

ba comida para comer ni agua para beber. El águila fue creciendo, y, un buen día, un guarda del bosque visitó el gallinero y vio el águila en medio de pollitos. Extrañado le preguntó: "¿Tú qué haces aquí si has nacido para volar en las alturas?". El águila se limitó a contestar: "Yo estoy muy bien aquí. Tengo todo lo que necesito y los pollitos no se pelean conmigo". El guarda se marchó. Transcurridos unos seis meses, el águila se había desarrollado y era ya mucho más alta que las gallinas y los pollos. El guarda del bosque apareció por allí otra vez y, al darse cuenta de que el águila estaba todavía en el gallinero, le volvió a preguntar: "Águila, ¿qué haces aquí? Tú has nacido para volar en las alturas, por encima de las montañas. Vente conmigo y aprenderás a volar". Esta vez el águila se animó a salir del gallinero y se posó sobre su brazo extendido. Los dos subieron a la cima de una colina cercana. El guarda del bosque la invitó a sostenerse en su brazo. El águila, por primera vez, empezó a volar; a los pocos segundos regresó al punto de partida. Se animó a intentarlo una segunda vez y voló más rato, y finalmente regresó. El guarda le repitió: "Águila: has nacido para volar". Y el águila empezó a volar y a volar y ya nunca más regresó al gallinero.

»Imagina que eres el águila de la historia, Beth. ¿En qué etapa de tu vida estarías?

—¡Buff! —resopla—. Sin duda, en el gallinero, y la idea de poder salir de aquí me resulta muy lejana. Para serte sincera, lo veo complicado.

—Menos de lo que imaginas, Beth. Si te parece, utilizaremos esta historia como referente en el proceso que vamos a iniciar para ver cómo vas evolucionando.

—De acuerdo, aunque te adelanto que llevo muchos años en el gallinero y todo me resulta cuesta arriba.

—Y ¿para qué estás aquí? —pregunta Virginia, sonriendo.

—Lo único que sé es que ya no aguanto más tiempo así —responde Beth, al borde de las lágrimas.

—Créeme, Beth: lo conseguirás. Y no temas, que voy a acompañarte.

—Gracias, Virginia.

—Nos vemos dentro de quince días.

—De acuerdo.

Salgo de la consulta de Virginia en Mestre Nicolau. Es miércoles y diluvia en Barcelona. ¿Puede haber un cóctel peor para empezar el día? El invierno parece haberse instalado por sorpresa en la ciudad, pues de la noche a la mañana la temperatura ha dado un brusco giro y hace un frío horrible. El tráfico de la Diagonal está especialmente denso debido al mal tiempo y llego muy tarde a la oficina. ¿Habré vuelto a olvidar una reunión importante? Presa del pánico, reviso la agenda y respiro aliviada al comprobar que he quedado con Marta, una formadora *freelance* que trabaja con mi empresa desde hace varios años. Desde el primer momento me cayó bien y es una de las personas de mi entorno laboral con las que mejor me entiendo. Quizás porque me recuerda a Jan. Es una tía divertida, abierta y valiente. Trabajaba en una multinacional con un salario y unas condiciones laborales envidiables a las que renunció para establecerse como autónoma. De esto hará ya unos años y desde entonces dice que es más feliz que nunca.

Cojo el cuaderno y me dirijo a la Sala Verde, donde Marta, radiante, me recibe con una sonrisa, a la que mi cara, de forma automática, le responde con otra. Tan pronto resolvemos algunas cuestiones de formación que teníamos pendientes, me pregunta por Jordi y los niños. Marta y su chico de momento no tienen hijos y les encanta viajar. Siempre le pregunto acerca de sus viajes.

—Dame envidia, Marta. ¿Qué viaje estáis planeando?

—¡Me has leído la mente! ¡Te iba a comentar que el viernes nos vamos a África!

—¿África? ¡Qué maravilla!

—Sí, es un continente que aún no conocemos y desde hace tiempo queremos ir.

—¿Para cuánto tiempo?

—Un par de semanas. Visitaremos Kenia y Tanzania, con safari incluido.

Siento una punzada en el estómago al constatar lo lejos que está mi vida de pareja de la suya. Hace más de siete años que Jordi y yo no nos vamos solos de viaje. Si al menos saliéramos a cenar o fuéramos al cine con cierta regularidad... Pero no es el caso. ¿Dos semanas solos de viaje? Imposible. Jordi antepondría su trabajo a cualquier plan de pareja que pudiera proponerle.

—Tu vida suena realmente bien, Marta.

—Reconozco que soy muy afortunada. Desde que me he independizado profesionalmente, mi vida ha dado un giro radical. Fue una decisión clave e influyó en el resto de parcelas de mi vida. Sé que lo he dicho en varias ocasiones, pero es verdad: desde entonces soy feliz.

—Y te lo mereces. Tomaste una decisión muy valiente. Yo no sería capaz.

—Hombre, reconozco que no fue fácil tomarla, pero creo que es una de las mejores cosas que he hecho en la vida. Nadie tiene que decirme qué hacer, y para mí esa libertad no tiene precio.

Hablar con Marta me suele provocar la misma sensación que hacerlo con Jan: me encanta pero revuelve. Mi vida al lado de la suya resulta miserable a todas luces.

A las once me despido de ella. Lástima no poder alargar más nuestra reunión. Siempre que estamos juntas, el tiempo se me pasa volando. Antes de incorporarme a mi sitio paso por la máquina de café porque necesito cargar pilas para realizar el trabajo que me espera durante el resto del día. Al volver a mi mesa, encuentro a Carmen esperándome.

—Beth, ¿recuerdas el curso sobre habilidades directivas que te encargué para el lunes?

—... Sí —vacilo.

—Pues me lo piden para hoy, así que necesito tenerlo a la una en mi despacho.

—Carmen, sabes que lo que puedo preparar en dos horas no es digno de ser presentado.

—Seguro que sí, Beth. Apáñate como quieras, pero a la una lo quiero encima de mi mesa.

Teniendo en cuenta que es miércoles y que el día de la presentación del curso que me pide Carmen iba a ser el lunes, podría tenerlo mucho más avanzado de lo que lo tengo, pero la desmotivación me lleva a dejar todos los proyectos para última hora. El poso de alegría que me ha dejado la visita de Marta pronto se desvanece y una nueva sensación de angustia me invade. Tengo claro que los pésimos resultados obtenidos actúan en mi contra y no me dejan margen de maniobra. Carmen se muestra inflexible, y en parte tiene razón. Procuro concentrarme y empiezo a desarrollar el contenido del curso a medida que unas lágrimas de impotencia se deslizan por mi rostro.

A la una en punto dejo el manual del curso en la mesa de Carmen. Decido salir de la oficina y darme una vuelta por la ciudad para airearme un poco. Cojo un taxi y me dirijo al Parc de la Ciutadella, uno de mis rincones favoritos en Barcelona. Es alegre, está lleno de gente joven y me trae muy buenos recuerdos. Jordi y yo veníamos a menudo durante nuestro noviazgo. Cogíamos algo para comer y nos pasábamos la tarde tirados en la hierba diciéndonos lo mucho que nos queríamos.

Decido sentarme en un banco y me distraigo por un momento viendo a la gente pasar. Una pareja de enamorados, con los dedos entrelazados y comiéndose a besos a cada paso, llama mi atención. ¡Cómo me gustaría poder vivir ahora esa montaña rusa de emociones! ¿En qué momento me bajé de ella? Jordi y yo, en el pasado, un pasado tan lejano que se desdibuja en mi mente, estábamos igual. ¿Dónde han quedado aquellos besos que me daba? Prácticamente no hacemos el amor. No recuerdo cuándo fue la última vez que lo hicimos. Estamos siempre tan agotados que optamos por apagar la luz y esperar a que amanezca un nuevo día.

La lluvia me sorprende en mitad del parque sin nada con lo que protegerme. No hago nada por ponerme a salvo de ella. Completamente empapada, las palabras de Jan vuelven a resonar en mi interior: «Yo vivo la vida que quiero y tú no. Yo vivo la vida que quiero y tú no. Yo vivo la vida que quiero y tú no».

5

Nada más aterrizar en la oficina, Carmen me ha llamado a su despacho.

—Siéntate, por favor.

Tomo asiento algo angustiada. Desconozco por qué motivo me ha citado.

—He estado echando un vistazo al curso de habilidades directivas que te pedí ayer, y no está mal, pero creo que es mejorable —comenta.

Buff. No está mal. Podría haber sido mucho peor.

—Creo que deberías darle una vuelta al contenido de la mañana. Sobre todo a la parte referida a la escucha empática y a la asertividad. Debería ser algo más dinámico, así que podrías sugerir actividades para poner en práctica los conceptos explicados en el aula.

—¿Para cuándo lo necesitas? —pregunto recordando que hoy a las cuatro tengo cita con el pediatra. Marc se ha vuelto a poner enfermo.

—A las tres.

—De acuerdo.

Carmen se gira hacia la pantalla de su ordenador, con lo que me invita a que desaparezca de su despacho. Incluir sus sugerencias en el curso me llevará un buen rato. Tendré que correr para llegar a tiempo al médico. Antes de ponerme a redactar llamo a Rosalía, la canguro de los niños.

—¡Hola, Rosalía! ¿Cómo está Marc?

—¡Hola, Beth! Pues algo mejor. Le ha bajado la fiebre y ahora está durmiendo otra vez. Le he cambiado las sábanas de la cama porque estaban empapadas de sudor.

—Gracias, eres un sol. Por cierto, ¿ha comido algo?

—Sí, hace una hora le he dado un yogur y un plátano. Creo que tenía bastante hambre.

—Normal. Desde ayer por la mañana no comía nada. Oye, llegaré a casa en torno a las tres y media para estar a la hora en el pediatra. ¿Podrías tenerlo vestido para entonces?

—Por supuesto.

Nada más colgar abro el documento y creo una nueva versión sobre el mismo en la que, a lo largo de la mañana, voy desarrollando las ideas sugeridas por Carmen. Me sorprendo a mí misma, puesto que una hora antes de lo previsto ya lo tengo a punto. Lo dejo sobre la mesa de su despacho y salgo a la calle en busca de algo ligero para comer. Aún tengo un rato antes de llevarme al niño al médico.

Justo en el momento en que me dispongo a cerrar el *outlook*, me entra un *e-mail* de Carmen marcado como urgente. Seguro que es un marrón. Trago saliva mientras espero a que se abra. Bingo. Me pide la preparación del material para un curso de *team building*[2] para el mismo departamento. Como no podía ser de otra manera, para el lunes. Mañana, viernes, estoy a tope, así que al traste mi plan de desconcxión para este fin de semana. Me tocará trabajar desde casa. Ya pensaré cómo organizarme. Ahora mismo, la prioridad es Marc.

2. Trabajo en equipo.

No quiero darle demasiadas vueltas a la cabeza pensando qué comer, así que voy a tiro fijo y compro en Mare Nostrum la ensalada campestre de siempre. El tiempo no invita a quedarse en la calle y decido que lo mejor será comerla en la oficina. Según tomo la calle Valencia, me quedo parada frente a la puerta del Cornelia, uno de los restaurantes de moda de Barcelona, al ver a un hombre cuya cara me resulta tremendamente familiar. El caso es que me suena mucho y no recuerdo quién... ¡No me lo puedo creer! ¡Pero si es Mikel Alonso!

—¡Mikel! ¡Cuánto tiempo! —le digo al tiempo que me acerco a él. Su aspecto no puede ser mejor. A pesar de tener la cabeza llena de canas, conserva el atractivo de la veintena.

—Perdona... ¿Te conozco? —me contesta echándose hacia atrás, como si tuviera enfrente a una desequilibrada.

Comprendo al instante que no hemos envejecido de la misma forma y me avergüenzo de que me vea con este aspecto. Nada más y nada menos que él, porque Mikel era una de las razones por las que, en plena época universitaria, merecía la pena ir a clase. Tan atractivo, tan divertido y con tan poca vergüenza que nos volvía turulatas a todas. Era de Algorta, un pueblo costero cercano a Bilbao, se trasladó a Barcelona para estudiar la carrera, y la ciudad le gustó tanto que decidió instalarse de por vida en ella. Entre su marcado acento vasco y su gracia natural, recuerdo que en más de una ocasión tuve que salir de clase llorando de risa por los comentarios que me hacía al oído a medida que los profesores impartían la clase. ¡Qué tiempos aquellos! Fue la época más feliz de mi vida.

—¡Soy Beth Torrell! —Estoy a punto de decirle algo así como: «Nos acostábamos juntos. ¿Te sueno ahora?».

—¡Beth! ¡Madre mía, quién te ha visto y quién te ve! —me dice a medida que toma mi mano y la aprieta con fuerza—. Ya me puedes perdonar, pero es que ha pasado mucho tiempo. Si no me hubieras llamado, juro que no te hubiera reconocido. —Me queda claro que mi aspecto no es el mismo que cuando nos revolcábamos bajo las sábanas.

—Pues tú estás igual.

—¡Gracias! —sonríe Mikel—. En fin, no sé ni por dónde empezar a preguntarte... ¿Qué es de tu vida?

—Pues mira, lo típico, casada, con dos hijos, currando... ¡Qué te voy a contar! —le digo con resignación—. ¿Y tú?

—Yo muy bien. Monté una agencia de publicidad y la cosa marcha. A pesar de la crisis no paro de trabajar, y cruzo los dedos por que todo siga así.

No me sorprende. Muchos pensarían que montar una agencia de publicidad habiendo estudiado Psicología no encaja del todo, pero no en el caso de Mikel. Tenía una creatividad desbordante, que reflejaba constantemente con su sentido del humor y todo tipo de alocadas ideas. Era la guinda de todas las salsas, estaba vinculado a muchas iniciativas universitarias y siempre proponía planes para el grupo. Y digo «grupo» porque teníamos tan buen rollo con algunos compañeros de clase que formamos una cuadrilla. Salíamos juntos todos los fines de semana y nos lo pasábamos en grande. Incluso llegamos a irnos juntos tres meses de *interail* durante uno de los veranos de la carrera. ¡Un viaje memorable!

—En cuanto a lo de ser padre —prosigue Mikel—, ni me llama especialmente la atención ni estoy hecho para el compromiso.

Miro el reloj y me percato de que voy muy justa de tiempo.

—Me quedaría horas hablando contigo, Mikel, pero tengo que llevarme al pequeño al pediatra. ¡Lástima tener tan poco tiempo!

—Oye, pues el jueves de la semana que viene hemos quedado los de la uni en el Velódromo para tomar unas tapas y salir de copas. ¿Te apuntas?

—Ah, pero ¿mantienes el contacto con ellos aún?

—Sí, con la mayoría del grupo, y hay que ver la de vueltas que da la vida, porque los hay ya separados, casados por segunda vez, solteros de vocación como es mi caso... ¡Ja, ja, ja! —La risa de Mikel me recuerda de inmediato por qué nos tenía a todas como nos tenía—. Y no es que hayamos querido excluirte, Beth, sino que tú misma decidiste desaparecer del mundo, porque nadie sabía absolutamente nada de ti. Ni siquiera Ana.

Lo que dice es cierto. Desde que conocí a Jordi, me recluí del exterior como un caracol y ni siquiera fui capaz de mantener el contacto con Ana, mi mejor amiga de la universidad.

—Bueno, ya veré.

—Ese «ya veré» me lo conozco, y es que no piensas venir —me dice Mikel arrancándome una sonrisa—. Piénsatelo, de verdad. No te vas a arrepentir.

—Bueno, intentaré cuadrarlo. ¿Cuándo decías que habéis quedado?

—El jueves. Y si quieres empezar a romper el hielo de antemano, únete a nosotros en Facebook, que es como muchos hemos retomado la relación.

—Es que no estoy metida en el tema de redes sociales. —Hago una mueca y me encojo de hombros.

—Es bien sencillo crearte una cuenta. De todas formas, dame tu *e-mail*, te envío una solicitud para que te unas, y así puedes reanudar el contacto con todos nosotros.

—Bueno, te paso mi *e-mail*, aunque te adelanto que esto de Facebook me echa un poco para atrás.

—¡Ey, que estoy empezando a echar de menos a la Beth organizadora, transgresora, activa y relaciones públicas! Si están Laura, Ana, Pol, Oriol... ¡Te aseguro que no te arrepentirás! Es más, me lo agradecerás —me dice con una sonrisa socarrona.

—¿En serio? —No puedo evitar volver a sonreír al recordar viejos tiempos.

—¡Prometido! Venga, no te retengo más.

Comienzo a caminar hacia la oficina hecha un volcán de emociones. Qué ilusión ver a Mikel y qué maravillosos años los que viví en la universidad. ¿Tanto he cambiado para que no me haya reconocido? ¿Tan mal estoy? ¡Qué vergüenza, por favor! Hombre, las cosas como son: no tengo tiempo para cuidarme, llevo las mechas hasta el tobillo y este traje gris ajado sin forma ni gracia alguna... Por mucho que me saque de más de un apuro, creo que en cuanto llegue a casa le voy a prender fuego.

6

—Beth, este círculo que hemos dibujado con ocho parcelas es tu rueda de la vida. Ahora puntúa del uno al diez cada parcela según tu grado de satisfacción. Por ejemplo: ¿Qué nota te darías ahora mismo en la parcela «Amistad»?

—No entiendo, Virginia. ¿Te refieres, por así decirlo, a la nota que le daría a cada una?

—Exacto. Se trataría de expresar a través de un número cómo de contenta estás en esta parcela de tu vida.

—Vaya, pues... Tengo una puntuación bastante baja —afirma Beth, dubitativa—. No sé, quizás un tres.

—De acuerdo. Ahora haz lo mismo con el resto de parcelas.

Al cabo de unos minutos, Virginia le vuelve a preguntar:

—¿Cómo ves tu rueda de la vida?

—Buff... ¡Qué desastre! Las puntuaciones son muy bajas.

—Vale. Ahora, escoge una parcela en la que te gustaría mejorar la nota, es decir, estar más satisfecha.

—Pues no sé por dónde empezar. ¡Necesito mejorar en todas!

—¿Qué te parece empezar por la que te hace más ilusión?

—Ummh... Vale. Empecemos por la amistad.

—Muy bien, Beth. Has puntuado la amistad con un tres. ¿Qué nivel de satisfacción te gustaría alcanzar en esta parcela?

—Bueno, ya sabes que soy muy exigente conmigo misma. Un ocho sería genial, aunque ahora mismo me parece imposible.

—Todo es posible si tú quieres.

—Me encanta cómo suena eso que me acabas de decir.

—¿A que sí? —Virginia, cómplice, le guiña un ojo.

—Venga, va, me atrevo a ir a por el ocho en la amistad.

—¿Qué sería para ti un día de tu vida viviendo la amistad con un ocho?

—Para empezar, tendría mis espacios entre semana para quedar con amigos.

—Y ¿qué harías en esos espacios?

—Iría a comer, al teatro, o simplemente a tomar un café.

—¿Con qué amigos quedarías?

—Primero, recuperaría mis amistades de la universidad.

—Y ¿qué más harías?

—Cuidaría de mis amigos y amigas y estaría cerca cada vez que me necesitaran. —Se queda un rato pensativa y continúa—: Es curioso, ahora que te digo todo esto, me doy cuenta lo olvidada que he dejado esta parte de mi vida y lo importante que es para mí.

—Beth, vamos a hacer una cosa. Teniendo en cuenta lo importante que es para ti la amistad, te propongo un reto.

—¿Reto? Cuidado con lo que me dices, Virginia, que puedo salir corriendo...

—El reto es decir que sí a la cena de la universidad.

—¡Buff! No lo sé. Me da vergüenza aparecer después de tantos años.

—¿No lo sabes? Vamos a ver. ¿Cómo de importante es la amistad en tu vida?

—Muy importante.

—Entonces, ¿estás dispuesta a arriesgarte?

Tras un largo silencio responde:

—De acuerdo. OK al reto. —La voz le tiembla y el corazón le late agitado. Está nerviosa y contenta a la vez.

Llevo un buen rato en la cama sin poder dormir. Pruebo a ponerme de todas las posturas y formas posibles, pero no hay manera. Los ronquidos de Jordi me resultan insufribles. Cada cierto tiempo le meto algún codazo para ver si se calla, pero, tras un silencio de tres segundos, los ronquidos vuelven a la carga con un índice de decibelios aún mayor. Antes de cometer un desatino decido salir a la terraza y fumarme un cigarrillo.

La temperatura de la calle, a pesar de ser invierno, resulta agradable. Al sentir la brisa nocturna y dar la primera calada, comienzo a recuperar la calma. Ver a Mikel me ha dejado completamente descolocada. Qué feliz fui y qué olvidado lo tenía. Es como si durante unos años hubiera tenido enterrada toda esa época de mi vida. Y Mikel tenía razón cuando se refería a una Beth distinta. Porque la hubo. Hubo otra Beth. Una Beth que ya no hallo en mí. Una Beth soñadora, despierta, libre, alegre, decidida... ¿Qué hay de ella? ¿Qué me ha sucedido? ¿En quién me he convertido?

Necesito conectar con ese pasado, con esa época de mi vida en la que fui capaz de encontrar la felicidad y sostenerla con mis propias manos. De modo que, silenciosa, me dirijo al salón y empiezo a revolver entre las estanterías de la librería. Al cabo de un rato encuentro lo que buscaba. ¿Cuánto tiempo hacía que no lo veía? El álbum de fotos de nuestro viaje de *interail* me transporta a esa época en la que tanto me reía. Las primeras fotos dan fe de ello, porque mi rostro es el de una persona feliz. Tanto que me contagio de solo verlas. Las fotos del camarote del tren despiertan mis primeras carcajadas. Ahí estábamos todos, hacinados como pulgas, riendo con las ocurrencias de Mikel y aguantando el olor de pies de Oriol como podíamos. Ja, ja, ja. El hedor era tan intenso que en una de las fotos salgo con mi fular a modo de *burka*, como si el tufo fuera a provocarme un sarpullido en la cara. Recuerdo que una mañana Pol, que solía tener ideas bastante atravesadas, cogió un calcetín de Oriol y se lo puso a Ana en la nariz para que se despertara *progresivamente*. Todos contemplábamos la escena tronchándonos en silencio para no despertarla. Al percatarse de lo ocurrido, el mosqueo fue tal que estuvo dos días enteros sin dirigirnos la palabra: a Pol por cerdo y al resto por cómplices.

Cuando termino de ver el álbum, me duele la tripa de tanto reír. Decido guardarlo en el primer cajón de mi mesilla de noche en vista de su efecto terapéutico. Aprovechando que Jordi y los niños pasarán la mañana del sábado en casa de mis suegros, sacaré un momento para llamar a Jan, contarle acerca de lo ocurrido y preguntarle sobre Facebook. Al entrar en la habitación, la sinfonía de ronquidos de Jordi continúa, pero estoy tan agotada que caigo rendida en la cama.

A las ocho de la mañana, Laia entra en nuestra habitación:

—¡Mami, papi!

—Hola, cariño —respondo al tiempo que retiro las sábanas para hacerle un hueco a mi lado. Se recoge en forma de ovillo y se abraza a mi cuerpo. Acaricio su pelo y permanecemos en un mágico karma materno-filial que dura unos pocos minutos. Enseguida me pide que la acompañe a ver la tele y desayunar algo. Marc, que desde que le di el antibiótico que nos recetó el pediatra se encuentra mucho mejor, sale de la cama por su propio pie y nos acompaña. Preparo el desayuno, los visto y, cuando están preparados viendo la tele en el salón, aparece Jordi, con los párpados a medio abrir.

—Qué bien he dormido. ¡Lo necesitaba!

—No hace falta que lo jures. Cuando me metí en la cama creía que me había dejado el aspirador encendido, pero enseguida me di cuenta de que se trataba de tus ronquidos.

Los párpados de Jordi, sorprendidos, terminan de abrirse del todo. Frunce el ceño de inmediato. Está claro que mi comentario no le ha sentado nada bien. Besa en la frente a los niños y, tras un rápido desayuno, se ducha y se viste para irse a casa de mis suegros.

—¿Vendrás a casa de mis padres, entonces? —me pregunta.

—Pero si anoche ya te dije que no, que tengo que entregar un trabajo el lunes. ¿Te parece que ha podido cambiar la situación durante la noche?

—Bueno... Era por si al final habías podido organizarte.

—Me hubiera encantado poder hacerlo, Jordi, pero no doy más de mí —respondo enfurecida.

—Vale. Luego hablamos, entonces.

—Dile a tu madre que si avanzo me pasaré a tomar el café.

En cuanto Jordi y los niños salen por la puerta respiro tranquila. Me apresuro en realizar el trabajo pendiente y, una vez finalizado, preparo un café, me acomodo en el sofá y llamo a Jan.

—¡Me has leído el pensamiento! —me dice nada más descolgar el teléfono.

—¿En serio? —le digo asombrada por la coincidencia.

—Te lo juro. Acabo de decirle a Gerard que en cuanto nos ducháramos te llamaba.

—Así que os he estropeado el baño erótico del fin de semana —le digo en tono de guasa.

—No hay nada que no pueda hacerse después —responde Jan, siguiéndome el juego—. Bueno, y dime, ¿qué me cuentas?

—Vas a flipar. ¿A que no sabes con quién me encontré ayer?

—¿Con quién?

—¡Con Mikel!

—Pero... ¿Mikel... Mikel? ¿Tu rollete de la universidad?

—El mismo que viste y calza.

—¡Buff! Pues no estaba bueno ni nada. Creo que es el tío más viril que he visto en mi vida.

—Pues si hubieras visto cómo está... Me lo encontré a la salida del Cornelia, y no ha perdido un solo ápice de ese atractivo que nos volvía locas a todas.

—No sé por qué, pero no me cuesta creerlo.

—El caso es que me comentó que sigue en contacto prácticamente con toda la cuadrilla de la universidad. Oriol, Laura, Pol, Ana, Ricard, Serafí... ¿Te acuerdas de ellos?

—Vagamente. Acuérdate que por aquel entonces yo no era más que un adolescente lleno de granos y estaba en otra onda. Pero me acuerdo de uno al que le olían fatal los pies.

—¡Oriol! ¡Ja, ja, ja! Se llamaba Oriol. Ayer no me podía dormir, me puse a mirar un álbum de nuestro verano de *interail* y te juro que lloré de la risa.

—¡Ya me puedo imaginar!

—A lo que iba. Mikel me dijo que este jueves han quedado para cenar en el Velódromo. Por lo visto, muchos han retomado la relación y están en contacto a través de Facebook. Quedó en enviarme una invitación para unirme a la red a través del correo electrónico, y no tengo ni idea de cómo funciona. ¿Podrías explicarme, más o menos, de qué va la cosa?

—No me puedo creer lo que escucho. Mi hermana, esa que tanto me ha criticado durante los últimos años por usar Facebook, ¿me está preguntando ahora cómo funciona?

—Lo sé, lo sé... Olvídate de lo que dije. Me pica una enorme curiosidad por saber qué ha sido de todos ellos.

—Normal. Lo tuyo, ahora mismo, no es vida. Vives volcada en los niños y en Jordi, sin recompensa alguna.

—No estoy para sermones, Jan. ¿Me lo explicas o no? Mikel me dijo que me enviaría un *e-mail* para invitarme a darme de alta.

Sigo las indicaciones que Jan me ofrece desde el teléfono al pie de la letra y consigo crearme, por primera vez, a mis treinta y nueve años, mi perfil de Facebook. Para la ocasión, elijo una foto que Jordi me sacó el pasado verano en Mallorca. Estaba morena y tenía mejor aspecto que el que tengo ahora.

Al poco rato de navegar por la página para familiarizarme con ella, recibo la primera solicitud de amistad. Es Mikel. Lo agrego inmediatamente como amigo y poco después escribe en mi muro: «*ongietorri*», que, tal y como me enseñó tiempo atrás, significa «bienvenida» en euskera. Sonrío. Me meto a curiosear en su perfil y descubro que en su lista de amigos está prácticamente toda la cuadrilla de la universidad. Envío a todo el grupo solicitudes de amistad.

Soy consciente de que después de oficializar mi vuelta a través de Facebook será complicado escaquearme de la cena. Aunque no sé por qué me empeño en esconderme cuando en realidad quiero ver cómo están y recuperar esa parte de mi vida. La amistad. Quiero que me cuenten cómo les va, recordar viejos tiempos y reírme sin parar hasta altas horas de la madrugada.

7

Empiezo la semana resoplando. Una vez más me encuentro sola al frente de mis dos trabajos, el de madre y el de profesional de Recursos Humanos. Para más inri, Jordi ha viajado a Brasil a un congreso para cirujanos y estará varios días fuera. Mientras su vida parece discurrir entre melodías tropicales, la mía se reduce a meras obligaciones.

Llego veinte minutos tarde al trabajo. Me siento agotada de correr cada mañana. ¿Es esto lo que me espera a diario? La parsimonia de Laia ha puesto mis nervios a prueba una vez más y, a pesar de hacer esfuerzos sobrehumanos para evitarlo, se ha dejado asomar ese Mr. Hyde que habita en mí.

Lo primero que hago al encender el ordenador es comprobar si Carmen me ha enviado *feedback* del curso de *team building* que le envié ayer desde casa. Creo que hice un buen trabajo. La tranquilidad que se respiraba en casa me inspiró y pude diseñar un contenido interesante y adaptado a las necesidades de nuestro cliente. La ausencia de mensajes de Carmen en la bandeja de entrada confirma lo que imaginaba: *no news, good news*. Reviso mi agenda y repaso mentalmente las tareas que tengo que realizar a lo largo del día. Ya puedo apretar si quiero salir a mi hora y recoger a los niños del colegio.

Mientras doy respuesta a los correos electrónicos almacenados en la bandeja de entrada, entra uno nuevo. Carmen Pons. Concepto: «Observaciones y sugerencias para el curso». A medida que leo el correo, constato que mis apreciaciones hacia mi trabajo han sido optimistas en exceso. No me queda otra que reorganizarme y trabajar a la velocidad del rayo. No quiero que Laia y Marc sean el hazmerreír de sus compañeros de clase por tener una madre que siempre llega tarde a buscarlos.

Me lleva más tiempo de lo esperado incorporar al curso los cambios sugeridos por Carmen, ya que la inspiración no fluye de igual manera que ayer. Por fortuna, consigo hacer acopio de la energía necesaria y sobre el mediodía le devuelvo el documento revisado. Me doy por satisfecha con su escueto: «Gracias, esto me gusta más».

La jornada vuela y me veo, para no variar, corriendo de la oficina al aparcamiento, y del aparcamiento al colegio, apurando un cigarrillo que llevo horas esperando fumar.

Los niños han estado insoportables toda la tarde y no consigo dormirlos hasta las diez de la noche. Cuando me dispongo a apagar la luz, Laia me ha lanzado un comentario desde su cama que me ha dejado fuera de juego: «¿Por qué siempre estás enfadada, mami?». Tras unos segundos de silencio solo soy capaz de decir «a dormir», para después pulsar el interruptor y dejar entornada la puerta de la habitación. Desde luego, no ha sido el mejor regalo para mis oídos, pero tal vez tenga razón. No puedo dejar de darle vueltas al asunto. Me preocupa la imagen que estoy proyectando en mis hijos y me quita el sueño el concepto que puedan tener de mí. No soy la misma de hace unos años. ¿Qué ha quedado de aquella Beth adolescente, universitaria, fiestera y amiga de sus amigas? Ni tan siquiera puedo decir que sea una madre feliz ni una profesional entusiasta de su trabajo.

El cuerpo me pide descanso. Me siento en el sofá a comerme la pizza precocinada que he calentado en el horno, tomo un par de sorbos de coca-cola y enciendo la tele. Antes de acabar la cena recibo un mensaje de Jordi en el que me informa de que ha llegado a Río, que hace mucho calor y que las vistas a la playa desde la habitación del hotel son espectaculares. Solo le ha faltado decirme que se tumbará al sol durante algunas horas bebiendo litros de caipiriña y que, tras una de esas fiestas locas que solo se viven en Río, tendrá sexo salvaje con un harén de mulatas de cuerpo escultural.

—Y dime, Beth, ¿qué valor quieres vivir más intensamente en tu vida?

—No sé, Virginia... Todos están muy bajos.

—Vale, entonces ¿qué te dicen estas puntuaciones?

—Que no estoy viviendo el mejor momento de mi vida. Me siento vacía. Es muy complicado. No puedo dedicar tiempo a tantas cosas...

—¿No puedes o no quieres?

Beth suspira y se para a reflexionar.

—La verdad, Virginia, tengo muy poca ayuda de Jordi en casa y todo me lo como yo. Estoy desbordada y, sinceramente, no sé ni por dónde empezar.

—Lo importante, Beth, es que ahora estás aquí conmigo y que quieres que tu vida mejore. Yo estoy aquí para acompañarte en este viaje. Créeme. Será fascinante.

—Suena bien, Virginia, pero tendrás que tener paciencia...

—No te preocupes —responde una sonriente Virginia—. Dime, Beth, ¿cuál es el valor que más querrías vivir de una forma distinta?

—Pues, no sé, todos están superbajos... Pero quizás el bienestar personal.

—¿Qué significa para ti este valor?

—Sentirme bien conmigo misma.

—Y ¿qué sería para ti vivir en un grado mayor este valor en tu vida?

—Imagino que tener espacios para mí. No sé, si tuviese más tiempo sería como conectarme con la Beth de antes, soltera, sin hijos y con tiempo para cuidarse.

—Beth, con lo que me estás diciendo tengo la sensación de que necesitas recuperar una parte olvidada de ti.

—Exacto. Llevo demasiado tiempo dejándome y cuidando a los demás... Necesito mimarme y estar más por mí.

—¿Qué relación hay entre tu reto de ir a la cena de la universidad y tener más espacios en tu vida?

—No sé... —dice Beth, tras un rato pensativa—. Creo que ir a la cena me dará un respiro para estar con viejos amigos, podré revivir momentos únicos y ponerme en la piel de esa Beth que casi tengo olvidada.

—Y ¿cómo era la Beth de antes?

—Atrevida, divertida y llena de vida.

—¿Qué te parece si empiezas por la cena?

—¿Qué quieres decir?

—Que comiences a cuidarte y mimarte para esta cena.

—¿Cómo?

—Eso mismo te pregunto yo a ti. ¿Cómo, Beth?

—Bueno, podría ir a la peluquería y probar con un look *más juvenil.*

—Genial. Y ¿qué más?

—No sé... Podría irme de tiendas y comprarme algo nuevo.

—¿Qué te parece, entonces, tomarte dos espacios durante los próximos días para prepararte para la cena?

—Suena bien, lo intentaré...

—¿Lo intentarás o lo harás?

—Lo haré —responde tras una breve pausa—. Me costará encontrar tiempo, pero lo haré.

Cuánto echo de menos divertirme. ¿Seré capaz de hacerlo en la cena del jueves? Enciendo el ordenador de inmediato para ver si me han aceptado las solicitudes de amistad que envié el otro día a través de Facebook y compruebo con ilusión ¡que ya tengo diez contactos! Oriol, Pol, Nuria, Esther, Laura... Me emociono al ver que también tengo un mensaje de Ana. «¡Hola, guapa! ¡Qué alegría saber de ti! ¿Te veo el jueves, verdad? ¡Muak!»

«Yo también tengo ganas de veros a todos», pienso para mis adentros, pero de solo pensarlo me pongo como una moto. Después de tanto tiempo, a ver qué les cuento de mi vida.

Vuelvo a sonreír acordándome de aquel grupo en el que la palabra amistad cobraba todo su significado, de las noches de estudio en la biblioteca de la plaza Universitat, de las salidas nocturnas por el barrio Gótico, de los amaneceres con cruasanes en la panadería más madrugadora del Raval, de las resacas compartidas, de las risas infinitas.

Me invade una irrefrenable curiosidad por saber qué ha sido de ellos. Entro en el perfil de algunos y me impresiona el número de contactos que manejan. Doscientos, trescientos, incluso más de quinientos. Madre mía, y yo con diez pelados. Disfruto viendo las imágenes de todos e invadiendo, de forma inocente, su intimidad. Es un *shock* comprobar cómo aquellos amigos que mi mente había congelado en la veintena, rozan, como yo, los cuarenta. Fotos en familia, con amigos, en viajes... Facebook me resulta un tesoro informativo y doy las gracias al sentir que tengo una parte de mi pasado de vuelta en el camino.

Dejo para el final una exploración pormenorizada del perfil de Mikel. Veo que tiene fotos de cuando tenía quince años. En una de ellas, titulada «Portu Zaharreko Jaiak», «Fiestas del Puerto Viejo», reconozco a algunos de sus amigos que conocí durante un verano años atrás. Todos lucen el traje típico de *arrantzale* o pescador, uniforme indispensable para esta cita de diversión desenfrenada y en la que tan bien lo pasé con Mikel y sus amigos. Fue el verano de nuestro tercer año en la universidad. Acabó el curso y nuestro grupo de amigos decidió que ese año tocaba ir a Ibiza para celebrarlo, donde la fiesta estaría garantizada. Yo no tenía dinero suficiente porque quería ahorrar para ir a ver a una amiga que se iba de Erasmus a Holanda. Así que me busqué un trabajo de camarera en Sitges para el mes de julio y decidí que en agosto me haría una ruta a solas por el Pirineo catalán. Un plan ajustado a mis posibilidades económicas que me proporcionaría la desconexión que necesitaba.

Mikel tampoco se unió al viaje. Echaba de menos a su cuadrilla de Algorta y a su familia, así que decidió que ese año se iría a su tierra todo el verano. Y como siempre hacía, nos invitó a todos. A mí me insistió particularmente. Estaba convencido de que no me arrepentiría, que era mucho mejor plan que una ruta con la única compañía de mi mochila por el Pirineo catalán. Razón no le faltaba, y teniendo en cuenta que Mikel empezaba a alegrarme los días, no me hice de rogar.

Acabé mi trabajo en Sitges y, tras pasar un fin de semana con mis amigas en Barcelona, cogí el tren a Bilbao. Mikel vino a buscarme a la estación y, nada más vernos, me plantó un beso en los morros que me dejó perpleja. Las vacaciones prometían, y me sorprendió enormemente la bienvenida tan cálida que me brindó el País Vasco a mi llegada.

Nada más instalarnos en casa de su abuela, vacía desde que falleció, dimos rienda suelta a la pasión contenida a lo largo de los últimos meses en clase. Si ya me gustaba, con su desenvoltura y desinhibición en la cama acabó ganándome por completo. Además de los dos o tres revolcones que nos dábamos a diario, a lo largo de aquella semana se celebraron las fiestas del Puerto Viejo, cita obligada para Mikel y todos sus amigos. Uno de los días, siguiendo la tradición, salimos vestidos en pijama; yo con uno de hombre y Mikel con un camisón horroroso que había pertenecido a su abuela y que dejaba al descubierto su tonificado físico. Todo el pueblo se vistió igual para celebrar una de las noches más salvajes que recuerde. Jamás hubiera imaginado que, en una localidad inexistente para mí meses atrás, se celebraran unas fiestas que supusieron un antes y un después en mi vida. A las juergas de noche las seguían largos días en la playa, con unas resacas matinales dignas de mención, y ya de tarde, con los rostros enrojecidos por el sol de la mañana, salíamos al clásico *poteo*.[3] Me sentí una más entre los amigos de Mikel. Tanto que, a la vuelta, mis padres, que por aquel entonces aún vivían, me dijeron que hablaba igual que ellos.

Los vascos, cuya inexplicable mezcla entre rudeza y nobleza me resultaba deliciosa, y el profundo verde que teñía el paisaje, me enamoraron. De haberme dejado llevar, hubiera podido perder la cabeza por Mikel, pero era plenamente consciente de que, tal y como él mismo se definía, era un espíritu libre imposible de comprometer. La vuelta a Barcelona y el inicio de las clases me devolvieron a la realidad.

El reloj del ordenador me indica que es la una de la madrugada. ¡El tiempo ha pasado volando! Lo apago de inmediato y me voy a dormir pensando que solo por los recuerdos que me ha traído y los amigos con los que me he reencontrado, ha merecido la pena darme de alta en Facebook.

3. Salir por bares a tomar copas.

8

A media mañana, mientras tomo un café en la pausa del trabajo, sonrío al pensar en el reencuentro con mis amigos de la universidad. Me hace mucha ilusión volverlos a ver a todos, aunque, por más que procure relativizarlo, no puedo evitar ponerme nerviosa después de años sin verlos. No quiero presentarme a la cita de la misma guisa que el día que vi a Mikel. Que no me reconociera fue un golpe duro, y no quiero tropezar dos veces con la misma piedra. Pero solo dispongo de dos días y no sé por dónde empezar. ¿Qué voy a hacer para mejorar este *look* ñoño y caduco que llevo desde hace ya demasiados años? No me sobra el tiempo porque todas las tardes me toca estar con los niños, aunque ese no es el mayor problema; siempre podría dejarlos con Rosalía o mis suegros. El problema está en que necesito la ayuda de alguien porque estoy perdida y no sé exactamente qué ponerme para sorprender.

Al volver a la mesa de trabajo, observo a Maite, una compañera del departamento de Relaciones Laborales, en la que siempre me fijo porque me encanta su forma de vestir. Creo que tiene mucho gusto y diría que es la más atrevida de toda la oficina en lo que a ropa de trabajo se refiere. Fuera también llama la atención, porque hace algunas semanas, llevando a los niños a casa de mis suegros, me la encontré con su chico y llevaba un vestido con unas botas altas de flecos que me gustaron mucho.

¡Jan! ¿Cómo no se me había ocurrido antes? Lo llamo y no me responde. Imagino que, como siempre, estará hasta arriba de trabajo. Confío en que durante hoy me devuelva la llamada. Consigo salir pronto del trabajo, y antes de pasar a buscar a los niños al colegio compro algunas revistas de moda en el kiosco de al lado de la oficina con el fin de orientarme y coger algunas ideas, aunque, igualmente, necesitaré a Jan para salir airosa de esta situación.

No acierto a saber cuál es exactamente el motivo, pero Laia y Marc se muestran esta tarde sorprendentemente civilizados. Mientras contemplan embobados los dibujos animados de Nickelodeon, me siento con ellos en el sofá y empiezo a ojear las revistas que he comprado. No sé si ha sido una buena idea hacerlo. Para empezar, me gusta todo lo que veo y no sé por qué decidirme. Para seguir, me comparo a las chicas de las revistas y mis complejos aumentan exponencialmente en cuestión de segundos.

Pasadas las diez de la noche y después de haber acostado a los niños, suena el teléfono.

—¡Hola, *sister*!

—¡Jan! ¿Dónde estabas? Te he llamado hace un buen rato...

—Lo he visto, y me hubiera gustado contestarte antes, pero es que he tenido una jornada maratoniana. ¡Estoy a tope de curro! —me responde con el entusiasmo que le caracteriza.

—Me lo he imaginado. Te he llamado porque necesito tu ayuda.

—Sorpréndeme... ¿No será que has mandado al carajo a tu querido marido? —me pregunta con sorna.

—Jan, no empieces con eso —respondo irritada.

—Lo siento —contesta, alargando la «o» y buscando mi perdón.

—¿Te acuerdas que te comenté que me encontré con Mikel y que el jueves habían quedado para cenar?

—Sí, claro.

—Pues he decidido que me apunto, pero no tengo qué ponerme. ¡Necesito que me eches una mano urgentemente!

—¿Vas a salir de cena? ¡Qué ilusión me hace oír eso! Por supuesto puedes contar conmigo para lo que quieras.

—Jan, es que no sé si ha sido una buena idea unirme a la cena...

—Buena no, buenísima. Mira, teniendo en cuenta que no tenemos mucho margen, ¿qué tal una tarde de compras mañana?

—¿En serio?

—¡Claro! Si te parece, nos vemos a las seis en el centro comercial de al lado de casa. ¿Podrías dejar a Laia y Marc con Jordi?

—Está en Brasil.

—Ya, pues no hay mal que por bien no venga. Pasar una tarde de compras con mi *sister* y mis adorados sobrinos no tiene precio.

—¡Mil gracias, Jan! No sabes bien la ilusión que me hace... Sabía que podía confiar en ti.

—Lo pasaremos bien. ¡Te lo aseguro!

La mañana en la oficina se me hace eterna, pero el plan de la tarde bien merece la espera. Espero dar con algo que me quede medianamente bien. Puedo entrar en pánico si no encuentro nada que me guste o me favorezca. Como aquella serie que rezaba aquello de «Salvados por la campana», el reloj me indica, a las cinco y media en punto, que puedo salir en estampida de la oficina. Tras recoger del colegio a los niños, agitados por la emoción de pasar la tarde con el tío Jan, a las seis en punto los tres esperamos su llegada en la entrada del centro comercial. Se demora casi quince minutos, pero no le digo nada; la alegría con la que nos contagia lo amortigua todo.

Después de entrar a cinco tiendas y no ver nada que me termine de convencer, me vengo ligeramente abajo. Me he probado varias cosas, pero no me veo bien con nada. Mis kilos de más no ayudan y los probadores me generan demasiado estrés. Jan, sin embargo, está convencido de que alcanzaremos nuestro objetivo y traza, decidido, nuestro recorrido por las tiendas del centro comercial, como el perro que escarba la tierra con ímpetu a sabiendas de que dará con el hueso que tanto desea. Sin perder de vista nuestro propósito, Jan se las apaña para entretener y hacer reír sin parar a Laia y a Marc. Si tuviera a alguien como él como marido, otro gallo me cantaría. Empiezo a perder la calma, cuando entramos en una pequeña tienda, por la que a tenor de su escaparate nunca hubiera apostado, entre cuyos percheros Jan encuentra un bonito vestido negro corto, sencillo, vaporoso y cómodo, con el que me veo bastante favorecida. En su minúscula estantería de zapatos descubro, para mi sorpresa, unas botas de flecos de mi número de color *camel*. ¿Se habrá puesto la suerte de mi lado? El aspecto que me devuelve el espejo me gusta mucho y me veo considerablemente rejuvenecida.

Con las compras que he realizado hasta ahora, puedo decir que ya he cumplido el objetivo que me había propuesto: sentirme a gusto en mi propia piel. Jan, sin embargo, considera que necesito un último toque para completar mi aspecto y me lleva a una tienda en la que pongo el broche a la jornada consumista al comprar un bolso cruzado, unos pendientes y un cinturón, que también estrenaré mañana. Por primera vez en mucho tiempo, siento que me lo merezco.

Estoy animada. Propongo irnos a picar algo para celebrar el éxito de las compras y darles a todos una tregua. Jan me recuerda que me ha pedido hora en el salón de belleza de Roger, un amigo de Gerard, también situado en el centro comercial, así que, mientras los tres se van a tomar algo, aguardo mi turno en la sala de espera. Cojo una revista de peinados, que repaso una y otra vez hasta dar con el *look* que más me convence: un corte desfilado hasta el hombro en un tono ligeramente cobrizo. Roger también parece estar de acuerdo con mi decisión, y cuando al terminar me miro en el espejo, el resultado me gusta más de lo que me esperaba.

Jan y los niños acuden a mi encuentro a la salida del salón de belleza. A Laia y Marc parece gustarles el resultado porque me reciben con un «¡Qué guapa!» casi al unísono. Rápidamente busco también la aprobación de Jan, indispensable para mí, que me hace un gesto de OK con la mano. «Estás muy guapa», me dice. Emocionada, me fundo en un abrazo con él. Me siento afortunada por tener un hermano como Jan.

Volvemos a casa más tarde de lo habitual. Los niños no quieren cenar porque Jan los ha llevado a comer un menú Happy Meal al McDonald's y los ha regalado dos enormes bolsas de chucherías antes de volver a casa. Están agotados por las emociones vividas, y nada más llegar a casa caen rendidos en la cama. Tras acostarlos, me vuelvo a probar las compras de esta tarde. Me gustan, pero comienzo a dudar. ¿Iré bien para la ocasión? Le envío un *whatsapp* a Jan y le pregunto si he acertado. «Deja de dar la nota, que estarás genial», me responde. Sonrío. He disfrutado mucho esta tarde. Quizás me convenga hacer planes de este tipo más a menudo.

Me despierto con un enorme cosquilleo en el estómago. La cena es esta noche y estoy dividida entre nervios e ilusión a partes iguales. Mi nuevo corte de pelo parece haber gustado en el trabajo. Más allá del clásico «¡Ey, vaya cambio de *look*!», que más de un compañero me suelta en cuanto me ve entrar por la puerta, tres me han dicho que estoy muy guapa. No sé si es cuestión de vanidad o de que hacía tiempo que nadie me dirigía comentarios de ese tipo, pero me sienta francamente bien escucharlos. Parece que hasta ahora fuese invisible a ojos de todos.

A pesar de los halagos, la jornada se me ha hecho bastante larga porque no veo el momento de que llegue la hora de ir a la cena. Finalmente dan las cinco y media y salgo a recoger a los niños. Quiero dejarlo todo en orden para cuando llegue Jordi de Brasil. Si todo marcha según lo previsto, prácticamente para cuando él llegue yo tendré que salir de casa. Cuando le comenté que a su llegada tendría que hacerse cargo de los niños porque me iba de cena con mis amigos de la universidad tuve la sensación de que no le hizo gracia. «¿Desde cuándo quedas para cenar con tus amigos de carrera?», me preguntó. No quiero que me amargue el día, así que no le daré un solo motivo para discutir.

Mientras Marc y Rosalía, a la que he llamado para que me eche un cable con los ninos, juegan con una pila de coches y camiones en miniatura, ayudo a Laia con los deberes. Me resulta cada vez más difícil calmar mi estado nervioso y me cuesta concentrarme en los ejercicios que le han mandado en el colegio. Sin embargo, los astros parecen confabularse porque termina los deberes en tiempo récord y Marc se queda dormido junto a sus juguetes. Lo acuesto. Ya son las ocho y comienzo a prepararme. Laia, aún despierta, me acompaña. Observa, llena de curiosidad, el ritual que me hará lucir, espero, un esplendor con el que no acostumbra a verme.

—¿Adónde vas?

—A una cena con amigos de la universidad.

—¿Con papi?

—No, cariño. Papá llegará dentro de un rato de Brasil y se quedará con vosotros.

—¿Puedo ir contigo?

—No, hija, es una cena para mayores.

—Y ¿quién va?

—Pues amigos míos de cuando estudiaba la carrera. Mikel, Ana, Oriol, Pol... Algún día te los presentaré.

Al cabo de quince minutos ya estoy lista.

—¿Te gusta? —le pregunto a Laia.

—¡Sí! —responde—. ¿Puedo ponerme tu vestido para ir mañana al cole?

Su inesperada pregunta me coge fuera de juego, a la que respondo con una prolongada carcajada.

Tan pronto el reloj me señala que son las ocho y media, oigo el sonido de la llave en la puerta. Es Jordi. Me acerco con Laia a saludarlo.

—Hola —dice con cara de sorpresa, al tiempo que nos besa a Laia y a mí. No me quita el ojo de encima.

—Hola —respondo—. ¿Cómo ha ido por Brasil?

—Bien. ¿Qué haces así vestida? —pregunta extrañado.

—Ya te dije que me iba de cena con mis amigos de la universidad.

—Ya —responde con sequedad.

Me despido de ambos, cojo el bolso y las llaves y cierro la puerta con una amplia sonrisa.

9

El taxi me deja delante de la puerta del Velódromo. El buen ambiente que se respira en la terraza del local llama mi atención. Avanzo al interior y miro a todas partes, pero no encuentro a nadie. ¿Me habré equivocado de hora? Me acerco a un camarero, le pregunto por la mesa reservada para quince personas y me señala el segundo piso. A medida que subo por las escaleras siento que las piernas me tiemblan ligeramente. La emoción de ver a toda esta gente después de tanto tiempo, y cierto sentimiento de culpabilidad por haber desaparecido del mapa, resultan un cóctel explosivo para mis nervios. El vestido nuevo, el bolso, las botas... Me he visto favorecida al salir de casa, aunque no sé cómo me verán los demás después de tantos años. Por fin, piso el último peldaño de la escalera, miro alrededor buscando la mesa y reconozco a Ana. Casi se me saltan las lágrimas de la emoción. Nos abrazamos con la intensidad del enorme aprecio y cariño que hubo en el pasado, como si intentáramos recuperar de golpe todos estos años sin vernos.

—¡Ana! ¡Qué alegría verte!

—¡Lo mismo digo, Beth! Cuando me comentaste a través de Facebook que vendrías, no me lo podía creer.

—Sí, lo sé. He estado demasiado tiempo desaparecida en combate y no tengo excusa.

—No hay que excusarse de nada, Beth. Todos tenemos nuestras cosas. El caso es que estás aquí, y ahora toca disfrutar.

Las palabras de Ana me reconfortan enormemente. Como sucedía en el pasado. A pesar de su menuda figura, su presencia me resultaba poderosa. Tenía la capacidad de contagiarme con su energía positiva e infundirme una enorme paz al mismo tiempo. De sonrisa perenne, rara vez llegaba a estar de mal humor. Que yo recuerde, solo la vi enfadada en un par de ocasiones; una de ellas, cuando Pol le puso el calcetín usado de Oriol en la nariz mientras dormía, en el viaje de *interail*. Eso sí, el mosqueo fue de campeonato.

—Por cierto, estás guapísima, Beth. Me encantan tus botas —me dice Ana.

—¿En serio? ¡Muchas gracias! La verdad es que mi vida es un caos, últimamente. No tengo tiempo para nada, y menos para ir de tiendas. Así que el otro día cogí a Jan por banda y urdimos un plan para poder venir a esta cena con un aspecto mínimamente presentable.

—Doy fe de que lo habéis conseguido. Ahora que hablas de Jan, ¿cómo está?

—¡Buff! Es un tiarrón de uno noventa de estatura, guapo y con mucho estilo. Olvídate de aquel adolescente lleno de acné de nuestros tiempos universitarios. Trabaja para una multinacional sueca, viaja por todo el mundo y está entusiasmado con su trabajo. Tiene un novio que se llama Gerard y es encantador. El contrapunto perfecto de mi hermano. Te encantarían.

Completamente absorta en mi conversación con Ana, unas manos ásperas y robustas me tapan los ojos. Al girarme descubro a un canoso y sonriente Oriol, que me achucha al instante.

—¡Oriol!

—¿Qué tal, fierecilla? —Hacía tiempo que había olvidado el mote cariñoso que Oriol empleaba al dirigirse a mí y que tanta gracia me hacía—. ¡Ya tenía ganas de verte! A ver... Deja que te vea... —Oriol toma una de mis manos y, como si de un paso de baile se tratase, me da un giro para escrutarme de arriba abajo—. Ummh... Lamento decirte que... Sigues estando muy buena. —Su comentario provoca mi primera carcajada de la noche.

Casi al instante, me veo rodeada del resto de amigos de mi cuadrilla universitaria. Pol, Laura, Serafí, Ricard... El reencuentro con todos ellos resulta un bálsamo para mi minada autoestima. Un festival de besos, abrazos y palabras bonitas que hacía mucho tiempo necesitaba escuchar.

Al cabo de un cuarto de hora ya estamos todos sentados en la mesa, recordando viejas anécdotas y esperando que aparezca Mikel. Pol nos comenta a todos que ha hablado hace un rato con él y que no sabe si podrá acercarse, ya que le ha surgido un tema de última hora que tiene que resolver. Vaya. Espero que pueda venir, porque esta cena no sería lo mismo sin él. Tan pronto lo pienso, Mikel se presenta a la cena. Mejor dicho, nos deleita a todos con su presencia enfundado en unos *jeans* gastados, camisa ligeramente desabrochada y un fular azul. Nos ponemos en pie para darle la bienvenida y, tras explicarnos que finalmente ha podido resolver el problema en el trabajo, nos saluda a todos. Al llegar a mí, me da dos besos y me susurra:

—Hola, Beth. Me alegra que te hayas animado a venir. Ey, cambio de *look*... Te queda muy bien.

—¿Te gusta? Gracias, Mikel. —Noto que mi cara se calienta y cambia de color.

—Te veo luego... —Y se sienta en el hueco que le han guardado Oriol y Pol en la punta opuesta de la mesa.

Ana y yo hemos decidido sentarnos juntas, dada la complicidad de tiempos pasados y las ganas que teníamos de volver a vernos.

—Bueno, y cuéntame: ¿qué fue de aquel cirujano con el que te casaste? ¿Sigues con él?

—Sí —respondo—. Tenemos dos hijos: Laia y Marc, de seis y dos años. Estoy encantada con ellos, pero no me resulta fácil cuadrar mi faceta personal y profesional. ¿Y tú? ¿Sigues con... cómo se llamaba?

—¿Juan? No, ahora estoy sola. Nos separamos hace dos años, después de diez años de matrimonio.

—Vaya, Ana, lo siento. Imagino que no ha debido de ser fácil.

—Sí y no. Es decir, creo que lo más duro ya lo habíamos vivido estando juntos, y la separación fue, de alguna manera, liberadora. Una decisión acertada. Hacía tiempo que discutíamos a diario y llegó un día en que la convivencia se hizo insostenible. Afortunadamente, el tiempo cura muchas heridas y a día de hoy podemos presumir de tener una relación cordial y civilizada.

—Créeme que te admiro, Ana. En caso de que Jordi y yo nos separásemos algún día, no creo que fuera capaz de llegar al grado de entendimiento que habéis alcanzado Juan y tú.

—Quién sabe. Cada relación es un mundo, aunque en la mayoría de ocasiones es cuestión de madurez. Muchas veces nos empeñamos en seguir al lado de una persona con la que no conectamos y no nos hace felices por miedo a la soledad o por dependencia emocional. Hay que tener el valor y la osadía de enfrentarse a los miedos personales y vencerlos, porque creo que solo así se puede ser feliz.

El camarero disuelve nuestra burbuja de sintonía para preguntarnos qué tomaremos para cenar. Parece haber quórum en la mesa y decidimos pedir las especialidades del local y compartirlas entre todos. Me dirijo a Ana para retomar la conversación pendiente:

—¿Habéis tenido hijos? —pregunto.

—Hicimos lo que pudimos, pero fue imposible. Después de llevar dos años intentándolo sin éxito, acudimos a un especialista y nos confirmó que teníamos problemas para concebir un hijo de forma natural. Juan no quería saber nada de la adopción, así que acudimos a una clínica de reproducción asistida y probamos suerte con la fecundación in vitro. A pesar de ir advertidos, fue durísimo. Después de seis intentos fallidos, desistimos. Además del importante desembolso que suponía cada uno de los intentos y del agresivo tratamiento hormonal al que debía someterme, durante las dos semanas siguientes a la prueba mis esperanzas de poder estar embarazada crecían para después desplomarse contra el suelo. Fue terrible.

Siento una extraña sensación de alivio y arrepentimiento al escuchar las palabras de Ana. Me consuela saber que no soy la única que atraviesa un momento difícil, pero no puedo evitar sentirme miserable al haber dejado que el paso de los años nos distancie y no haberle prestado mi apoyo en el calvario que vivió en su intento por convertirse en madre.

—¿Sigues contemplando la adopción?

—No lo descarto, aunque tampoco lo tengo claro.

Mientras saboreamos la deliciosa tarta de zanahoria, una de las especialidades del local que Ana me sugiere compartir, Pol, que parece estar ligeramente chispa a juzgar por sus rosados pómulos, golpea la cucharilla contra su copa de vino para reclamar la atención de todos:

—Solo quiero deciros que estoy muy contento de veros y propongo institucionalizar esta cita y vernos, como mínimo, un par de veces al año.

—¡Compramos propuesta! —dice Ricard.

—Sé que nos hemos hecho mayores —continúa Pol— y que hemos madurado hasta el punto que algunos han llegado incluso a poner remedio a su inaguantable olor de pies —dice mirando a Oriol. Todos estallamos en carcajadas.

—Esta te la guardo —responde Oriol. Volvemos a reír durante un buen rato.

—A lo que iba. Está claro que las responsabilidades de todos han aumentado y que tenemos menos tiempo que antes, pero no me vengáis con el rollo de que la diversión ya no va con vosotros o con que vuestras parejas os tienen pillados por los huevos y no os dejan salir. Si queremos, podemos. ¿Entendido? Así que propongo un brindis para que nunca dejemos escapar ese espíritu joven que habita en todos nosotros y para que noches como esta se vuelvan a repetir. Alzad vuestras copas y repetid conmigo: *Yes we can*.

—¡Pol *for president*! —espeta Serafí desde el fondo de la mesa.

Tras aplaudir durante un buen rato, finalmente brindamos y Mikel y yo nos miramos al rozar nuestras copas. Casi de inmediato, y aprovechando que Ana se ha marchado al baño, se sienta a mi lado. Sonrío al recordar las viejas cenas de la uni, en las que sucedía lo mismo. Quien se levantara de la mesa corría el riesgo de perder el sitio y al volver tenía que buscarse la vida y sentarse en la silla que quedara libre.

—Bueno, ¿qué? ¿Tampoco lo estás pasando tan mal con tus amigos de la uni, no? ¿A que no mordemos? —me dice Mikel, mirándome fijamente a los ojos.

Sonrío y noto que me sofoco a marchas forzadas. Las mejillas sonrosadas de Pol ahora mismo deben de quedarse cortas al lado de las mías. Siento que Mikel me tiene acorralada y no sé por dónde salir.

—¿Sabes que últimamente me he acordado mucho de aquel verano que pasamos juntos en Euskadi? —digo.

—Y tanto que me acuerdo... Y ¿a qué se debe que últimamente te hayas acordado tanto de él? —sonríe con esa cara de niño travieso que conozco tan bien.

Me pregunto cómo he podido ser tan cafre. Estoy en peor situación que antes. ¿Por qué tengo que recordar nuestras aventuras del pasado? ¿Qué estoy haciendo? ¿Ligar de forma penosa? Estoy completamente descentrada. Procuro cambiar de tema para desviar la atención:

—¿Sigues pillando olas? —pregunto. A Mikel, como a muchos vascos, le gustaba hacer surf.

—Pues claro. Es algo que me encanta y que no pienso dejar de hacer. Las pasadas Navidades nos fuimos tres amigos a Marruecos en furgo. Increíble. Dormíamos en la playa, todas las noches hacíamos barbacoas y cada mañana nos despertábamos con la brisa del mar y unos amaneceres de película. Conocimos a un montón de gente de todo el mundo y la experiencia fue tan enriquecedora que ya estamos planeando nuestro próximo viaje surfero.

—¿Qué salvaje, no?

—Bueno, ya sabes que siempre se me ha dado bien alimentar mi parte animal —añade con picardía—. ¿Y tú?

—¿A qué te refieres? —pregunto.

—Si practicas algún deporte.

—Hombre, si llamas deporte a ir de arriba abajo con la lengua fuera todo el día, pues sí. Es un deporte que se me da muy bien, y además lo practico a diario —le suelto con ironía.

—Ja, ja, ja —ríe Mikel—. Veo que conservas tu sentido del humor.

Ana, de vuelta del baño, interviene en nuestra conversación.

—Eh, feo —dice, mientras me guiña un ojo , que Beth está casada, ¿eh?

—No soy celoso —responde Mikel.

En menudo berenjenal me estoy metiendo. Cualquiera diría que soy madre de dos hijos y que debería estar de vuelta de todo. Parezco una quinceañera sin demasiados dedos de frente.

—Hablábamos de deportes, Ana —digo en un intento por rebajar el tono de la conversación.

—Y de nuestra parte salvaje —añade Mikel.

Para mi fortuna, en ese preciso instante Pol propone ir a tomar la primera copa al Apolo, un local en el que, a pesar de nuestra edad, parece ser que no desentonaremos. ¿Hacía cuánto que no salía de noche? ¡Años! Me llegan a contar esto hace unos días y no me lo creo.

Al salir del Velódromo, Mikel me invita a subirme en su moto para acercarnos al Apolo.

—Agárrate fuerte a mí —me dice, mientras me abrocho el casco.

Llegamos antes que nadie y entramos en el local. Mientras esperamos a que llegue el resto del grupo, pide dos mojitos y nos quedamos hablando en la barra. Después de tantos años, conversar a la una de la madrugada con Mikel me parece surrealista. Consigo por unos instantes olvidarme de mi familia y de mi trabajo, y volver a ser yo misma.

—Estás muy guapa, Beth.

—Gracias, Mikel. Tendré que venir más a menudo a estas cenas para que me elevéis la autoestima.

—A ver si es verdad. El otro día, cuando nos vimos, te vi un poco triste.

—Algo de eso hay. A veces me siento sola y saturada por la vida que llevo.

—¿Cómo están las cosas con el cirujano?

—No sé... Tengo la sensación de que soy un poco transparente para él.

—No sabe lo que se pierde.

—Se lo recordaré de tu parte. Verás qué bien le sienta.

—¿Crees que todavía se acuerda de lo que pasó?

—Te aseguro que se acuerda perfectamente de ti, y mejor que no le diga que he estado contigo esta noche.

—Venga ya. Si de esto hace más de quince años.

—No para él. Ya sabes, orgullo de macho alfa.

—Ya.

—Pero paso de hablar de eso ahora. Quería darte las gracias por haberme animado a venir. Lo que hoy estoy viviendo es impagable.

—Me alegro de que lo veas así.

De pronto, como si del guión de una película se tratase, comienza a sonar nuestra canción, aquella que tanta veces escuchamos en las fiestas del Puerto Viejo. La melodía de la «Dulce condena» de Los Rodríguez nos envuelve y Mikel y yo, sin saber qué decir, nos quedamos callados, mirándonos a los ojos. Se acerca, acaricia mi mano y todo el cuerpo se me estremece. Cierro los ojos y me dejo llevar. Toma mi cuello con sus manos y me besa. No quiero abrir los ojos y despertar de este sueño. Al terminar la canción y abrirlos, Mikel me mira fijamente e intenta besarme de nuevo.

—No puedo hacer esto, Mikel.

—¿Por qué?

—Lo siento. Estoy casada y tengo dos hijos. Esto no entraba en mis planes. ¿Te despides del resto por mí?

—Beth, espera, no te vayas, por favor. ¿Quieres que te acompañe a casa?

—No, gracias. Prefiero irme sola. Me irá bien un poco de aire.

Salgo del local, respiro hondo y tomo un taxi para emprender el camino hacia casa. Pero ¿qué he hecho? ¿Cómo he podido perder el juicio de esta manera? ¿Me habrá visto alguien? ¡Socorro!

10

—Qué, ¿mala noche, Beth? —me pregunta Susana, la recepcionista, al entrar en la oficina. Cotilla y controladora en grado sumo, no hay detalle que se le escape.

—Sí, ya sabes... Los niños... —respondo, echando mano de la primera excusa que me viene a la cabeza. «¡A esta bruja no se le escapa una!», pienso.

Mi cara me delata. Y no es para menos, porque no he pegado ojo en toda la noche. Presa de un inmenso arrepentimiento, tomé el taxi para emprender el trayecto de vuelta a casa. El bombardeo de pensamientos y de sentimientos cruzados hizo una fatídica reacción con el alcohol ingerido y llegué a casa con el estómago completamente revuelto. Tras unos segundos intentando meter la llave en la cerradura, que me resultaron eternos, recorrí a toda prisa el pasillo hasta el baño, procurando hacer el menor ruido posible. Abrir la tapa de la taza me bastó para comenzar a vomitar sin parar hasta expulsarlo todo: desde las especialidades del Velódromo hasta el mojito del Apolo.

Me lavé los dientes, me di una ducha rápida para eliminar el mal olor y reconfortarme, y me preparé una manzanilla que logró aliviar ligeramente el malestar. Rogué no despertar a Jordi al acostarme, pero basta que no quieras algo para que ocurra. Al taparme con el edredón, le di un manotazo a la lámpara de noche, que inmediatamente cayó al suelo, y Jordi despertó de su letargo.

—¿Eres tú, Beth? —preguntó completamente adormilado.

Permanecí unos segundos callada, sin saber qué responder, temiendo que pudiera descubrirme en tan lamentable estado y esperando que se volviera a dormir. La pausa se hizo demasiado larga y Jordi encendió la luz. Me miró con cara de incredulidad:

—¿Por qué no respondes?

—Lo siento, Jordi, no quería despertarte.

—Tienes mala cara. ¿Estás bien?

Comencé a temblar ligeramente por miedo a que la conversación se convirtiese en un tercer grado.

—Sí, solo que estoy cansada.

—¿Qué hora es?

—Las tres de la madrugada.

—No me extraña que estés cansada.

—Buenas noches —dije, procurando que mi voz sonara serena.

Apagué la luz de inmediato para no darle pie a seguir con el interrogatorio. No hubiera sido capaz de responder a la siguiente pregunta. Para mi fortuna, se durmió en un instante. Sus sonoros ronquidos así lo evidenciaron.

No recuerdo las vueltas que pude llegar a dar bajo el edredón. Mi despiadada conciencia me fustigaba sin cesar y la noche resultó ser una de las peores pesadillas que recuerde. En caso de haberme tomado la tensión, hubiera batido récords. Tan pronto tenía un calor asfixiante que me bañaba en sudor, como un frío escalofriante con el que hasta me castañeteaban los dientes. Una avalancha de fotogramas de la noche me torpedeaban en la cabeza sin cesar: la alegría de ver a todos, la aparición de Mikel, su fular azul, el cambio de sillas, el trayecto en moto con los cuerpos arrimados más de lo estrictamente necesario, los Rodríguez... el beso. Ese beso que me llevó de viaje a no sé dónde.

¿Nos vería alguien? De solo imaginarlo, el pánico se apoderaba de mí y sentía que mi mundo se tambaleaba. Yo, casada y madre de dos niños, ¿en qué estaba pensando exactamente? ¿Cómo me pude dejar llevar de esa manera? ¿Y si Jordi se enterara? Mi conducta fue la de una adolescente con las hormonas en plena ebullición. En mi primera salida nocturna en mucho tiempo y después de no dar señales de vida durante años, mis amigos me recibieron con los brazos abiertos y me brindaron una de las mejores noches que recuerde. Sin embargo, el beso de Mikel me descolocó por completo y no fui capaz de despedirme de nadie. Ni siquiera de Ana, con la que me había sentido tan a gusto durante la cena y quien, en un gesto de confianza que agradecí enormemente, me contó su separación y su admirable batalla en busca de un hijo. Les debía a todos una disculpa.

Y en medio de la vorágine de pensamientos, el inexorable paso del tiempo del que me informaba el reloj a través de sus dígitos rojos cada vez que lo miraba de reojo. Mi nerviosismo aumentaba al saber las pocas horas de sueño que restaban hasta que tuviera que ponerme en pie para ir al trabajo. El único consuelo era saber que, al menos, era viernes y que tenía el fin de semana por delante. Confiaba poder descansar algo más.

A las seis de la mañana ha sonado el despertador. A pesar de la falta de sueño, me he levantado más disparada que nunca. Me he dado una ducha con agua tirando a fría para despejarme, aunque no he parado de pensar en todo lo que sucedió anoche. He agradecido más que nunca poner el desayuno a los niños, vestirlos y llevarlos al colegio, porque me ha ayudado a mantenerme distraída durante algún tiempo. Jordi parece haber olvidado el incidente de la madrugada. Ha salido pitando hacia el hospital y, como viene siendo costumbre, me he quedado a cargo de Laia y Marc. Sin embargo, hoy no he echado de menos su falta de colaboración. Al contrario. A duras penas hubiera podido sostenerle la mirada.

El día en el trabajo está resultando ser, sin lugar a dudas, el menos efectivo de los doce años que llevo en la empresa. Soy incapaz de hacer nada más allá de recordar la cena... Y sobre todo el beso. Basculo entre la fantasía y un enorme sentimiento de culpabilidad. No tanto por el beso como por lo que significa. No puedo evitar pensar en Mikel. Ha despertado sentimientos en mí que creía que no volvería a vivir jamás. Me gustaría verlo de nuevo. Mucho. Decido entrar en Facebook y mirar las fotos que tiene colgadas en su perfil. Las repaso una y otra vez. ¿Qué pensará de lo que ocurrió anoche?

Suena el móvil. Es Jordi. Me sorprende que me llame a estas horas. No es habitual en él.

—Hola.

—Hola, ¿qué tal? —pregunta.

—Bien... Con mucho trabajo —miento. ¿Y si se hubiera enterado de lo que sucedió anoche a través de algún conocido? Comienzo a sudar.

—Ayer llegaste muy tarde, ¿no?

No acabo de ver hacia dónde quiere llegar con sus preguntas. Anoche me preguntó lo mismo. ¿Me estará poniendo a prueba o simplemente se habrá olvidado? Tengo la sensación de que si le digo la verdad, discutiremos, así que me arriesgo y vuelvo a mentir:

—Ummh, no... —Hago una breve pausa a medida que voy pensando en la respuesta—. Sobre la una y cuarto ya estaba en casa.

—Ah. No sé por qué pero me había hecho a la idea de que habías llegado más tarde. —Suspiro al comprobar que mi respuesta parece haber convencido a Jordi—. Bueno, a lo que iba. Te llamaba porque me han anulado la operación que tenía programada para última hora de esta tarde y llegaré antes a casa. ¿Qué tal si encargamos unas pizzas para cenar? Entre el viaje a Brasil y mis últimos compromisos profesionales hace tiempo que no estamos los cuatro juntos.

La propuesta de Jordi me coge tan fuera de juego que no sé qué responder. Hoy es el día que menos me apetece verlo. Pagaría por que esta misma tarde se volviese a marchar de viaje.

—Beth... —insiste—. ¿Estás ahí?

—Sí, Jordi... Perdona. Bien... Bien... Me parece bien. ¿Sobre qué hora llegarás?

—A eso de las ocho.

—Vale, te veo en casa, entonces.

¿Estar precisamente hoy más tiempo con Jordi? ¡No, por favor! ¿Una cena los cuatro porque hace tiempo que no estamos todos juntos? Pero ¿qué le ha pasado? ¿Se ha transformado? No recuerdo cuándo fue la última vez que me propuso hacer un plan en familia. No tengo ningunas ganas de estar con él. De nuevo me invade la culpabilidad, a fin de cuentas no le puedo reprochar que quiera cenar con su familia, pero siento que su reacción llega tarde. ¿Cómo salvar esta distancia que cada día me separa más de él? Si hace años me hubieran dicho que íbamos a llegar a este punto, no lo hubiera creído.

Jordi y yo nos enamoramos un sábado de fiesta. Hasta entonces, siempre había sostenido la idea de que los tíos que se conocían de noche no servían más que para un simple (o digno) revolcón. Cuando lo conocí, cambié de idea. Yo había ido a la sala Bikini de concierto con Montse y Mónica, dos amigas de la infancia. Montse, que tenía la virtud de contagiarnos a todos con su alegría vital, era una pieza de cuidado que siempre que salía tenía la costumbre de empinar el codo más de la cuenta y agarrarse unas castañas impresentables. Aquella noche parece que se propuso dar la nota más que nunca. Como no andaba bien de pasta, se le ocurrió que lo mejor era colarse en la barra, *tomar prestada* una botella de vodka cuando los camareros estuvieran despistados y sacarnos las copas gratis. Dicho y hecho. La diferencia entre ella y nosotras fue que a Mónica y a mí nos bastaron un par de minúsculas copas de aquel vodka indigerible, pero a Montse no. Quiso rentabilizar su hazaña y, prácticamente ella sola, se metió la botella entre pecho y espalda. Tras haber ingerido su contenido en tiempo récord, no se sostenía en pie y se arrastraba por el suelo como un gusano exclamando: «¡Ay, chicas, qué mal estoy!». Mientras Mónica pedía en la barra un azucarillo y una tónica que la ayudaran a recuperar el tono y bajar el índice de alcohol en sangre, yo me quedé con ella. A diez pasos de nosotras un grupo de chicos contemplaba la escena entre risas. Uno de ellos, alto y con cara de espabilado, se acercó y me ayudó con Montse, que, poco a poco, comenzó a recobrarse.

—Menudo chuzo se ha agarrado tu amiga, ¿no? —me dijo.

—Sí. No es justo que la veas así porque es una tía muy divertida, pero reconozco que cuando bebe tiene mucho peligro. Mañana, cuando esté algo más recuperada y se le haya pasado el dolor de cabeza de la resaca, aprovecharé para leerle la cartilla.

—De aquí a media hora la podréis levantar y llevarla a casa —dijo Jordi, y me sonrió por primera vez.

—Te veo resuelto en este tema. ¿Eres médico o algo así? —pregunté.

—Bueno, algo así. Estoy estudiando la carrera de Medicina, aunque mi idea no es socorrer a aquellos que apuntan maneras para terminar en Alcohólicos Anónimos, sino dedicarme a la cirugía. —Los dos reímos un buen rato con su comentario—. ¿Y tú? —me preguntó.

—Estudio Psicología en la Autónoma, aunque me gustaría trabajar en Recursos Humanos, no en una consulta llena de alcohólicos anónimos. —Volvimos a reír.

—Por cierto, me llamo Jordi. Encantado.

—Encantada. Yo me llamo Beth.

Al cabo de seis meses de nuestro primer encuentro ya estábamos viviendo juntos, y para celebrar el año de relación nos fuimos a Cuba. Fue nuestro primer viaje y lo recuerdo con especial cariño. Con las mochilas al hombro, recorrimos la isla de norte a sur durante un mes entero. Teníamos interés en conocer el país a fondo, pero no habíamos organizado nada, así que nos dejamos aconsejar por sus habitantes y cada día vivíamos una aventura distinta. Sellamos una unión que prometía para toda la vida. Me quedé prendada de su humor, de su inteligencia y de su espíritu aventurero. Cegado por la magia y el romanticismo del principio, una noche de luna llena en Playa Ancón, al sur de la isla, me declaró su amor. «Siempre serás mi princesa», me dijo. Y yo lo creí. No sé en qué momento se rompió aquella promesa y dejé de serlo.

La jornada laboral toca a su fin. Me gustaría que el mundo se parara durante un tiempo para perderme y poder reflexionar a solas, pero como diría mi madre, a la que tanto extraño, los hijos son caminos sin retorno. Así que a la salida del trabajo me llevo a Laia y a Marc al parque a que se diviertan como lo que son, unos niños vitales y sanos, ajenos a las complicaciones de su madre, que se debate entre el arrepentimiento y las ganas de volver a ver a ese vasco que en la época universitaria la volvió loca.

A eso de las siete y media, casi a punto de anochecer,

abandonamos el parque para llegar a casa a tiempo y cenar con Jordi. Estoy nerviosa. De alguna manera, siento que le estoy fallando; hoy no es la noche más indicada para estar con él. En el preciso instante en que llegamos al aparcamiento de casa, Jordi llega con su coche del trabajo. Laia y Marc salen a todo correr a recibirlo. Con los niños de la mano, se acerca a saludarme.

—Hola, cariño —me dice, y me da un pequeño beso en los labios.

—Hola —respondo seca.

Realizo el pedido de la cena por teléfono y al cabo de media hora llegan las pizzas, los refrescos y los helados. Los niños están entusiasmados con el plan de esta noche y noto a Jordi especialmente involucrado en su rol de padre y cariñoso como en raras ocasiones. La única que no parece vibrar con el plan soy yo. Tras la cena, los niños están agotados y los acostamos de inmediato. Jordi y yo nos quedamos a solas y la situación me incomoda. No sé de qué hablar. Se acerca y me besa en la mejilla, a lo que yo respondo con frialdad, rígida como una estaca. Lo intenta de nuevo, esta vez en el cuello, pero sin éxito.

—¿Te pasa algo, Beth?

—No, nada... —La pregunta me cae como una bomba.

—Te noto rara.

—Estoy muy cansada.

—¡Joder, qué raro...! —explota frustrado—. Podrías hacer de la dramaturgia tu profesión, porque hay que ver lo que te gusta el drama. ¿Cansada? ¡Siempre estás con lo mismo!

—¿Que siempre estoy con lo mismo? ¿Es una broma lo que estoy escuchando o qué? Te largas toda la semana por ahí y como siempre me hago cargo de la casa, de los niños, del trabajo, y ¿tengo que oír que no es para tanto? ¡Vete a la mierda, Jordi! Además, ¿quién eres tú para decirme nada cuando has estado una semana entera en Brasil de congreso? Que ya sé yo cómo son esos congresos. Rascarse los huevos y vivir la vida —digo completamente fuera de mí.

—¿Ah, sí? ¿Crees que ir a un congreso de cirujanos es eso? Pues te tengo que decir que no tienes ni idea. ¿Acaso te crees que eres la única que trabajas? ¡Pobre, tendré que quitarte el sudor de la frente! Y no me digas nada de vivir la vida, porque ayer bien que te fuiste de cena.

—Pero ¿cómo puedes tener la desfachatez de decirme nada para una vez en años que salgo de noche? Mira, ¡lárgate de mi vista porque no te quiero ver!

Doy un portazo y salgo corriendo hacia la habitación. Las lágrimas me brotan de pura rabia. Me tumbo en la cama y lloro con desconsuelo. El parpadeo del móvil me evade del disgusto. Tengo un nuevo *whatsapp,* cuyo emisor es... ¡Mikel! Mi corazón empieza a latir de manera estrepitosa. El nerviosismo me impide concentrarme en el contenido del mensaje: «¡Ey, guapa! Me encantó verte ayer... Quizás me excedí, y si así fue, lo siento. Espero que estés bien. ¿Te apetecería quedar un día para tomar un *coffee*? Besos». Leo y releo el mensaje hasta aprendérmelo de memoria. Tras la discusión con Jordi me siento menos culpable y me lanzaría a responder el mensaje, pero aún estoy confundida y decido esperar. Cuánto me gustaría hablar este tema con Jan y pedirle consejo, pero sé que, aunque con buena intención, me machacaría, y ahora mismo no estoy preparada para recibir un sermón.

Durante el fin de semana, Jordi y yo no nos dirigimos la palabra salvo para lo estrictamente necesario y nos volcamos en Laia y Marc. Tengo ganas de responder a Mikel, pero me asusta hacerlo porque sé que eso supone llevar más lejos lo nuestro.

El domingo por la noche Jordi se pone a trabajar. Tiene varias cirugías importantes durante la semana y quiere estudiar cada uno de los casos. Me quedo sola en el sofá, viendo la tele. Enseguida me entra sueño, pero, antes de acostarme, un impulso me lleva a coger el iPhone y responder por fin el *whatsapp* que llevo todo el fin de semana deseando escribir: «Aupa, Mikel. Gracias por tu mensaje. Estoy bien... creo. OK al café, dime cuándo te va bien. Un musu». Qué recuerdos lo de «musu», beso en vasco. Casi de inmediato, recibo su respuesta: «Cuando quieras, guapa. Seguro que tú tienes una agenda más complicada que la mía. Musu ;-)».

Sonrío. Apago el móvil y decido esperar a responder el mensaje. Mañana será otro día.

11

Lunes. Comienza una nueva semana. El caos se ha instalado en casa desde primera hora de la mañana. No he oído el despertador y he amanecido con cuarenta y cinco minutos de retraso. Histérica por completo, he intentado ganarle tiempo al reloj a golpe de velocidad. Jordi no se ha prestado a echarme un cable, a sabiendas de lo mal que iba. Ni siquiera para llevar a Laia y Marc al colegio o ayudarme a vestirlos. Seguimos sin dirigirnos la palabra. Tras un breve desayuno, se ha vestido, ha besado a los niños y ha cerrado la puerta tras de sí. Le hubiera estampado una de las tostadas que tanto le cuesta comer a Laia en toda la cara. No sé por qué no he tenido el valor de hacerlo.

Imagino que no tardará demasiado en llegarme una multa a casa, porque he rebasado con creces el límite de velocidad para llevar a los niños al colegio. ¡Qué imprudente! Para aplacar el nerviosismo, en cuanto hemos entrado en el coche he encendido un cigarrillo sin pensarlo, algo que evito cuando estoy con los niños, para consumirlo prácticamente de una sola calada... En cuanto los niños han comenzado a toser me he percatado de mi insensata decisión. Inmediatamente, he abierto la ventanilla del coche y he lanzado la colilla sin pensar de nuevo en lo que hacía. A eso lo llamo una actitud ejemplarizante. Solo me faltaba una retirada del carné por puntos.

Acabo de aterrizar en la oficina con veinte minutos de retraso. No está mal; dada la hora a la que he despertado, podría haber sido peor. Carmen aún no ha llegado y aprovecho para tomarme un café y echar un vistazo a la ciudad desde la ventana. Ha salido un día espectacular, con un cielo completamente despejado que invita a ir a la playa a leer o simplemente a dar un paseo. Cuánto necesito un rato de desconexión. No paro de pensar en Mikel, y poner las ideas en orden me vendría muy bien. Quiero responder ya a su mensaje, pero antes de hacerlo trato de pensar cuándo cuadrar un café con él en mi apretada agenda y evitar así tomar una decisión precipitada.

La primera hora de trabajo ha dado mucho de sí. Teniendo en cuenta que el viernes, antes de marcharme de la oficina, había respondido a todos los correos electrónicos, no entiendo cómo a primera hora de la mañana del lunes mi bandeja de entrada puede almacenar cerca de sesenta mensajes. He respondido casi a tres cuartas partes, cuando llega Carmen. Deja su bolso y su chaqueta en el perchero y se acerca a mi mesa.

—¿Has tomado café? —me pregunta.

—Sí, hace una hora, pero no me vendría mal otro.

—Pues acompáñame al despacho, que te preparo uno y aprovecho para comentarte un tema.

¿Habré olvidado algo? A medida que camino hacia el despacho de Carmen procuro hacer memoria de los temas que tengo pendientes con ella y no se me ocurre nada en lo que pueda haber fallado.

—Entra, entra —me dice Carmen ya desde el interior de su despacho, donde comienza a preparar los cafés.

Tomo asiento, dispuesta a escuchar lo que me quiere comentar.

—¿Fuerte o suave? —me pregunta, mientras me muestra dos cápsulas de Nespresso de distinto color.

—Fuerte, por favor.

—El azúcar y la sacarina las tienes en aquel bote —me señala con el dedo según me acerca la taza de café—. Sírvete a tu gusto.

—Gracias, Carmen.

—Por cierto, ¿cambio de *look*?

—Sí. El otro día fui a la peluquería porque ya tocaba, y mira...

—Ah, oye, pues te queda bien. No sé, te veo más rejuvenecida.

—¿En serio? ¡Gracias!

—Bueno, te comento. La semana que viene, es decir, el día 24, tenía prevista la reunión con el Comité de Dirección para explicarles en qué consiste la «Evaluación 360°», cuáles son sus beneficios y qué impacto tiene en la compañía. Al tratarse de un proyecto nuevo en la casa, es preciso convencer e involucrar para poder hacerlo extensivo al resto de la plantilla durante los próximos años. Pero hasta aquí no te estoy contando nada nuevo.

Carmen hace una breve pausa y da un sorbo a su café. Aprovecho la ocasión para intervenir.

—Y ¿cómo llevas la preparación de la reunión?

—De eso precisamente te quería hablar. El presidente me ha pedido que asista a una reunión que tendrá lugar el mismo 24 en Madrid con los ingleses. Por lo visto, la reunión es de vital importancia y no me queda otra que ir. Así que tenía dos alternativas: desconvocar la reunión y trasladarla a otro día o enviar a alguien en mi lugar. Y he pensado en ti.

Explicar en qué consiste la «Evaluación 360°» al Comité de Dirección y conseguir la implicación de sus miembros no es coser y cantar. A pesar de ser una herramienta cada vez más conocida y utilizada en las empresas, no deja de ser, como su propio nombre indica, un instrumento que evalúa el desempeño profesional desde varios puntos de vista, como el de los subordinados, los compañeros, los clientes internos... Y en este caso, quienes se tienen que someter a esa evaluación son, ni más ni menos, que los propios miembros del Comité de Dirección.

—Gracias por confiar en mí, Carmen, aunque si te soy sincera, me da bastante vértigo este proyecto.

—¡Normal!

—Ya sabes que, en ocasiones, los miembros del Comité de Dirección suelen mostrarse reacios a este tipo de iniciativas.

—Olvídate de eso. No te preocupes, que yo te ayudaré a que se muestren partidarios y le brinden todo su apoyo a la herramienta. Confía en mí. La reunión será un éxito.

Me pregunto por qué he dejado de creer en mis posibilidades. En el pasado, cuando trabajaba como consultora de RRHH, realicé proyectos de este tipo e incluso de mayor envergadura con multinacionales de primera línea. La diferencia es que antes me veía capaz. Creía en mí. Me ilusionaban los retos y disfrutaba con ellos. Ahora, sin embargo, me asustan.

—Beth, creo que es una excelente oportunidad para ti de cara a embarcarte en nuevos retos profesionales. Date cuenta de la importancia de la reunión, porque si consigues implicarlos y que lo tomen en serio, será el proyecto más importante que tendremos en el área de Formación y Desarrollo durante los próximos dos años.

—De acuerdo. ¿Podrías pasarme la documentación para que le vaya echando un vistazo? Si la reunión es dentro de una semana, el tiempo apremia.

—Ahora mismo te la paso. Son varios archivos y pesan bastante. Si te parece, te convoco para este jueves y me presentas una propuesta de cómo te gustaría enfocar la reunión.

Y si quieres que entre las dos ensayemos la presentación a los miembros del Comité, también puedes contar conmigo.

—Gracias, Carmen —digo sonriente.

—Beth, he pensado que si nos aprueban el proyecto, podrías dar a conocer los resultados personalmente a dos directivos del Comité de Dirección. ¿Qué te parece?

—Que confías mucho en mí.

—Exacto. Y sé que lo puedes hacer bien. —Me guiña el ojo y vuelve la mirada a su ordenador.

El gesto de confianza de Carmen hacia mí es también una prueba de fuego. Con ese «sé que lo puedes hacer bien» Carmen me ha querido decir: «Beth, no me falles y no hagas que me arrepienta de la decisión que he tomado». El proyecto entraña una gran responsabilidad, y en caso de que la presentación resultara un fracaso, no quiero imaginar cuáles podrían llegar a ser las consecuencias. No obstante, este proyecto me saca de mi rutina y, si saliese airosa de él, podría darme visibilidad en la empresa, así como una buena inyección de motivación.

Para cuando llego a mi mesa y desbloqueo el ordenador, Carmen ya me ha enviado el primero de los cuatro archivos, que, como presuponía, es bastante denso. De aquí al jueves no tengo mucho tiempo, así que me tendré que espabilar y preparar una presentación que sorprenda o, como mínimo, convenza a Carmen.

Tras un buen rato echando un vistazo a los documentos que Carmen me ha enviado, el pitido del móvil me advierte de que me ha llegado un nuevo *whatsapp*. ¡Mikel otra vez!: «Superwoman, ¿cómo lo llevas? Me ha fallado un cliente para la comida. ¿Anulo la reserva o te vienes a comer conmigo? Tenemos mesa para dos en El Mordisco a las 14.00 horas. Invita el de Bilbao ;-)». ¿Quedar hoy mismo con Mikel? ¡Buff!, me resulta un tanto precipitado, pero ¿cómo decirle que no con las ganas que tengo de verlo? En realidad, me viene mucho mejor comer que tomar un café una tarde, porque a partir de que Laia y Marc salen del colegio lo de quedar se complica. Mi respuesta no se hace esperar: «Aupa, Superman. Hecho. Te veo allí. Solo tengo una hora para comer. Un musu».

Echo un vistazo en el ordenador para ver dónde está El Mordisco. Pasaje de la Concepción, 10. Perfecto. Solo tardaré cinco minutos en llegar, trabajo prácticamente al lado. En el tiempo que falta hasta la hora de la comida me supone un esfuerzo sobrehumano trabajar en el proyecto de la «Evaluación 360°», pero procuro concentrarme al máximo porque no quiero fallar a Carmen. Dispongo de muy poco tiempo para prepararme la presentación y quiero hacerlo bien.

Al cabo de un rato miro el reloj. Ya son las 13.45. Cojo el bolso y me voy al baño. Necesito ponerme un poco de colorete en las mejillas, repasar el pintalabios y dibujar la raya de los ojos. ¡Mierda, solamente he traído el colorete! Salgo corriendo de la oficina, y antes de pasarme por el restaurante hago una visita relámpago a la perfumería situada al lado de la oficina, abierta todos los mediodías. Me dirijo a uno de los muestrarios de maquillaje y aprovecho para pintarme los labios, trazar ligeramente la raya del ojo y pulverizarme el perfume que utilizo habitualmente en cuello y muñecas. Sonrío satisfecha y salgo pitando hacia El Mordisco.

Mikel me está esperando en una de las mesas y, al verme, me hace una señal con las manos. Se pone en pie para recibirme y, al acercarme, nos damos dos besos. Procuro mostrarme medianamente serena, a pesar de mi estado de nervios. Sentados, permanecemos un rato mirándonos a los ojos hasta que comenzamos a reír.

—Bueno, por lo que veo —comienza Mikel—, llegaste sana y salva el jueves a casa, ¿no?

—Sí, aunque al día siguiente en el trabajo estaba muerta

—digo, procurando esquivar el tema del beso—. ¿A qué hora aterrizaste en casa?

—Tampoco mucho más tarde que tú. Nos quedamos una hora más o así en el Apolo y después nos fuimos todos a casa. Y es que... —Mikel comienza a troncharse de risa.

—¿Qué? ¿De qué te ríes?

—No, nada... —dice sin parar de reír.

—¡Dime! —reclamo como una niña pequeña.

—Tenías que haber visto a Oriol en la pista de baile. ¡Estaba completamente desatado! Se quitó la camiseta, se quedó con el torso desnudo y empezó a vociferar como un gorila: «¡Mirad, mirad mi cuerpo serrano! ¡Esto sí que es un cuerpazo, y lo demás son tonterías!», mientras bailaba como un descosido. Hasta les hizo un par de calvos a las chicas.

—¿En serio? ¡Ja, ja, ja, ja, ja! ¡Es un *crack*! —No puedo parar de reír imaginándome la escena. ¡Oriol dándolo todo y enseñándoles el culo a las chicas!

—Solo le faltó descalzarse —añade Mikel con sarcasmo—, y la noche hubiera sido redonda.

—¿Qué van a tomar para comer? —nos interrumpe el camarero, dispuesto a tomar nota.

—¿Me dejas pedir? —me pregunta Mikel.

—Adelante —asiento.

—Tomaremos una ensalada de ventresca, unos huevos revueltos con setas y *foie* y un tártar de atún.

—¿Para beber? —pregunta el camarero.

—Una copa de vino tinto, por favor —solicito.

—¿Alguno en particular?

—Lo dejo en tus manos —respondo al camarero con un guiño.

—¿Y el señor?

—Lo mismo que ella —contesta Mikel.

El camarero se aleja y Mikel vuelve a intervenir.

—Bueno, y explícame, ¿qué es eso de que solo te dejan una hora para comer con tu amigo de Bilbao?

—No es así exactamente. —Sonrío—. En realidad, tengo libertad para tomarme el tiempo que necesite, sin abusar, claro está. Ahora mismo estoy con un proyecto *heavy* entre manos que me ha encargado mi jefa y cuento con muy poco tiempo para trabajar en él —explico—. Pero al margen de eso, todos los días salgo a las cinco y media del trabajo para ir a buscar a mis hijos al colegio, así que tampoco les puedo dedicar demasiado tiempo a las comidas.

—¿Trabajabas en Recursos Humanos, verdad?

—Sí, llevo el área de Formación y Desarrollo —digo con cierta desgana.

—¿Y esa cara? Qué pasa, ¿no te gusta lo que haces?

—Sí y no. Es decir, hace doce años que trabajo aquí y ahora mismo no estoy ni motivada ni en mi mejor momento.

—Ya. Y ¿por qué no buscas un cambio?

—Buena pregunta. Imagino que necesito poner un poco de orden en mi cabeza y aclarar ideas para saber hacia dónde tirar.

—No te desanimes. Yo pienso que las dudas y los momentos malos son buenos. Me explico. Creo que son buenos porque, aunque se pase mal, por lo general motivan el cambio hacia algo mejor, y en ese proceso hay un aprendizaje.

—Pues mira, nunca me había parado a mirarlo así. Quizás tengas razón.

—Tiempo al tiempo, Beth. Ya verás como tus dudas se aclaran y decides hacia dónde encaminar el trabajo. Todo llega.

—Hablas como si hubieses pasado por lo mismo.

—Naturalmente que he tenido mis baches y momentos de indecisión. Y precisamente por la lección y aprendizaje que he extraído de ellos no los borraría de mi vida.

El camarero se acerca con los tres platos y una botella de vino. La descorcha y me sirve. Asiento con la cabeza para indicarle que es correcto e inmediatamente después procede a servirle a Mikel su copa.

—Y tú ¿qué tal en el trabajo? —pregunto.

—Muy bien. No me puedo quejar porque me encanta lo que hago.

—¡Un psicólogo que va y monta una agencia de publicidad! Si me lo contaran de otra persona quizás me sorprendería, pero no en tu caso. ¡Te pega cien por cien!

Mikel ríe con mi comentario.

—Hombre, la verdad es que tengo la sensación de haber acertado con mi elección profesional. No imagino estar trabajando en otra cosa. El sector no es lo que era, porque en los últimos años se ha resentido mucho, pero aun así no me falta trabajo, doy rienda suelta a mi imaginación, viajo, conozco países y culturas que me enriquecen, asisto a rodajes fascinantes y tengo un equipo con el que conecto y me divierto... ¿Qué más puedo pedir?

—¡Qué envidia! Y bastante insana, además —bromeo.

Tras haber saboreado el delicioso tártar y la ensalada de ventresca, decido probar un bocado de los huevos revueltos con *foie*. Espectaculares.

—¡Qué bueno está todo en este restaurante! —exclamo.

—¿Eso me incluye a mí? —pregunta Mikel.

Enrojezco de forma instantánea.

—Veo que te pones igual de roja que en la uni —me dice.

—No seas cabrón, Mikel. Sabes que si me dices eso me pongo más roja todavía.

Ríe. Con su generosa, sincera e irresistible sonrisa, ríe.

—Así que dos hijos —dice cambiando de tercio—. Estoy convencido de que tienes que ser una buena madre.

—Hago lo que puedo. Pero, no creas, compaginar la faceta

de madre con la profesional y personal me resulta un tanto complicado. —Saco el iPhone del bolso y le muestro las fotos más recientes que almaceno en el álbum «Laia & Marc».

—Vaya, vaya... Así que estos son tus enanos, ¿eh? Hombre, yo diría... —Mikel hace una pausa a medida que analiza las fotos detenidamente— que el niño es clavado a ti. A la niña no le saco tanto parecido, pero es muy guapa.

—Sí. Todo el mundo dice que Marc es igual que yo. Laia no sabemos a quién ha salido, y no está bien que yo lo diga, pero tienes razón. Es muy guapa.

El camarero recoge los platos de la mesa. Prescindimos del postre y pedimos dos cortados.

—Y a ti lo de los hijos —digo retomando la conversación—, ¿no te llama?

—¡Ya ves qué aburrido soy! —responde con gracia—. No, a ver, los niños me gustan, pero al final tampoco me muero por tenerlos, y uno tiene que ser consecuente con lo que es. Yo soy un espíritu libre y vivo en una especie de egoísmo vital. Me gusta ir a mi bola, me preocupo básicamente solo por mí y no tengo que rendir cuentas a nadie. Así que no termino de verme en el rol de padre, y menos en el de marido.

—Y ¿no ha habido ninguna mujer por la que siquiera te lo hayas planteado?

—Hubo una. Pero al final, muy al final, supe que me estaba equivocando y di marcha atrás. Sin duda, una decisión acertada. Siempre termina aflorando tu verdadero yo.

Miro el reloj. Son las tres en punto. Apuro el cortado y me pongo en pie.

—Tengo que irme, Mikel.

—Me gustaría volver a verte. —Toma una de mis manos y la aprieta con fuerza.

—Bueno... Ya hablamos —digo avergonzada. Saco el billetero del bolso y deposito cincuenta euros sobre la mesa.

—No me jodas, Beth. Guárdate eso, que ya te he dicho que invitaba el de Bilbao.

Sonrío, le doy dos besos y me marcho apresurada del local de vuelta hacia la oficina. De camino, tomo el iPhone y le escribo: «Mil gracias por la comida. Eres un sol. Musu». Enseguida me responde: «Porque tú lo vales. A ver si te dejas ver otra vez, que se me ha hecho corto ;-)». A mí también. Creo que ha sido la hora más corta de mi vida. Interesante, vital, simpático, sincero, comprensivo, auténtico... ¿Cómo no sentirme atraída por Mikel?

En el poco tiempo que me queda hasta la salida del trabajo me vuelco en el proyecto de la «Evaluación 360°», sin dejar de pensar al mismo tiempo en Mikel y en lo a gusto que he estado con él durante la comida.

Ya de camino al colegio de los niños, decido llamar a Ana. No puede ser que aún no le haya dado una explicación sobre mi desaparición de la cena del jueves, y ahora es el mejor momento. Su voz suena a través del manos libres.

—¡Beth! ¡Qué ilusión! ¿Cómo estás? —responde alegre.

—Aquí, de camino al colegio de los niños. ¿Y tú?

—Pues mira, yo también voy de camino, pero al gimnasio.

—Ah, muy bien eso de machacarte el *body*, ¿no? Oye, Ana, te llamo porque te debo una disculpa. El jueves me fui de la cena sin despedirme de nadie y quería pedirte perdón. ¡Lo mío no tiene nombre!

—Me extrañó mucho que desaparecieras repentinamente sin avisar. Te estuve buscando en el Apolo y Mikel me comentó que te habías ido a casa.

—Sí... Es que no me encontraba muy bien y me fui.

—¡Ja, ja, ja!... ¿Hay algo que me quieras contar? —pregunta Ana, divertida.

—No. Pero ya sabes, era la primera vez que salía en mucho tiempo y la mezcla de vino y mojitos me sentó fatal.

—¡Ja, ja, ja! Es que eso de mezclar alcohol es una bomba para el cuerpo.

—¡No hace falta que lo jures! En fin, Ana, que al margen de la disculpa quería decirte que me encantó verte y recordar viejos tiempos. Aunque no lo creas, te he echado de menos estos años...

—Yo también, Beth.

—¿Qué tal si empezamos viéndonos un día para comer? ¿Te apetecería?

—¡Claro!

—Pues no lo demoremos más. ¿Te viene bien entre semana? Yo es cuando mejor lo tengo.

—Vale. Conozco un sitio que creo que te podría gustar.

—¡Tú mandas! Si te parece, mañana hablo con mi jefa, veo cuál es la previsión de curro de cara a los próximos días y en base a eso fijamos la cita.

—Perfecto.

—¿Sabes? Tengo muchas ganas de verte y comer contigo.

—Lo mismo digo, Beth.

—Mañana te digo, entonces, cuándo podríamos quedar. Te dejo, que he llegado al colegio.

—¡Un beso!

—Otro para ti.

Qué ganas de ver a Ana y charlar a solas con ella. No sé por dónde empezar, pero me gustaría explicarle que no estoy atravesando por mi mejor momento. Tonta no es, e imagino que algo debe de intuir después de lo que vio en la cena. Nadie mejor que ella para comprender por lo que estoy pasando.

12

—Abre los ojos, Beth —dice Virginia—. ¿Cómo estás?

—Rara, como aturdida...

—Aturdida —repite Virginia.

—Sí, esto del túnel negro me ha dejado mal cuerpo.

—Te felicito por haber querido entrar al túnel. Eres valiente, Beth.

—Gracias. Bueno... Es lo que tocaba. Para eso he venido hoy.

—Y ¿qué sacas de esto?

Tras unos segundos de silencio, Beth suspira profundamente y contesta:

—No sé... Estoy viviendo un momento negro de mi vida, pero, a pesar de ello, la historia de Mikel me ha traído algo de luz.

—¿Qué significa que ha traído algo de luz?

—Pues que, a pesar del malestar y confusión que me genera todo, me hace sentir despierta, viva. Por describirlo de alguna manera, es una parcela de alegría al margen de mi rutina.

—¿Qué te parece que trabajemos en esa parcela o parcelas de alegría?

—Bien. Virginia, Mikel me gusta, pero esta situación me genera muchos nervios y angustia.

—¿Cómo sería darte permiso para sentir eso?

—¿Darme permiso? No sé, quizás dejarme llevar un poco más. Dejar de lado ese «no está bien» que me repito tan a menudo. La oscuridad del túnel, vaya.

—¿Cómo te suena eso de «darte permiso»?

—¡Buff! —resopla—. Supongo que bien... Aunque es extraño, porque llevo mucho tiempo sin hacerlo —responde reflexiva.

—Y ¿qué te parece que, hasta la siguiente sesión, te vayas dando permiso, no solamente en eso que estás viviendo con Mikel, sino en diferentes ámbitos de tu vida?

—Bien, supongo...

—¿Supongo?

—Sí, bueno, es que me resultará difícil, sobre todo en determinados aspectos.

—Y ¿para qué estás aquí? —responde Virginia, sonriendo.

—Para arriesgar y probar —responde Beth, esbozando una media sonrisa.

—Pues ya está. A darte permiso los próximos días. Cuando te venga el mensaje de «no está bien», permítete hacerlo. A ver qué ocurre. ¿Lo harás?

—Prometido. La verdad, eso de hacerlo extensivo a otros ámbitos me gusta. A ver qué pasa. ¡Gracias, Virginia!

—Gracias a ti, Beth.

De vuelta al despacho, me siento rara, confundida. Darme permiso. No sé exactamente lo que significa. Quizás por la falta de costumbre. Intento recordar las últimas veces en las que me he permitido hacer algo que «no está bien» o «no debo» y no me viene nada a la cabeza. Me doy cuenta de que llevo demasiado tiempo sin hacerlo. Imagino que durante los últimos años me he limitado a hacer aquello que se esperaba de mí. Siempre volcada en satisfacer a todos salvo a mí. ¿Por qué? ¿Qué me ha llevado a robotizarme en la gestión del día a día? Camino pensativa, dándole vueltas a esta y a otras preguntas, hasta darme casi de bruces con la puerta del despacho.

Al poco de haberme sentado, Pedro, el técnico de Formación del departamento, se acerca a mi mesa.

—Buenos días, Beth.

—Hola, Pedro.

—¿Tienes un momento? Necesito que me eches un cable con algunas dudas relativas a los cursos.

—Claro, Pedro. Si te parece, nos vemos de aquí a una hora en la Sala Verde.

—De acuerdo.

Me vendrá bien esta hora de margen hasta reunirme con Pedro para situarme, dar respuesta a los *e-mails* recibidos y aterrizar de mi sesión con Virginia, que, como viene siendo habitual, me ha dejado completamente descolocada. Así podré estar mucho más centrada cuando me reúna con él.

Tras ubicarme y avanzar en algunos temas de trabajo, me dirijo hacia la Sala Verde. Solventamos la reunión con agilidad. Necesita saber qué formadores contratar para algunos cursos y resolver determinados aspectos burocráticos que han cambiado para la tramitación de estos. Es una suerte contar con alguien como él en el equipo. Es proactivo y, con el mínimo seguimiento, saca el trabajo de manera eficiente y profesional.

Al salir de la reunión y volver a tomar mi sitio, Ruth, que gestiona los temas administrativos y organizativos en el equipo, me hace algunas preguntas relacionadas con los lugares en los que se llevarán a cabo los próximos talleres, así como del *coffee break* en el taller que impartiremos mañana con el departamento de Marketing. Esta mañana está resultando ser de lo más productiva.

Pedro, Ruth, Alba, Teresa... Creo que cuento con un buen

equipo. Todos son profesionales con dilatada experiencia en el sector y el trabajo que desarrolla cada uno es fundamental en Formación. El área funciona de manera muy fluida y cada cual lleva a cabo sus tareas de forma responsable. No tengo que andar detrás recordando qué deben hacer. A pesar de ello, tengo la sensación de que no hay sentimiento de equipo y, sin duda, soy yo la persona que tendría que potenciarlo. Durante los últimos meses nos hemos ignorado. Todo ha funcionado de forma mecánica. Y es que, estando bajo mínimos, ¿cómo liderar el grupo? Trabajar en la cohesión del equipo no es lo que más me apetece ahora mismo, pero quizás sea la clave para que, en el futuro, el área funcione mejor y poder alcanzar mis objetivos del próximo año. Abro el *outlook* y anoto dentro de las tareas para la próxima semana: «Reflexionar sobre maneras de potenciar el sentimiento de equipo». ¿Por qué no vincularlo a los objetivos? ¡Exacto! Creo que lo mejor será pedir a cada uno un objetivo de equipo que contribuya a potenciar las sinergias y revierta en el bien de todos. Será también un gesto de gratitud hacia Carmen, con la que me siento en deuda tras la confianza depositada en mí con la «Evaluación 360º».

A la hora de comer emprendo mi ruta habitual para comprar la ensalada campestre de todos los días. Pienso de nuevo en darme permiso. ¿Por qué no? Decido cambiar de camino y acercarme a La Flauta. Pido una crema de verduras y pollo a la plancha. Operación bikini. Se acerca el verano y, un año más, sigo sin recuperar mi peso premamá. Los casi veinte kilos que gané en el embarazo de Laia y los dieciocho en el de Marc hicieron mella y me he quedado con cinco kilos de más de los que no consigo desprenderme. La bombilla de «darme permiso» vuelve a encenderse. Sonrío y decido que el postre será algo de chocolate.

Cojo el periódico, pero enseguida lo abandono para releer los últimos mensajes de Mikel mientras espero a que me llegue el postre. No consigo quitármelo de la cabeza ni controlar el remolino de emociones que desde nuestro reencuentro conviven conmigo. Quizás la clave resida en concederme un nuevo permiso. Lo aplico automáticamente y le escribo: «¡Aupa, Mikel! ¿Qué tal si comemos otro día esta semana? Besos». Emprendo el trayecto hacia la oficina muy pendiente del teléfono y de la respuesta de Mikel, que se hace esperar. No sé cómo encajará que haya tomado la iniciativa para una nueva cita.

Queda muy poco tiempo para dar a conocer al Comité de Dirección la «Evaluación 360°», así que durante la tarde reviso la presentación en profundidad. A pesar de tratarse de un proyecto interesante, la responsabilidad de hacerlo bien y que lo aprueben me genera mucho estrés. Reviso toda la información y repaso mentalmente las principales ideas que quiero transmitir.

El móvil rompe mi concentración. «¡Perfecto! ¿Te gusta el japonés?» ¿Respondo o espero? No me aguanto y contesto: «Por supuesto». Con mi respuesta parezco una experta en restaurantes japoneses, cuando lo cierto es que solo he estado una vez con Jan, que es un enamorado de la cocina japonesa. El día y lugar no se hacen esperar: «Te veo entonces el jueves a las dos en el Parco, en paseo de Gràcia».

Nada más acabar con el intercambio de mensajes siento un cierto malestar por lo que estoy haciendo. De nuevo el «no está bien» me asalta, que intento contrarrestar con el «déjate llevar y date permiso». Mi cerebro parece un campo de batalla entre el ángel y el demonio, quienes me arrojan sus respectivos consejos sin cesar.

Mi relación en declive con Jordi, el trabajo, los niños, Mikel... Necesito una tregua esta tarde. Estar a solas un rato. Quizás sea demasiado tarde para hacerlo; con tan poco margen no sé si Rosalía podrá pasar a buscar a los niños al colegio y quedarse con ellos un rato. La llamo y, para mi sorpresa, tiene la tarde libre, así que pasará la tarde con los niños sin problema. ¡Bien! Podría quedarme más tiempo en la oficina, hoy que puedo eludir mis obligaciones como madre, pero prefiero salir a mi hora. Tras deambular por las calles de la ciudad durante un buen rato, me siento en la terraza de una cafetería y me tomo una coca-cola. La temperatura es agradable, los días comienzan a ser ostensiblemente más largos y el ambiente de la ciudad es excepcional. Pago la consumición y me pierdo de nuevo entre calles. El escaparate de una tienda que liquida todos sus productos por cese de negocio llama mi atención. Entro haciendo el esfuerzo por no culpabilizarme. Encuentro dos vestidos, una falda y un chaleco con los que me veo francamente favorecida. La diferencia con respecto al precio original es tan grande que siento que no podría haber hecho una compra mejor.

El tiempo se me echa encima sin darme cuenta. Me apresuro a por el coche y tomo la Diagonal a toda prisa. Cuando llego a casa, Rosalía ya ha duchado y dado de cenar a Laia y Marc. Enormemente agradecida, premio con veinte euros adicionales su tarde al cuidado de los niños. En cuanto sale por la puerta de casa acuesto a los niños y les leo un cuento. Se quedan dormidos antes de que lo termine.

No quiero ver a Jordi. Me revienta que sea incapaz de pedirme una disculpa por la discusión del otro día y que la haya tomado como excusa para desentenderse más aún de sus obligaciones como padre. Así que me lavo los dientes, me pongo el camisón y me meto en la cama para no tener que cruzarme con él. Mañana será otro día. Me espera la comida con Ana y tengo muchas ganas de estar con ella. Será una válvula de escape.

En cuanto veo atravesar a los niños la puerta del colegio tomo el camino hacia el centro. Ayer ya avisé a Carmen de que llegaría a media mañana porque tengo que hacer algunas gestiones personales. Tras pasar por las oficinas de la policía de la calle Muntaner para renovarme el DNI y chuparme una cola que parece no tener fin, he pasado por el banco, donde también he esperado con paciencia a que llegue mi turno. He llegado pasadas las doce a la oficina, así que la hora de la comida se ha presentado en un abrir y cerrar de ojos.

El restaurante está a reventar. Me acerco hasta el final de la barra y pregunto por la reserva a nombre de Ana. En cuanto el camarero me señala la mesa la veo. Me recibe con un fuerte abrazo.

—¡Qué guapa, Ana!

—¡Gracias, Beth! Tú también estás muy guapa. Me chifla la falda que llevas.

—Pues mira, me la compré ayer por casualidad. La encontré en una tienda que, como está a punto de cerrar, tienen unos descuentos alucinantes. Ya te pasaré la dirección. En fin, y cuéntame... ¿Qué tal estás? No sé qué te pasa, pero te veo radiante.

—¿En serio? Será que hoy me siento bien. A primera hora de la mañana, antes de ir a trabajar, he ido a la piscina a nadar unos largos y después me he dado un homenaje en toda regla con un desayuno en la terraza de una cafetería. Ya sabes, pequeños caprichos que alegran la vida.

—¡Qué bien suena eso! ¡Es el plan perfecto para este tiempazo!

—Pero quizás debería contarte algo más... —dice Ana sin evitar sonrojarse.

—¡No! ¿Hay alguien nuevo en tu vida?

—Hombre, no sé si exactamente está en mi vida, pero

este fin de semana Oriol me presentó a Xavier, un amigo suyo.

—Y ¿dónde lo conociste?

—Bueno, como sabes, soy culé hasta la médula. Y el pasado sábado...

—... ¡Ah, ya recuerdo! —interrumpo—. Había partido entre el Barça y el Real Madrid.

—Exacto —prosigue Ana—. Total, Oriol nos invitó a mí y a unos amigos que no conocía a su casa a cenar pizza y beber algunas birras, mientras sufríamos juntos el gran encuentro. Y allí estaba Xavier. Al principio no le presté demasiada atención. Nos limitamos a saludarnos y poco más. A la mitad del partido me fui a la cocina a pillarme otra birra de la nevera, y en estas entró Xavier a hacer lo mismo que yo. Total, que nos pusimos a hablar, y enseguida conectamos.

—¿Habéis vuelto a veros?

—De momento no, ya veremos. Hablé con Oriol y me comentó que Xavier, por cierto, también separado, lo llamó al día siguiente para preguntarle sobre mí.

—Esto va por buen camino... —le digo a Ana con una sonrisa.

—Hombre... Conociendo a Oriol, imagino que pronto organizará otro plan para que nos volvamos a ver, y no creo que me haga de rogar.

—Ana, y si el plan no llega, tú no te cortes y pídele a Oriol su teléfono.

—No sé, ya veremos. Pero bueno, ya hemos hablado suficiente sobre mí. Ahora cuéntame tú.

Siento que me sonrojo ligeramente. Intuyo que Ana espera escuchar qué pasó con Mikel el día de la cena.

—Bueno, realmente hay poco que contar. Ya sabes, de casa al trabajo y del trabajo a casa. Con los niños casi no tengo tiempo de nada.

—Y tu marido, ¿no te ayuda?

—No tanto como quisiera. Vive volcado en su trabajo —me limito a decir sin dar más explicaciones.

—Ya. ¿Y con Mikel?

—¿Qué quieres decir? —Vuelvo a sonrojarme.

—Os vi en el bar hablando durante un buen rato.

—Bueno, ya sabes que siempre he tenido una buena conexión con él.

—¿Conexión? Yo creo que más que eso. Hablaría de una atracción brutal. Vuestra química nos llega al resto.

No sé si reír o llorar. ¿Tanto se nos nota? Nos quedamos unos segundos en silencio. Ana sonríe y me guiña el ojo. ¿Cómo la voy a engañar? ¿Qué le digo?

—Bueno, la verdad es que me hizo mucha ilusión verlo.

—¿Mucha ilusión? ¡Pero qué recatada te has vuelto, Beth!

—Bueno, vale... Reconozco que me pone bastante.

—¡Ja, ja, ja! —ríe Ana—. Eso está mejor. A fin de cuentas, tampoco es un crimen que te ponga Mikel, ¿no? Además, a nadie le amarga un dulce.

—Pues sí, a nadie le amarga un dulce... —repito sonriente.

A punto de terminar con la comida, Ana retoma la conversación:

—Pensaba que después de la cena no te volvería a ver.

—Te entiendo —digo cabizbaja—. Reconozco que he vivido estos últimos años como una ermitaña en lo que a mis amigos respecta. Me he volcado en mis hijos y he olvidado una parte fundamental en mi vida que son mis amigos.

—Bueno, son fases, etapas... Lo bueno es que nos hayamos reencontrado, y en nuestras manos está recuperar lo que teníamos.

—Pues sí, tienes razón. De todas formas, esta comida ha sido un buen punto de partida, ¿no crees?

—Por supuesto, y espero que se repitan a menudo.

—Te lo aseguro —sonrío.

Con la promesa de llamarnos y volver a quedar, abandono el restaurante y me apresuro hacia la oficina.

13

No me está resultando fácil cumplir el propósito de dejarme llevar. Hoy me he levantado una hora antes de que sonara el despertador, sin poder dejar de pensar en Mikel y en la comida con él. De alguna manera, me siento algo traidora. Si Jordi y los niños se enteraran... No quiero ni imaginarlo. Procuro apartar los malos pensamientos y hacer un nuevo esfuerzo por permitirme. No quiero seguir en la dinámica de los últimos años. Me siento ninguneada y desatendida por Jordi. Lo más grave de todo es que yo misma me he abandonado por completo. ¡Los demás y siempre los demás! ¡Menuda esclavitud! Y ¿qué hay de mí? En efecto, Virginia está en lo cierto y debo permitirme. Creo que lo merezco y lo necesito.

Dedico la mañana a sacar adelante algunas de las muchas tareas pendientes y a terminar de pulir la presentación de la «Evaluación 360°», que hoy mostraré a Carmen como preámbulo a la que realizaré el próximo lunes frente al Comité de Dirección. Si cuento con su aprobación, creo que me ayudará a ir con más aplomo a la reunión. Así que para mí es como si hoy me examinara, y espero hacerlo bien. El tiempo vuela y la hora de la comida se presenta en lo que a mí me han parecido menos de cinco minutos.

Salgo deprisa y con los nervios a flor de piel hacia el restaurante. De camino, noto que el móvil vibra dentro del bolso. ¿Me estará llamando Mikel para cancelar la comida de hoy? Respiro aliviada al ver que es Jan, aunque no me llame en el mejor momento. ¿Un sexto sentido, tal vez?

—¡Jan!

—¡Hola, *sister*, cuánto tiempo!

—Es verdad, hace días que no hablamos y tenía pendiente llamarte.

—¿Qué tal todo?

—Bien, muy bien.

—¿Y esa voz? —pregunta Jan, siempre tan espabilado.

—Es que voy un poco justa de tiempo hacia una comida... He quedado con Mikel para comer.

—¡No me lo puedo creer! Mira por dónde, te llamaba precisamente para preguntarte cómo fue la cena del otro día. Pero bueno, visto lo visto, creo que es más que obvio.

—Ya te contaré con detalle porque ahora no tengo tiempo, pero te adelanto que muy bien. Todos majísimos. Mikel me propuso comer un día juntos, y mira, me pillas de camino —digo jadeando por las prisas.

—Sorpréndeme. ¿Dónde habéis quedado para comer?

—En el Parco de paseo de Gràcia.

—¡Ya imaginaba que el chaval manejaba mucho morro fino! *Sister*, no te entretengo más. Llámame esta noche cuando tengas un rato libre.

—Vale, Jan.

—Disfruta, te lo mereces.

—Gracias. ¡Un beso!

—Por cierto... Recuérdame que te hable del local. He pensado en una idea para sacárnoslo de encima. Si te parece, te lo comento luego.

Cuando mamá murió, heredamos un local en el que ni Jan

ni yo teníamos el más mínimo interés. Desde entonces ha estado a la venta y, a pesar de rebajar su precio considerablemente con respecto a su precio de salida, no ha habido éxito. En fin, ya veremos cuál es la idea de mi hermano.

Tiro con fuerza de la puerta del establecimiento, cuando escucho que alguien me llama. Me giro y descubro a Mikel sentado en una de las mesas que el restaurante ha instalado en la calle con la llegada del buen tiempo. Sonrío. Con él y este tiempazo, la comida promete.

—Pensaba que estarías dentro, pero el plan de comer fuera me parece mucho mejor —le digo según me acerco a darle dos besos.

—Sabía que sería una decisión acertada —puntualiza.

El camarero toma nota de todo lo que le indica Mikel. Al igual que en la otra ocasión, me dejo aconsejar por él.

—Te veo acelerada. ¿Todo en orden? —me pregunta.

—Bueno, es que me he quedado revisando hasta el último minuto un documento que he preparado para aquel proyecto que te comenté que me ha encargado mi jefa. Después de esta comida tengo una reunión con ella para presentárselo y, ya sabes, me genera un poco de angustia.

—Confía en ti y en lo mucho que vales, que parece que lo hayas olvidado —me dice Mikel con un guiño cómplice—. Seguro que lo haces bien.

Sonrío.

—Y bueno, ¿tú qué tal? ¿Cómo se te presenta el fin de semana? —quiero saber.

—¿Te he contado lo de Francia?

—No, pero, como te lo montas tan bien, imaginaba que tendrías plan. Y veo que no me equivoco, ¿verdad?

—Tienes razón, no te equivocas. Este fin de semana me voy con tres amigos a hacer surf al sur de Francia. Vamos todos los años. Tendrías que ver el sitio. ¡Espectacular!

—Planazo, ¿no?

—¿Te apuntas? —pregunta con ironía—. Imagino que no puedes, pero te advierto: lo pasarías muy bien.

—¡Me encantaría! Eso sí, llevo mucho tiempo sin hacer deporte. ¡Años! Así que creo que me ahogaría nada más pisar el agua —bromeo—. Pero solo por descansar y salir a correr un poco en plena naturaleza merecería la pena. —Hago una pausa para tomar un par de tragos de agua—. Hablando de correr —prosigo—... ¿Te acuerdas cuando participábamos en la «Carrera del Corte Inglés» cada año?

—¿Cómo no me voy a acordar? Lo mejor eran los preparativos y vivirlo juntos. Estábamos todos. Pol, como organizador del sarao haciendo gala de su inagotable energía, Oriol apareciendo las noches de entrenamiento con cara de haberse despertado de la siesta un minuto antes, Laura con el último modelo en ropa deportiva y Ana pasando de todo. Y luego estabas tú, que lo disfrutabas y se te notaba. Tanto que, si la memoria no me falla, nos igualabas a los tíos en los tiempos.

—Tampoco era muy difícil. No recuerdo que hubiera ningún Carl Lewis en el equipo —bromeo de nuevo.

El camarero nos trae la ración de *sushi*, *maki* y *sashimi* y un plato de *tempura*. Vuelve al poco rato con dos cuencos para verter la soja. Cuando se aleja, le confieso a Mikel que no ando muy desenvuelta en el manejo de palillos, así que coloca dos en mi mano derecha y, con la suya, me indica cómo moverlos. El consejo parece dar sus frutos porque me veo relativamente resuelta a lo largo de la comida.

Mikel retoma la conversación que había quedado a medias.

—Salir a correr era un buen plan.

—Realmente no sé por qué lo aparqué. Después de los embarazos me dejé por completo...

—Bueno, nunca es tarde para retomarlo. Yo ahora no corro, porque me tira más el surf, pero tampoco me importaría.

Ya sabes que me encanta el deporte. Así que, si quieres, quedamos una noche para ir a correr... ¿Cómo lo tienes?

—Bueno, regular. Tendría que esperar a que Jordi llegara a casa o bien llamar a la canguro... —respondo poco convencida.

—Pero ¿te gustaría o no?

—Bueno, supongo... Aunque, como te decía, no lo tengo fácil para salir a correr por las noches.

—Olvídate de eso. Andas sobrada de recursos, así que seguro que das con la solución —me dice sonriente—. ¿A qué esperamos? ¿Qué día de la semana que viene te vendría bien quedar?

—No sé, Mikel, me resulta un poco precipitado... Dame al menos unos días para pensármelo.

—De eso nada, que te conozco, y si no, no lo haces. Acuérdate que hace unos años eras una atleta en potencia.

—Tú lo has dicho: hace unos años. Ahora soy una especie de panceta rodante.

—¡Ja, ja, ja, ja! ¡Había olvidado lo exagerada que eres! Yo tampoco es que sea una estrella del *running*.

—Pero tienes ventaja porque practicas deporte a menudo.

—¿Y qué? Si tengo que esperar a que la panceta rodante tome aire en cada farola, esperaré.

Los dos reímos durante un buen rato.

—Bueno, vale. ¡Cualquiera te dice que no! —Nos lanzamos una mirada de complicidad—. ¿El miércoles de la semana que viene? —propongo.

—¡Hecho! Te llamaré el mismo día para concretar.

No puedo dejar de pensar en la escenita del próximo miércoles. Entre mis pulmones de fumadora, mi falta de práctica en el deporte y que las mallas no me sientan como cuando tenía veinte años, el panorama puede ser bochornoso por completo. Y Mikel, fresco como una lechuga, obligado a pararse cada cinco minutos para ayudarme a reponerme de mi falta de oxígeno.

Aunque me quedaría horas de sobremesa con Mikel, hoy tampoco me puedo permitir llegar tarde a la oficina. Así que a las tres en punto, después de haber disfrutado como una niña con un *mochi* de nata y fresa de postre, me levanto como un resorte de la mesa.

—Si fuera otro día me permitiría el lujo de quedarme más tiempo contigo, Mikel, pero, como te decía antes, tengo una presentación con mi jefa y estoy obligada a dar la talla. Así que me voy pitando.

—Entonces permítete el lujo de quedarte más conmigo el miércoles que viene —me suelta sin pudor alguno.

Le doy dos besos e intento pagar la comida, pero Mikel me lo impide nuevamente. Salgo disparada para la oficina, satisfecha por haberlo vuelto a ver. Mikel me nutre, me empuja, me revuelve y me hace sentir lo que no había sentido en años. Soy consciente de que la situación del miércoles será bochornosa, pero es la excusa perfecta para volverlo a ver.

En cuanto entro en la oficina, Ruth me asalta por el pasillo:

—Beth, Carmen me ha comentado que se retrasa diez minutos.

—¡Gracias, Ruth!

Los minutos de más por el retraso de Carmen me vienen bien para volver a echarle un vistazo a la presentación antes de mostrársela. No detecto ningún fallo que llame mi atención y compruebo que todo está en orden: una copia impresa del documento que le dejaré a Carmen en el despacho y un *pendrive* con la presentación. Si ya ahora siento nervios, imagino que el lunes estaré hecha un flan cuando me reúna con el Comité de Dirección. Recibo un *e-mail* de Carmen: «Te espero en mi despacho». Respiro. «Tranquila, Beth, puedes darte el permiso para que no sea perfecto del todo. Con que esté medianamente bien basta. Confía en ti. Y en caso de que no estuviera del todo bien, aún estás a tiempo de introducir cambios.»

—Hola, Carmen.

—Pasa, Beth. ¿Cómo estás? No tenemos más que media hora para revisar tu presentación del lunes porque acaban de convocarme a otra reunión. ¿Crees que te dará tiempo a mostrarme lo que has preparado?

—Sí, sin problemas.

—Muy bien, pues adelante.

Introduzco el *pendrive* en el ordenador, enciendo el proyector y le doy la copia impresa del documento para que pueda seguir mis explicaciones. Tomo la palabra:

—Mi idea es destinar la primera media hora del encuentro a presentar el proyecto de la «Evaluación 360°». Cuando concluya les pediré su implicación y haré hincapié en la importancia de esta. Después, dedicaré la media hora restante a responder las preguntas que quieran plantearme. Si te parece, ahora te muestro el *powerpoint* de la presentación.

Voy pasando las diapositivas del documento a medida que ofrezco una explicación pormenorizada en cada una de ellas. Cuando llego al final de la presentación, Carmen se queda callada durante algunos segundos, que a mí me resultan eternos. Finalmente comenta:

—Me gusta la presentación, Beth. Mucho. Es visual, directa y clara. Creo que has realizado un excelente ejercicio de síntesis, teniendo en cuenta la extensión de los documentos que te envié, y lo que es más importante aún, explicas muy bien los beneficios de la implantación de la herramienta en la compañía.

—Gracias, Carmen —sonrío con timidez.

—En cualquier caso, es importante que lances los mensajes

con fuerza y claridad. Recuerda que los miembros del Comité sienten simpatía por quienes se dejan de rollos y van al grano.

—Lo tendré en cuenta.

—¡Ah! Y nada de improvisar. Dibuja un esquema muy claro en tu cabeza de lo que quieres contar. Ya sabes que los nervios siempre nos pueden jugar una mala pasada, y más en una situación como esta.

Recojo todo el material de la presentación y antes de salir por la puerta vuelvo a dirigirme a Carmen:

—Te agradezco la oportunidad que me estás dando, Carmen. Espero poder hacer una presentación en condiciones el lunes.

—Estoy segura de ello, Beth —dice guiñándome un ojo.

Yo no estoy tan segura como Carmen parece estarlo, pero tras su *feedback* me siento más segura y tranquila. Veremos si conservo esta tranquilidad llegado el día.

Hora de partir. Al coger el móvil, veo que tengo un *whatsapp* de Jan: «Hoy salgo pronto del curro. ¿Te parece que me pase por tu casa a eso de las seis, vea a mis adorados sobrinos y te comente el tema del local?». «¡¡¡¡¡Bieeeeeeen!!!!!!», respondo de inmediato. La tarde se presenta inesperadamente prometedora con su visita. Al llegar a casa, Laia y Marc salen a recibirlo completamente enloquecidos. La sensación de felicidad por ver la devoción que mis hijos profesan a mi hermano y viceversa es indescriptible.

Después de dos divertidas horas de juego y carcajadas, Jan me echa una mano con la cena y la ducha de los niños, y, una vez acostados, es él quien les lee el cuento. Los niños le ruegan que vuelva pronto. «Prometido», escucho decir a Jan desde la cocina, mientras preparo un surtido de quesos y embutidos y saco dos cervezas frías de la nevera.

—¡Qué buena pinta tiene eso! —me dice Jan, mientras rodea mi cuello con su brazo.

—¿Me ayudas a llevarlo al salón?

—¡Claro!

Posamos las bandejas de comida en la mesita del salón, nos sentamos en el sofá y comenzamos a comer.

—¡Qué bueno, por favor! —exclama Jan según come un bocado de queso con pan.

—Veo que no has perdido el apetito —sonrío.

—Si ves que algún día lo pierdo, preocúpate por mí —dice sin dejar de comer.

—Por cierto, ¿qué tal Gerard? Hace tiempo que no hablo con él.

—Pues muy liado, pero bien. Ahora mismo se está machacando en el gimnasio. Ya sabes, en pleno proceso de la operación bikini. ¿Y Jordi?

—En el hospital. Imagino que con mucho trabajo...

—¿Cómo que imaginas?

—Hace días que no nos hablamos. Tuvimos una discusión bastante *heavy* y me echó en cara haber ido a la cena con los amigos de la universidad.

—¡Lamentable! Si sigue con esa actitud te acabará perdiendo.

—Pues mira, no lo sé. Si te digo la verdad, estoy en un momento que paso de todo, de indiferencia absoluta en lo que a mi matrimonio respecta...

—Cambiemos de tercio, entonces. La cena con los de la universidad, muy bien, ¿no?

—Increíble. Hacía tiempo que no me divertía así. ¿Te acuerdas de Ana?

—Claro que sí.

—Pues nos hemos reencontrado. Estuvimos charlando un buen rato durante la cena, tan a gusto que ayer quedé con ella para comer.

—¡Así me gusta, Beth!

—A ver si un día organizo una cena y la invito. Creo que os caeríais muy bien.

—Ya sabes que conmigo puedes contar cuando quieras. Y si también quieres invitar a Mikel, ningún problema.

Enrojezco de inmediato.

—Bueno —prosigue Jan—, ¿me lo vas a contar o no?

—¿Qué quieres que te cuente?

—No sé, Beth, hoy has quedado para comer con él, así que intuyo que no fue mal durante la cena, ¿no?

—Pues no. Fue muy bien. Tan bien que hoy es la segunda vez que quedamos para comer —digo buscando ver cómo reacciona Jan.

—Pero ¿cómo te lo tenías tan callado? ¿Cómo no me lo has contado antes?

—Imagino que estoy algo asustada. No sé adónde me llevará todo esto...

—Mikel te gusta de verdad, ¿no?

—Sí. ¿Para qué negarlo? No ha cambiado con los años. Sigue siendo el mismo de siempre: divertido, inteligente, descarado, deportista... Y no sé cómo lo hace, pero siempre se sale con la suya. De hecho, un día de estos he quedado con él para ir a correr.

—¿Tú? ¿A correr?

—Ya te digo que me lleva por donde quiere... Hemos empezado a hablar de deporte y me ha liado para ir a correr.

—¿Quieres un consejo? —pregunta Jan.

Asiento con la cabeza.

—Déjate llevar y disfrútalo, que vida no hay más que una.

Permanecemos abrazados durante un buen rato.

—Por cierto, *sister*. Tema local. Gerard tiene un amigo inversor y se ve que está interesado en su adquisición para fines comerciales.

—¿En serio? ¡Qué buena noticia!

—Sí, pero eso no significa que lo vaya a comprar. Así que, como alternativa en caso de que no lo llegáramos a vender, ¿qué te parecería que lo pongamos en alquiler? Sé que la gestión es un coñazo, pero siempre podemos dejar el tema en manos de una inmobiliaria.

—Me parece una solución genial. Podríamos contar con algo de dinero adicional mensualmente e ir más a menudo de compras...

—Pero ahora me toca a mí darme un homenaje —sonríe Jan.

14

Ya es lunes. Entro apresurada en la oficina. Paso delante de Susana, la saludo y me voy directa al despacho, donde dejo el abrigo y el bolso. Cojo las llaves y me dirijo acelerada a la Sala Amarilla a pesar de contar con casi una hora de margen hasta el inicio de la presentación. Quiero asegurarme de que todo funciona.

Cuando llego me encuentro a Roberto Pintado, director financiero. Me da un vuelco el corazón. ¿Habrá habido un cambio de última hora que nadie me haya notificado?

—Hola, Beth. ¿No era a las nueve la reunión?

—Hola, Roberto. No, es a las diez. En el *e-mail* que envió Carmen ayer se aludía de forma explícita a la hora. ¿No te llegó?

—Deja que compruebe —responde, mientras revisa su Blackberry—. Es verdad, tienes razón. Lo siento, Beth, llevo tal trajín con el cierre del mes que imagino que leí el mensaje en diagonal. Pero mira, no está mal, así aprovecho para hacer unas gestiones de última hora. Por cierto, dispongo de una hora como máximo para atender a la presentación, porque a las once tengo una reunión.

—Tranquilo. En realidad es el tiempo previsto y me ajustaré a él al máximo. Sé lo ocupados que estáis todos.

—Perfecto, te veo en un rato, entonces.

Dedico unos minutos a colocar las carpetas con la documentación en cada uno de los asientos de la sala, a comprobar que el ordenador y el proyector funcionan correctamente, así como a abrir el documento y a cerciorarme de que no tiene ningún fallo. Tras verificar que todo está en orden, vuelvo a mi despacho para repasar mentalmente mi intervención. Tras cuatro repasos, me dirijo a la máquina de café para sacarme un cortado. Mientras la máquina vierte de forma mecánica la leche y el café sobre un minúsculo vaso de plástico blanco, rememoro el *e-mail* que Carmen envió ayer. «Estáis en las mejores manos», decía textualmente. Me llenó de orgullo leerlo, aunque agudizó la presión de no fallar. Me costó conciliar el sueño y hoy me he levantado agitada, pero es lo de menos. Tengo que agradecerle haberme confiado este proyecto y el apoyo que me ha brindado para su preparación.

Las 9.50. Pongo rumbo a la Sala Amarilla. Todavía no ha llegado nadie. Mi mente vuela súbitamente a Mikel. Me estremezco de solo pensar en él. Cuando lo veo, mi adrenalina se dispara y el efecto se prolonga durante todo el día. Tiene tal poder adictivo que ahora mismo estoy con el mono de no verlo. Como si de algo premonitorio se tratase, recibo un mensaje: «¡Me apetece mucho ese *running together*!». Sin que me dé tiempo a reaccionar, entra Andreu Simón, director comercial.

—Bienvenido, Andreu —espeto a medida que me acerco para saludarlo.

—Hola, Beth, ¿cómo estás?

—Muy bien, ¿y tú?

—Bien... A ver qué nos cuentas hoy, porque esta reunión me viene fatal. Tenemos un montón de trabajo, y en cuanto concluya la presentación me marcho de viaje de negocios a Polonia.

—Seré breve, Andreu. Verás que se trata de algo para el beneficio de la empresa —respondo con una sonrisa.

—Eso espero.

Para las diez y cinco estamos todos en la sala. Nada más iniciar mi intervención, Jacinto Nadal, director de Marketing, me interrumpe:

—No te lo tomes por lo personal, Beth, pero esto del «360°» me parece otra más de las iniciativas de RRHH que caen en saco roto.

Jacinto siempre ha destacado por escéptico y controvertido. Le encanta cuestionarlo todo, especialmente cuando viene del departamento de Recursos Humanos.

—Te agradezco tu sinceridad, Jacinto, pero te pido que me dejes explicar en qué consiste el proyecto y verás como al finalizar confiarás en él. Nos consta, por experiencias en otras empresas, que se trata de una herramienta validísima para que os conozcáis mejor y sepáis el impacto que tenéis en los demás.

—Sigo pensando que será otra *americanada* que no vale para nada...

—Los resultados están ahí. Créeme que si no tuviéramos la seguridad absoluta de que esta herramienta funciona, no perderíamos el tiempo en presentaciones inútiles. Si te parece, os termino de explicar el proyecto y después me comentas lo que te parezca.

La preparación de días previos se ha convertido en mi gran aliada. Los nervios iniciales dan paso a una seguridad que me permite explicar de forma clara y contundente en qué consiste la herramienta, de qué forma los beneficia y qué impacto puede tener en su carrera profesional. Todos me escuchan atentamente, con intervenciones puntuales de tipo aclarativo, y como era de prever, Andreu y Jacinto reservan para el final su interminable listado de preguntas intimidatorias, dudas e intervenciones poco constructivas que llevan implícita su falta de convicción en el proyecto. No me faltan las ganas de darles más de una contestación al nivel de sus preguntas, pero apuesto por una solución conciliadora. Así que hago acopio de paciencia y pongo en práctica todas aquellas habilidades, como la asertividad, que tan frecuentemente explicamos y divulgamos desde Recursos Humanos. Tras terminar con mis explicaciones, doy por concluida la reunión.

—Estamos convencidos de que será una herramienta muy útil e interesante en vuestra trayectoria profesional, pero queremos dejar claro que solamente participarán las personas que quieran hacerlo. Os dejamos unos días para pensarlo, y tanto Carmen como yo estaremos más que a vuestra disposición para resolver vuestras dudas y recoger cuestiones de todo tipo —señalo.

—Gracias, Beth —responde Antón, director de Comunicación.

—Gracias —secundan casi todos al unísono.

—Excelente iniciativa —comenta Juan Madrazo, responsable de Asesoría Laboral, con una amplia sonrisa de complicidad—. Mi sí ya lo tenéis. —Hay que ver lo fácil que este señor pone siempre las cosas.

—Gracias, Juan —le respondo con la misma sonrisa—. No hace falta que el resto contestéis ahora. Os lo pensáis y nos vais diciendo. En cualquier caso, Carmen o yo os contactaremos los próximos días. Muchas gracias por vuestro tiempo.

Cuando me quedo sola, respiro y hago balance... No ha estado nada mal, aunque, como todo, es mejorable. Me vuelve el consejo de Virginia: «permitirme». Pues sí, no voy a dejar de tener presentes los momentos más complicados de la sesión, pero también quiero reconocer mi implicación y ganas en este proyecto.

De vuelta a mi despacho, escribo un *e-mail* a Carmen para darle un primer balance de la presentación: «Hola, Carmen. La reunión ha ido bien. Como siempre, Andreu y Jacinto han sido escépticos y críticos con el proyecto, pero el resto bien. Estoy satisfecha con el resultado. Cuando tengas un hueco, me llamas y lo comentamos con detalle. Un abrazo». Esbozo una sonrisa de satisfacción. Salir airosa de esto significa poner la primera piedra para recuperar la confianza de Carmen en mí como profesional, así como una ilusión en mi día a día de trabajo, algo que hace tiempo, mucho tiempo, anhelaba. A las dos en punto recibo el *e-mail* de vuelta de Carmen: «Felicidades, Beth. Gracias por el *update*. Mañana lo comentamos con calma».

Acabo la jornada tranquila, serena, con la sensación de haber hecho bien las cosas. Paso gran parte de la tarde en el parque con los niños yendo y viniendo de mi mundo profesional, paladeando la experiencia de haber preparado bien la presentación y siendo consciente de la dosis de energía que me ha inyectado este proyecto. Contaba con el escepticismo de algunos miembros, pero creo que ni siquiera esto lo ha enturbiado. Puedo decir que ha sido un éxito.

En un momento de la tarde me vuelve a la mente el mensaje de Mikel de esta mañana. No sé qué contestarle. Me muero de ganas de responderle con un «yo más», pero sé que hacerlo sería echar más leña al fuego.

Desde la discusión de hace dos sábados con Jordi, la relación con él sigue fría y distante, muy lejos de lo que era antes pero ahora con un añadido de rabia y orgullo por parte de ambos. Una vez dormidos los niños, reflexiono sobre el punto en el que está nuestro matrimonio; no sé si el Titanic está hundiéndose o si ya está del todo hundido. Pensarlo me genera sumo malestar y siento una profunda tristeza. Jamás imaginé que un inicio de relación tan divertido y apasionado pudiera atravesar un momento tan complicado. Movida por esta mezcla de sentimientos, decido llamarlo. Es tarde, pasadas las nueve y media, y me extraña que no haya llegado a casa.

—¿Sí?

Identifico rápidamente el manos libres por el ruido de fondo.

—Hola, Jordi, soy Beth.

—Dime —responde con una mezcla de soberbia y seriedad.

—¿Qué tal? ¿Dónde estás?

—Volviendo por la Ronda de Dalt. En quince o veinte minutos llego a casa.

—Vale, te espero —digo finalmente. Estoy dispuesta a dar mi brazo a torcer en pos de una reconciliación. No sé cómo decirle que lo echo de menos, que me gustaría pasar más tiempo con él, que no entiendo en qué se está convirtiendo lo nuestro.

—Adiós —dice sin expresar nada más que el sonido de la palabra.

15

—Beth, en lo que me explicas sobre tu trabajo me llega ilusión y satisfacción.

—Hombre, Virginia, no te niego que estoy contenta. Creo que me he preparado bien la presentación, y el feedback de Carmen, mi jefa, me ha dado mucha moral.

—¡Felicidades! ¿Cómo vas a celebrar este éxito?

—No sé, ni me lo había planteado. Tampoco lo veo como un éxito.

—¿Cómo lo llamarías?

—Ummh, un objetivo alcanzado.

—Perfecto. Y ¿cómo te gustaría celebrar este objetivo alcanzado?

—¿Celebrarlo? Buff, no sé... Hombre, no estaría mal probar con un masaje. Hace una eternidad que no me doy uno.

—Me parece muy bien, creo que te lo mereces —dice Virginia, sonriendo—. Por cierto, Beth, antes me has comentado que en la sesión de hoy te gustaría hablar sobre cómo mejorar el rendimiento de tu equipo.

—Exacto. Como te decía, he quedado esta mañana para ponerles al día del proyecto de la «Evaluación 360°» y me gustaría aprovechar la reunión para darles algún mensaje positivo, tal vez *sobre la importancia de trabajar conjuntamente, buscando más sinergias entre nosotros.*

—¿Qué es lo que quieres conseguir?

—Siento que últimamente he dejado a mi equipo mucho de lado y cada uno ha campado a sus anchas. Las cosas han ido saliendo por pura mecánica y creo que podrían salir mucho mejor aún.

—Me llega que empieza una nueva etapa. ¿Cierto?

—Eso me gustaría.

—¿Cómo te imaginas esta nueva etapa con tu equipo?

—Buena pregunta... Pues imagino un equipo más armónico, en el que fluya la comunicación. Al estar tan baja de moral durante los últimos meses, no he liderado a mi equipo y cada uno ha tirado por donde mejor ha sabido.

—Entiendo. Cuando uno está mal, es muy difícil tirar de uno mismo, como para tener que tirar de otros.

—Así es. Me sentía hundida y no tenía fuerzas para tirar del carro.

—¿Te has fijado que hablas en pasado?

—Pues, ahora que lo dices, es verdad. No sé, Virginia, siento que poco a poco va emergiendo la Beth que fui y a la que tanto echaba de menos.

—Háblame de ella.

—Mira, es curioso, pero admiro a esa Beth del pasado. Ella es valiente, enérgica, decidida, deportista...

—Veo que te identificas con ella.

—Absolutamente, aunque durante los últimos años haya parecido otra persona.

—¿Cómo te puedes conectar con esa Beth tan afín a ti?

Beth permanece durante un rato con los ojos cerrados y sonríe.

—Puedo sentir una pequeña parte de ella ahora mismo...

—¿Qué necesitarías para sentirla más aún?

—Pues, no sé, quizás más fuerza.

—Beth, con los ojos cerrados, integra en este momento más fuerza en esta Beth. Tómate el tiempo que necesites.

—Vale.

—¿Lo tienes?

Beth se concentra en silencio.

—Sí... Lo tengo —responde al cabo de unos minutos, con una sonrisa mucho más amplia.

—¿Cómo te sientes ahora?

—Con ganas de que esto con lo que me acabo de conectar permanezca en mí.

—¡Genial, Beth! Y desde aquí, ¿qué se te ocurre hacer para conseguir más armonía y cohesión con tu equipo?

—Tal vez podría explicarles que entramos en una nueva etapa.

—Y ¿cuál va a ser el primer paso que van a ver de esta nueva etapa?

—Bueno, lo primero, mi cambio de actitud. No quiero seguir siendo la víctima de la película. Quiero ponerme las pilas para que vean que hay todavía mucha Beth por delante.

—De hecho, seguro que ya la están empezando a ver.

—Quizás un poco. Podría organizar cada viernes un desayuno de trabajo para comentar proyectos y ponernos al día de lo que pasa en el departamento.

—Muy bien, Beth. ¿Cómo voy a saber que lo has hecho?

—Si te parece bien, te envío un whatsapp *después de la reunión y después del primer desayuno de trabajo, aunque si lo prefieres, también puedo invitarte al desayuno el próximo viernes.*

—Ja, ja, ja, gracias, Beth, pero con el whatsapp *ya me parece suficiente.*

—Gracias por todo, Virginia.

—A ti, Beth. Estoy muy orgullosa de ti.

Cuando termino la hora de sesión con Virginia, me siento renovada y con las pilas cargadas. Ahora que tengo la energía suficiente para poner cosas en marcha, no quiero desaprovecharla, porque soy consciente de que con el paso de los días se vuelve a apagar.

Antes de ir a la oficina me concedo un pequeño capricho y me tomo un café en la terraza del Palau Robert. La distancia que lo separa de la oficina la recorro a pie, puesto que no me llevará más de quince minutos y me vendrá bien para poner las ideas en orden. Me ha gustado lo de la nueva etapa. Definitivamente, quiero que mi vida profesional mejore y que la relación con mi equipo fluya. Será un acicate para ir al trabajo. No me demoro en ponerlo en práctica y me detengo frente a una panadería, donde compro algunos dulces para la reunión que convocaré en cuanto llegue al despacho.

A las 9.25 atravieso la puerta de la oficina y doy los buenos días a todo el mundo con mi mejor sonrisa.

—Traigo desayuno, chicos. Os espero en la Sala Verde en cinco minutos —digo, mientras dejo el bolso y la chaqueta en el perchero. Miro con disimulo por el rabillo del ojo y observo que Pedro mira a Teresa con cara de sorpresa.

Echo un vistazo exprés al buzón de entrada y, tras verificar que no hay ningún fuego que apagar, me dirijo con la bandeja de dulces a la reunión. Me atrevo a decir que todos me esperan en la sala con expectación. Miro uno a uno a mi equipo y, después de unos segundos de silencio, tomo la palabra.

—Chicos, quiero celebrar con vosotros que hoy empieza una nueva etapa.

—¿Qué quieres decir con eso? ¿Te marchas? —pregunta Ruth con curiosidad.

—No, de momento no os libráis de mí —sonrío—. Me refiero a que las cosas mejoren y que a partir de ahora trabajemos más en equipo. ¿Qué os parece?

—A mí me suena bien —comenta Pedro—, y además esto de los bollos me parece una idea genial. ¿Forma parte de la nueva etapa?

Todos nos echamos a reír y, con ello, el ambiente comienza a destensarse ligeramente.

—Así es, Pedro. Estos dulces tienen que ver con la nueva etapa que quiero iniciar junto a todos vosotros. Os propongo que a partir de ahora cada viernes hagamos un desayuno de trabajo de nueve a diez de la mañana para hablar de los proyectos en los que cada uno de nosotros estemos involucrados. Y hablo en plural porque eso me incluye a mí. No solo os contaré aquello en lo que esté inmersa, sino todo lo relacionado con la empresa y el ámbito de los Recursos Humanos que considere que pueda tener importancia para el desarrollo de vuestro trabajo. Creo que puede ser un buen momento para compartir proyectos y lograr que el trabajo fluya mejor.

—¿Consideras que no trabajamos bien? —pregunta Teresa con desconfianza.

—Al contrario, Teresa. Estoy muy contenta con todos vosotros, pero últimamente hemos funcionado con excesiva independencia. Y ojo, no es un reproche hacia vosotros, sino a mí misma, porque considero que durante los últimos meses os he tenido algo desatendidos.

Tras mis palabras, la sala vuelve a quedarse en silencio. Al cabo de unos segundos es Alba quien toma la palabra.

—¿Quién traerá el desayuno? —pregunta.

—Si os parece, estableceremos un orden rotatorio, de forma que cada viernes alguien distinto del equipo se encargará del mismo. Por cierto, los bollos de hoy son para celebrar la presentación del proyecto «360°» que hicimos ayer al Comité de Dirección.

La conversación con el equipo se extiende durante veinte minutos más, en los que les explico al detalle la presentación de la herramienta y las implicaciones que esta tendrá a nivel de empresa. Al término de la reunión, Teresa se dirige a mí.

—Gracias por el tiempo que nos has dedicado hoy y por compartir con nosotros esta información. —El resto asiente con la cabeza.

—Gracias a vosotros por vuestro tiempo y comprensión, chicos. Me siento afortunada de poder contar con un equipo como el que formamos entre todos —digo haciendo uso del plural de forma intencionada.

Me quedo un rato a solas en la sala reflexionando sobre la reunión. Estoy contenta de cómo ha respondido mi equipo y de alguna manera siento que ahora estoy en lo correcto. Me siento bien.

Nada más salir de la sala recibo un *whatsapp* de Mikel: «Ey, Beth, ¿qué tal si paso a buscarte por tu casa mañana a las ocho para el *running*?». Cierto. Mañana he quedado con él para correr. ¿Qué me voy a poner? La ropa que tengo para hacer deporte es del siglo pasado y seguro que no me cabe. ¿Cómo salgo de esta? Llamo a Jan.

—¡Hola, *sister*! Me pillas entrando en una reunión. ¿Es urgente?

—Jan, estoy muy agobiada. Mañana he quedado para correr con Mikel y no tengo qué ponerme. ¿Se te ocurre alguna tienda que pueda sacarme de este apuro?

—Claro, te envío un mensaje en cuanto pueda. Te dejo, que entro ya.

Está claro que la ropa que llevaré al *running* con Mikel no es de vida o muerte, pero el aspecto con el que me verá me importa. Prefiero cancelar la cita antes que presentarme con mis mallas de hace veinte años que no me entran ni en el tobillo y una camiseta minúscula que podría asfixiarme si lograra entrar en ella.

Antes de la hora de comer recibo un mensaje de Jan con

la dirección de la tienda, así que en lugar de comer aprovecho para acercarme a ella, puesto que me queda muy cerca del trabajo, y echar un vistazo a la ropa de correr. Según entro en la tienda, me atiende un chico amable y de buena planta.

—¿Puedo ayudarte en algo? —pregunta.

—Sí, mira, busco zapatillas de deporte y ropa cómoda para correr, que al mismo tiempo me disimule la zona del abdomen y los glúteos.

—Claro. ¿Alguna marca en especial?

—Pues no, realmente me da igual. Con que me quede bien y pueda salir dignamente a la calle me basta. Eso sí, imprescindible sentirme cómoda.

—Desde luego. Si algo tiene la ropa que te voy a enseñar es que te hará sentir como si no llevaras nada encima. ¿Algún color en particular?

—Que sea discreto; quiero pasar desapercibida. Nada de colores chillones.

—De acuerdo. Te iré sacando distintos modelos y seleccionas los que más te gusten.

Tras tirarme más de media hora en el probador, me decido por un conjunto resultón que cumple con mis requisitos y remato la compra con unas cómodas zapatillas a juego. Salgo satisfecha por haber cumplido con mi objetivo. Una preocupación menos. Solo me falta solucionar el tema de los niños. Por suerte, puedo evitar tener que dar explicaciones a Jordi porque vuelve a estar de congreso, esta vez en Hannover, pero necesito que alguien se haga cargo de Laia y Marc. Llamo a Rosalía y para mi fortuna me confirma que puede quedarse con los niños. Sonrío satisfecha; parece que no quedan cabos sueltos para mañana.

La tarde con los niños transcurre tranquila. Como es costumbre, los llevo al parque a jugar y, cuando llegamos a casa, repetimos el ritual de siempre: baño, cena y cama. Me alegra observar cierta madurez en Laia. Poco a poco está tomando el hábito de hermana mayor y cada día ayuda más a Marc, a pesar de sus celos y constantes peleas. Me he quedado gratamente sorprendida al comprobar que, mientras les preparaba la cena, ha ayudado a su hermano a ponerse el pijama.

Me he propuesto una cena ligera para ver si consigo tener mejor aspecto en mi cita con Mikel. Sé que de un día para otro es absurdo, pero pensarlo me hace sentir mejor. Así que me tiro en el sofá con un bol de cereales bañados en leche de soja.

¿Cómo he podido decirle que sí a correr juntos cuando hace años que no hago deporte? ¿Y si me quedo parada en la primera esquina? ¿Y si me da flato? ¿Y si me caigo delante de sus narices por mi falta de práctica? ¡Qué vergüenza! Me echo a reír de solo imaginarme a Mikel y a mí corriendo por las calles de Barcelona. Tengo ganas de verlo; tantas, que he sido capaz de aceptar un plan con el que quedaré en evidencia. Pero estar con él me compensa.

Con el viaje de Jordi vuelvo a verme sola, a pesar de la ayuda puntual de la que pueda disponer. Quizás por ello, cada vez albergo menos arrepentimiento hacia él. El tiempo lo ha convertido en un ser deleznable, egoísta, orgulloso e insensible. Llevamos días sin hablarnos. Cuando se marchó esta mañana, tan solo me ha dirigido la palabra para decirme cuándo volvería. Desde entonces no he vuelto a saber nada de él. Ni un triste mensaje. Siento que los años lo han deshumanizado y ahora mismo no me parece que se distinga de una piedra. Para lo único que parece mostrar sentimientos es para exteriorizar su rabia cuando mis planes no encajan en lo que él considera que se debería hacer. Me siento sola a su lado. Realmente no sé qué valor tengo en su vida y me pregunto cuál tiene él en la mía. Cuando nos casamos, mucho. Pero eso fue hace demasiado tiempo.

Siento un ligero dolor en la espalda. Me pasa siempre que me angustio y me asaltan los malos pensamientos. Mañana sin falta pido hora cerca de la oficina para darme el masaje la semana que viene.

16

Suena el despertador al poco de haber conseguido conciliar el sueño. La cita deportiva de esta tarde con Mikel me ha tenido en vela prácticamente toda la noche. Las consecuencias que este encuentro puede desatar en mi estabilidad emocional y familiar me producen vértigo, pero no por ello estoy dispuesta a renunciar. He pagado un precio demasiado alto por todo lo que a lo largo de estos últimos años he dejado en el camino, y el que más me pesa de todos soy yo misma. Me he abandonado a la suerte de otros; una fórmula que no ha dado resultado. Tengo la convicción que es igualmente equivocado no dar que dar en exceso. No voy a negar que la falta de interés de Jordi hacia todo lo que rodea nuestro matrimonio me infunda decisión. Sin embargo, no creo que la cita de esta tarde sea una consecuencia del despecho y del rencor que en este momento siento hacia mi marido, sino de la enorme necesidad de sentirme viva. O no, quién sabe.

Me pregunto si estaré traicionando mis principios, aquellos que de tan sólidos parecía tener grabados a fuego. Fidelidad, respeto, honestidad, integridad... Tal vez debería averiguar qué hay en lo que a estos valores hacia mi persona respecta, porque ahora mismo siento que, antes que a nadie, me he traicionado a mí misma.

Quizás la clave resida en recuperar el amor propio. Quererme. Tan solo una pizca más de lo poco que me he querido durante este tiempo. Destinar la misma energía que he empleado en autocompadecerme en reparar mi socavada autoestima. Poder mirarme en el espejo sin reparos, porque cada vez que lo hacía me daba asco y no me reconocía.

Me río al recordar los votos que hicimos el día de nuestra boda. A pesar de mi agnosticismo acepté casarme por el rito religioso por no oír a mis suegros. Una clara prueba de que hacer cosas por los demás no siempre revierte en el bien de uno mismo. Mis padres tampoco eran creyentes, pero no pusicron objeción a la boda. Siempre estuvieron muy enamorados y unidos. Eran almas gemelas. A los seis meses de nuestra boda, a mi madre le diagnosticaron un cáncer fulminante. Mi padre, que veía por los ojos de ella, se sumió en una profunda tristeza tras su muerte y falleció tres meses después. A Jan, que es un romántico sin remedio, siempre se le humedecen los ojos al recordar a papá. Dice que murió de puro amor.

Lo que más recuerdo de la ceremonia es cuando el cura, a cuyas espaldas se sostenía un desalentador Jesucristo en la agonía de su crucifixión, anunció que procederíamos con los juramentos. «Prometo serte fiel en las alegrías y en las penas, en la salud y en la enfermedad, todos los días de mi vida», me dijo Jordi ante todos los invitados. Sus palabras sonaron tan graves, solemnes y convencidas que yo, ingenua por completo y cegada por el amor que sentía hacia él en aquel momento, lo creí a pies juntillas. ¿Fiel en las alegrías todos los días de mi vida? Menudo chiste. Mi matrimonio se ha convertido en un purgatorio en las antípodas del edén matrimonial en el que creí embarcarme.

Sobre las tres de la madrugada, agitada por la multitud de

pensamientos, he salido a la terraza a fumarme un cigarro. Con la vista proyectada en el infinito, mi mente ha volado y alzado tanto el vuelo que he imaginado una vida envuelta en felicidad, un futuro dulce. Me he visualizado llena, plena, con un trabajo que me motiva y en el que me siento respetada. Acompañada de Laia, Marc, Jan, Gerard y Ana no he alcanzado a ver a nadie más, pero tampoco parecía tener importancia porque todos reíamos.

A pesar del escaso tiempo de sueño, la mañana ha jugado a mi favor. La logística con los niños ha funcionado asombrosamente bien y hemos conseguido llegar al colegio cinco minutos antes de la hora. Así que a diferencia de la mayoría de días, he podido realizar el trayecto a la oficina sin el reloj martirizando mi conciencia.

Según entro en la oficina, saludo con un obligado «buenos días» a Susana, que como es habitual en ella me escruta de arriba abajo con su mirada incisiva. «Que te den. Tú lo que necesitas es un buen meneo», pienso. Ya en el despacho, me saco el tercer café antes de encender el ordenador. Los dos primeros que me he preparado en casa poco antes de salir no han logrado vencer mi falta de sueño. Si las previsiones se cumplen, me salva que hoy no hay ninguna entrega pendiente. Eso sí, a poco que haya cambio de planes o fuegos que apagar, la jornada puede ser de órdago.

Vuelvo con el café humeante a mi silla. Aún no he contestado a Mikel. Eso de pasar a buscarme a las ocho por casa no creo que sea una buena idea. Vuelvo a sentir una montaña rusa en mi estómago. «Sí, Beth, hoy has quedado con él para correr y no hay marcha atrás.» Agradezco el detalle de venir a recogerme, pero me angustia que invada el terreno familiar. A pesar de que Jordi me dijo que llegará mañana, con su carácter imprevisible y nuestra nula comunicación solo faltaría que se presentara antes de tiempo de su congreso. Así que lo mejor será salir en coche desde casa y quedar en un lugar donde no tengamos problemas para aparcar. Le propongo vernos en la carretera de les Aigües media hora más tarde. Creo que nos simplificará las cosas a ambos.

Comienzo a leer la interminable lista de *e-mails* y, tras atender puntualmente a cada uno de ellos, me planteo cómo abordar el seguimiento del proyecto «360º». Aparentemente, este consistiría en preguntar a cada uno de los miembros del Comité de Dirección si están dispuestos a arropar el proyecto y pedirles su implicación, puesto que su actitud será clave en el éxito del mismo. Sé que meterme en el bolsillo a Andreu y Jacinto va a ser complicado, pero quiero lograrlo como sea. Se lo debo a Carmen y, sobre todo, me lo debo a mí. Así que me dedico a preparar un listado con los argumentos que me ayudarán a reforzar la defensa de la herramienta y vencer las reticencias ya existentes, tal y como pude comprobar durante la presentación.

La mañana ha pasado en un abrir y cerrar de ojos y ya es la hora de comer. Tengo el estómago cerrado y no me apetece siquiera un pequeño bocado, pero algo tengo que ingerir porque no puedo ponerme a correr después de una década sin hacer ejercicio con el estómago bajo mínimos; podría entrarme una pájara memorable. En cuanto salgo del despacho localizo un restaurante-cafetería con buena pinta y me cuelo rápidamente en su interior. Pido un bikini y el cuarto café del día. Reflexiono sobre la cita de esta tarde, que me divide entre los nervios de hacer algo que no está socialmente aceptado y la ilusión precisamente de franquear los límites de lo prohibido. En otras palabras: ver a Mikel. Quién me iba a decir que a mis casi cuarenta años fuera a reencontrarme con él y que haya conseguido secuestrar, de nuevo, prácticamente todos mis pensamientos.

No me resultará sencillo exponer mi renqueante psicomotricidad a Mikel, pues imagino que él aún recuerda a una atlética y esbelta Beth que corría como una gacela. En cualquier caso, voy a dejar de castigarme, que muchas veces parece que me esfuerce en boicotear mi propia felicidad. Al margen de cómo pueda verme Mikel, creo que retomar el ejercicio físico será muy bueno, porque es el punto de inicio para la mejora de mi aspecto. De nada me sirve quejarme continuamente y no hacer nada por remediarlo.

De alguna manera, Mikel me conecta con la Beth que fui. La creía perdida, pero me equivocaba. Sé que está en mí, y ahora más que nunca quiero recuperarla. Cuando estoy con él, siento que la rescata de lo más profundo de mi ser. Y solo por ese gesto, de significado y valor incalculables para mí, le estaré eternamente agradecida. Junto a él se me presenta la oportunidad de divertirme, término cuyo significado hacía tiempo había olvidado, y voy a permitirme hacerlo. Algo que no es sencillo, porque soy excesivamente crítica conmigo misma.

Emprendo el camino de vuelta a la oficina. Me dedico a atar cabos sueltos y en un momento se presentan las cinco. Realizo el trayecto al colegio pensativa, cuando la radio se desactiva para dar paso a una llamada entrante. Es Jordi. Me extraña que me llame a estas horas, porque llega mañana, y con el mal rollo que hay entre nosotros evitaría tener que hablar conmigo de no ser... ¿por un cambio de planes?

—Hola, Jordi.

—¿No has visto el móvil? —contesta, tan borde como siempre.

—¿Qué te parece si empiezas con un «hola, Beth, qué tal estás»?

Tras unos segundos de silencio, Jordi retoma la palabra:

—Hola, Beth —resopla—. Repito de nuevo: ¿no has visto el móvil?

Evito dar una contestación a la altura de lo que me parece ahora mismo: un imbécil.

—No, estoy conduciendo.

—Ya. Pues te he escrito para decirte que anularon una de las jornadas del congreso, así que ya estoy en Frankfurt. Embarcaré en breve y creo que sobre las nueve y media estaré en casa.

Lo que me faltaba. A estas horas no puedo cancelar la cita con Mikel, así que decido encarar la situación.

—Vale. Yo llegaré más tarde porque he quedado para correr esta noche.

—¿A correr? —responde con una mezcla de estupor y sarcasmo—. ¿Tú a correr?

—Sí, Jordi, como lo oyes: a correr.

—¿Y los niños?

—Con Rosalía.

—Ya. Bueno, luego nos vemos. Me estoy quedando sin batería.

—Hasta luego.

Siento un nuevo nudo en el estómago. El mal rollo está servido y una nueva bronca se avecina... No puedo más; esta situación es insostenible. Realmente no sé qué hago con Jordi, porque no lo puedo soportar. Me resulta un ser insufrible y no entiendo a qué viene su actitud soberbia. ¿Me está cuestionando que sea capaz de hacer ejercicio? ¿Le molesta que destine tiempo a hacer cosas fuera de mi rol de esposa y madre? ¿Se ha pensado que por ser un cirujano de prestigio está indultado de por vida para pasar olímpicamente de todos nosotros y sembrar mal ambiente en casa cada vez que llega de cada uno de sus congresos?

A las ocho en punto llega Rosalía, que juega con los niños mientras termino de vestirme. Me miro en el espejo y no me termina de gustar lo que veo. Me siento ridícula con este atuendo. Me consuela pensar que quizás de aquí a unos meses, si logro ser medianamente disciplinada con el ejercicio, me vea mejor. Informo a Rosalía que en cuanto llegue Jordi podrá marcharse. Arranco el coche y pongo rumbo a la carretera de les Aigües. Nada más tomar la curva hacia el punto de encuentro veo su moto aparcada y, junto a ella, a Mikel disfrutando de las vistas a la ciudad. Aparco, trago saliva y salgo. Me recibe con su agradable sonrisa.

—Te veo bien equipada.

—Lo estoy, aunque también ridícula —apostillo.

—Bueno, lo importante es que te has animado.

—Sí, y, la verdad, no sé cómo. Pero bueno, ya estamos aquí y no hay vuelta atrás.

—¿Preparada?

—Un momento, Mikel —le digo antes de que emprenda la marcha—. Ya te comenté que hace más de diez años que no hago nada de deporte, así que hoy empezamos con ritmo suave, ¿vale?

—Hecho. Vamos —dice según empieza a correr con una facilidad y gracilidad pasmosas—. ¡En marcha!

Con mis torpes zancadas, procuro seguir la marcha como puedo. Los efectos de la falta de ejercicio físico y de fumar pronto se manifiestan, porque a los tres minutos mi cara está visiblemente congestionada. Con una sensación de pesadez que no recuerdo haber sentido en mi vida, comienzo a sudar a chorros. Tengo la boca seca como la retama y a duras penas puedo articular palabra. Miro el reloj y compruebo que solo han pasado siete minutos. Sigo la marcha a trompicones y, al cabo de un rato que se me hace eterno, vuelvo a echar un vistazo al reloj y veo que solo llevamos trece. Mikel, que parece que no esté haciendo deporte de lo fresco que está, gira la cabeza de cuando en cuando para comprobar mi estado agonizante.

—Mikel... —alcanzo a decir jadeante—. No hemos hablado de cuánto tiempo vamos a correr, pero creo que con veinte minutos está bien.

—Qué menos que media hora, ¿no?

—Buff, no... No aguanto —respondo haciendo un nuevo esfuerzo por hablar.

—¡Ánimo, Beth! Queda poco, porque ya vamos por el cuarto de hora. No lo pienses e intenta seguirme como puedas.

Solo de pensar en la falta de confianza de Jordi hacia mis posibilidades me enfado, y cuanto más lo pienso más me enfado. Por demostrarle a él, a Mikel, a mí misma y al mundo entero que puedo y que soy una tía con agallas, me conciencio lo suficiente para continuar un nuevo repecho.

Llegamos a nuestro punto de partida a la media hora de salir. Me falta el aire y estoy al borde del colapso. Respiro hondo y poco a poco voy recuperando las pulsaciones. Lo he logrado. He sido capaz. Sonrío satisfecha, feliz y... exhausta. Realizamos una serie de estiramientos y, tras estos, nos reclinamos sobre una barandilla a observar la ciudad. La torre Agbar, la Sagrada Família, el trazo geométrico de las calles... Barcelona luce hermosa.

—¡Choca esos cinco! —me felicita Mikel según me tiende su mano—. Sabía que podrías. Eres una campeona.

En cuanto mi mano golpea la suya, la toma y me tira del brazo hacia él. Permanecemos a dos palmos de distancia y, tras una pausa en silencio, comenzamos a besarnos y me dejo llevar como no lo hice en el Apolo. Algo me dice que no está bien, pero evito pensarlo y me sumerjo en la humedad de sus suaves y profundos besos. Me aparta con delicadeza y toma mi cara con sus manos:

—Cuánto tiempo, Beth. Se me había olvidado lo bien que saben tus besos.

Nos agarramos de la mano y me conduce a un lugar más

apartado. Comenzamos a besarnos de nuevo. Llevados por la pasión, comienza a acariciar todo mi cuerpo y me retira la camiseta y vuelve a besarme con mayor intensidad, buscando mis senos bajo el sostén con sus manos. De pronto, siento pánico al imaginar a todos los invitados de mi boda señalándome con un dedo y acusándome de adulterio. «¿Qué estás haciendo, Beth?» Todo mi cuerpo comienza a temblar.

—¿Estás bien? —me pregunta.

—No... Es decir, sí... Lo siento, Mikel —digo avergonzada de mi actitud—, creo que aún no estoy preparada para esto.

—No te preocupes —me dice, mientras me envuelve con sus enormes brazos. Me dejo abrazar y sentir su calor.

Tras estar un rato abrazados, anuncio mi intención de marcharme:

—Bueno... Quizás sea la hora de irse a casa —digo, mientras me recoloco la camiseta y el sujetador.

Nos dirigimos hacia nuestros respectivos vehículos. Mikel se coloca el casco y, antes de partir, me vuelve a besar.

—Pégame un toque cuando quieras —se despide con un guiño.

En cuanto lo veo alejarse en su moto arranco el coche. Realizo el camino de vuelta con un nudo en el estómago y un nerviosismo que no logro aplacar. Qué mal cuerpo.

Cuando llego a casa compruebo que Laia y Marc duermen como lirones. Rosalía hace media hora que se ha marchado y encuentro a Jordi deshaciendo su maleta en nuestro cuarto. Nos cruzamos la mirada de forma fugaz, evitando mirarnos a la cara.

—Buenas noches.

—Hola, Jordi. ¿Cómo ha ido el viaje?

—Bien. ¿Tú qué tal haciendo deporte?

—Mejor de lo que esperaba. He aguantado media hora corriendo sin parar.

—Ya —responde con rabia contenida—. Beth, no entiendo nada. Desde hace unas semanas no pareces la misma. Te vas de cena con tus amigos de la universidad, cambias tu forma de vestir, te ha dado por el deporte... ¿Qué te está pasando?

—Que estoy intentando volver a ser aquella que fui. Recuperar mi espacio.

—Pues muy bien por ti, pero creo que no son horas para llegar. Parece que le des más importancia a tu nueva vida que a educar a nuestros hijos.

—Jordi, para decir bobadas mejor te callas, porque cada vez que abres la boca te cubres de gloria. ¿Qué me dices de ti? ¿No eras tú quien deseabas por encima de cualquier cosa tener hijos? ¡Quién lo diría! ¡Te pasas el día trabajando o en congresos y te los estás perdiendo!

—Lo hago para procuraros un buen nivel de vida a todos. ¿Acaso no vivimos bien?

—Pero ¿qué clase de patraña es esa, Jordi? Habla por ti. Lo haces por ti y por tu trabajo. Y si te has creído que vas a hacer carrera a expensas de mi felicidad, te equivocas. Y si vivir bien significa que estés todo el día fuera de casa y que tenga que criar a nuestros hijos como una madre soltera, te avanzo que eso no es vivir bien.

—Qué egoísta. No te reconozco, Beth.

—¿Egoísta? Jordi, quien no te reconoce desde hace muchos años soy yo. La vida me ha enseñado que los sacrificios contigo no sirven de nada. Y ¿sabes qué? Que me da igual si me apoyas o no en esto. No voy a renunciar por nada en este mundo a lo que estoy viviendo ahora.

Doy un fuerte portazo llorando de rabia. Me doy una ducha con la que consigo entrar en calma y decido pasar la noche en una de las habitaciones de invitados; sería hipócrita por mi parte dormir junto a Jordi. No quiero tener el más mínimo contacto físico con él.

Caigo agotada en la cama. Las discusiones con mi marido me dejan emocionalmente abatida, y mi cuerpo acusa el cansancio del deporte. Pero sonrío al recordar a Mikel, que aporta luz en mi vida. Qué momento más agridulce. Mi matrimonio, él... Un cóctel de emociones que genera la bebida más confusa que he probado en los últimos tiempos.

17

—Me gusta que hayas elegido este valor, Beth, veo que significa mucho en tu vida.

—Sí, la verdad es que significa mucho, aunque creo que es mejor hablar en pasado. Significaba.

—Bueno, es sobre lo que vamos a trabajar ahora, ¿no?

—Sí —responde tímida.

—Háblame de un nueve en «Aventura».

—Pues es esa Beth a la que le gusta experimentar, que se atreve con lo nuevo, que se lanza sola, que disfruta ante lo incierto, que vibra.

—Como tú ahora explicándomelo, ¿no?

—Exacto —responde Beth con una sonrisa de oreja a oreja.

Virginia hace una pausa en silencio para que Beth saboree y se conecte con su yo más aventurero.

—¿Qué sientes, Beth? ¿De qué te estás dando cuenta?

—De que, en definitiva, es una Beth feliz. Mucho más que la de ahora.

—Muy bien. Y ¿qué pequeño paso puedes dar en tu vida ahora para acercarte a ella?

—Se me ocurren varios. Creo que, sencillamente, dar la vuelta a mi vida.

—Ja, ja —ríe Virginia—. Dar la vuelta a tu vida... Suena interesante, pero yo te propongo empezar por algo más sencillo y alcanzable. ¿Qué opinas?

—Que es lo mejor y que me libera, porque si pienso en todo aquello que podría cambiar, me agobio mucho. Ahora tengo demasiados frentes grises en mi vida.

—Vamos a poner color, entonces, en alguno o algunos de esos frentes. ¿Dónde quieres incorporar aventura?

—Ummh... Pues quizás puedo empezar por buscar más espacios para la aventura en mi rutina semanal. No es fácil con mi logística, pero...

Virginia interrumpe a Beth antes de que prosiga:

—Tú puedes, si quieres.

—Sí. —Beth respira hondo—. Valdría la pena. Podría dedicar uno o dos mediodías a la semana a ello. Quedar con quien me apetece, ir de compras, dar un paseo, salir a correr...

—¿Mediodías?

—Sí, aunque en realidad será casi imposible ir a correr a esa hora. Pero, ummh, deja que piense... ¡Ya sé! Podría hacerlo un mediodía y una noche, una vez los niños estén en la cama.

—Perfecto, Beth. Y ¿qué te parece incorporar algo de aventura en el ámbito profesional?

—Me parece buena idea. Creo que podría ser proactiva con mi equipo en las reuniones del viernes. Pensaré en lo primero a incorporar en la de esta misma semana.

—Genial, Beth. Estás, desde ya, viviendo más la aventura.

—Pues tienes razón, Virginia —sonríe Beth—. Ah, por cierto, tengo pendiente el masaje. ¡Esta semana sin falta pido hora!

A pesar de mis terribles agujetas tras el *running* de ayer, salgo reconfortada de la sesión. Me ilusiona saber que hay esperanza en el horizonte. Si trabajar el valor «Aventura» significa que esta volverá a formar parte de mi vida y que podré disfrutar como antes, me compensará mucho el esfuerzo. De alguna manera, estoy tomando conciencia de que soy la piedra angular del cambio de rumbo que puede tomar mi propia vida. ¿Cómo es que no lo había visto hasta ahora?

Ayer me dormí nada más acostarme. El sueño me venció de manera fulminante debido a las pocas horas de descanso de los últimos días y al cansancio de mi primera sesión de deporte después de muchos años. Hoy me he despertado con sabor amargo al recordar la fuerte discusión que Jordi y yo tuvimos anoche. Si dormir en la habitación de invitados ha puesto de manifiesto nuestras diferencias, la nota que me ha dejado esta mañana en la cocina para informarme de que hoy llegará de madrugada debido a una guardia y así evitar llamarme, también. Nuestro matrimonio está a la deriva, haciendo aguas por los cuatro costados, y es necesario que nos sentemos a poner alguna solución que nos beneficie a ambos. Ayer me reprochó que no le estuviera dando la suficiente importancia al cuidado de nuestros hijos y él es hoy, una vez más, el gran ausente. ¿Realmente son salvables nuestras diferencias? ¿Es posible enmendar esta situación?

Y en el extremo opuesto de mi crisis matrimonial, Mikel. Ahora mismo me da todo lo que no encuentro en Jordi. Quiero dejarme llevar por todo lo que siento por él, pero tengo barreras en el camino y parece que no tengo suficiente valor para hacerlo. Mis fantasmas asoman continuamente y me cuesta liberarme del sentimiento de culpa, a pesar de ver a Jordi como a un auténtico necio. Quizás sea algo infantil aceptar planes para estar con Mikel, teniendo en cuenta que la química entre ambos es evidente, y dejarlo a medias. Me da miedo que pueda hartarse de mis huidas, pero no puedo forzar lo que no me sale. Y eso que ayer se mostró de lo más comprensivo conmigo. Con su abrazo me demostró que entiende perfectamente que no es una situación fácil para mí. «Pégame un toque cuando quieras.» Esas fueron sus últimas palabras, que él acompañó con un guiño cómplice. Como si estuviera queriéndome decir algo así como: «Tranquila, Beth. Sé que esto no es fácil para ti. Tómate el tiempo que necesites y cuando te apetezca me llamas». Naturalmente que me apetece. Es más, quiero demostrarle que sigo siendo la que fui. Que quiero vivir guiada por el valor «Aventura» y que la extroversión y proactividad forman parte de mí. Así que, a punto de atravesar la puerta de la oficina, le envío un *whatsapp*: «Te propongo una cena, porque con las agujetas que tengo no podré ir a correr en unos días ;-). Dime qué días podrías e intentamos cuadrar. ¿Te hace? ¡Mua!».

Jordi, Mikel... Madre mía, qué caos. Necesito con urgencia un confidente con el que pueda desahogarme sin ser juzgada, que ahora mismo es lo que menos necesito. Y ese no puede ser otro que mi hermano Jan. Es mi bote salvavidas y, sin duda, quien mejor me va a entender. Así que a media mañana, cuando saco un hueco en el trabajo, lo llamo. Descuelga de inmediato:

—¿Qué dice mi *sister*?

—¿Te pillo en buen momento?

—Salgo a comer ahora con unos clientes de la India, pero dime.

—Necesito terapia urgente de hermano.

—Mira qué bien, porque yo tengo mono de ti. ¿Cómo lo tienes para vernos esta tarde?

—Ummh... Después del curro tengo que pasar con los torpedos por el súper, pero para las siete creo que ya habremos terminado. ¿Te apuntas a cenar? Estaremos a nuestra bola porque Jordi está de guardia.

—Perfecto, planazo. Si te parece, llegaré sobre las siete para que me dé tiempo a estar con los enanos.

—Les encantará verte.

—Y a mí ni te explico.

El día vuela. Entre la mañana, que ha sido más corta de lo habitual, y el paréntesis de la comida, la hora de salida se me presenta casi sin darme cuenta. Nada más salir del colegio ponemos rumbo al supermercado. Saturo el carro con caprichos para recibir esta noche a mi hermano con todos los honores. Laia y Marc están felices de volver a ver a su tío. Yo también.

La llegada de Jan, al igual que la última vez que vino a casa, lo revoluciona todo. Se convierte en un niño más y Laia y Marc se vuelven locos porque no están acostumbrados a ver a adultos tan implicados en sus juegos como él. Los tres ruedan por el suelo, corren, se esconden, saltan encima de la cama y se lanzan cojines. Mientras juegan, preparo una *burrata* con aceite de oliva, el plato favorito de Jan, y comienzo a cocinar un *tataki* de atún. Decido tirar la casa por la ventana al sacar una de las botellas de Vega Sicilia que Jordi guarda como oro en paño en la bodega.

Jan vuelve a echarme un cable con los niños y logramos meterlos pronto en la cama.

—Hay que ver la energía de estos niños. ¡Estoy destrozado! —suspira Jan.

—Ja, ja, sí, pues imagínate esto cada día.

—Buff, no quiero ni imaginarlo. Eso sí, en pequeñas dosis me los como. No hace falta que te lo diga, ¿no? —sonríe.

—No, no hace falta que lo jures. No sé quién disfruta más: si ellos contigo o tú con ellos —bromeo con un gesto cómplice.

—Bueno... —comienza Jan en tono solemne—. Estoy sobrepasado por este recibimiento. *Burrata*, *tataki*... Propongo un brindis con este vino peleón, ja, ja, ja, por esta increíble cena que te has currado y, sobre todo, por ti, Beth —concluye, uniendo su copa a la mía.

—Por nosotros —matizo.

—Y dime, ¿cómo lo llevas? —me pregunta, dando un primer sorbo a su copa de vino.

—Bueno...

—Un inciso, Beth... —me interrumpe—. Extraordinario —comenta refiriéndose al vino.

—Ja, ja, ja, me alegro que te guste, Jan. Ya ves, porque tú lo vales —le digo con una mirada llena de cariño—. En cuanto a tu pregunta, ni yo sé cómo lo llevo. Estoy hecha un lío.

—¿Te refieres a Mikel?

—Sí, a Mikel y a Jordi.

—Lo último que sé es que necesitabas urgentemente ropa de deporte para irte a correr con el vasco.

—Exacto. Pues quedé ayer con él y la verdad es que estuvo muy bien. Tengo unas agujetas que no puedo ni bajar escaleras, pero aguanté media hora de marcha y me siento bien. El tema está en que cuando terminamos de correr volvimos a besarnos, como lo hicimos en el Apolo. Pero en esta ocasión llevamos el asunto más lejos. Nos fuimos a una zona escondida en la carretera de les Aigües y empezamos a meternos mano de arriba abajo. Pero tuve que parar. No pude seguir.

—Ya —comenta Jan, invitándome con su mirada a que continúe.

—La culpabilidad y el sentido de la responsabilidad me bloquearon. Y a pesar de ello, Mikel supo entenderme, no me hizo preguntas molestas y se portó como un caballero.

—No me esperaba menos de él.

—La verdad es que yo tampoco —digo según pruebo un trozo de delicioso *tataki*—. Pero no sé, Jan, quedo con él y luego me voy con la sensación de que he sido una niñata.

—Que necesites tiempo no significa que seas una cría.

—Quizás tengas razón.

—Beth, en primer lugar, me alegro de que quedaras con él y que, hasta cierto punto, te dejaras llevar. Segundo, felicidades por retomar el deporte, porque te vendrá genial. Y tercero, ¿cuál es el problema? —pregunta con expresión de incredulidad.

—¡Ja, ja, ja, ja! —Suelto una sonora carcajada al advertir la capacidad de simplificación que tiene mi hermano—. Pues, básicamente, que me muero por volverlo a ver aun sabiendo que no está bien lo que estoy haciendo.

—¿Quién dice que no está bien? —pregunta Jan.

—Pues yo —respondo sin titubear—. Y a eso se suma que Jordi y yo estamos fatal. De verdad, nuestra situación es insostenible. Ayer tuvimos una discusión brutal porque me echó en cara estar descuidando mis obligaciones como madre. Está viendo cambios en mí que no está encajando nada bien. Y en vez de felicitarme por ellos, me está castigando.

—¡Qué egoísta! A ver dónde encuentra otra como tú —comenta Jan con expresión de rabia contenida.

—Imagina cómo estamos, que he decidido empezar a dormir en una de las habitaciones de invitados a partir de ahora.

—Beth, te diría que lo mandes a la mierda, pero hasta que no lo veas con claridad tú misma, no vas a tomar ninguna decisión. Así que el mejor consejo que puedo darte es que explores hacia dónde te lleva esta situación que estás viviendo, pues esa es la única forma para dar con las respuestas que buscas. Al cabo de un tiempo verás si lo que quieres es separarte o continuar casada. Así que no seas tan dura contigo misma, e insisto: déjate llevar —me dice acariciando mi mejilla con uno de sus dedos.

Tras un largo abrazo y derramar algunas lágrimas, me recuesto en su hombro y permanezco en esa posición durante un buen rato. Antes de retomar la conversación saco la tarta de queso que ha traído de postre.

—¡Por cierto, Beth! Antes de que se me olvide... —comenta Jan, llevándose las manos a la cabeza—. Tengo buenas noticias. ¿Te acuerdas que te hablé del amigo inversor de Gerard que estaba interesado en nuestro local?

—Sí, claro.

—Pues quiere alquilarlo, y firmamos la semana que viene.

—Pero ¿no me dijiste que su intención era comprarlo?

—Eso me dijo. Pero se ve que se lo ha pensado mejor y prefiere alquilarlo. Por lo visto, quiere montar un negocio de ropa multimarca.

—¡Genial! ¿Necesitas ayuda con los trámites?

—No te preocupes, que Gerard se encarga. Pero, Beth, apunta lo mejor: dos mil quinientos al mes.

—¿En serio? ¡Qué bien! No sé en qué, pero en algo para mí los emplearé. Un viaje, unos estudios... Ya veremos.

—Y en tener un armario digno.

—Siempre que me prometas que serás mi asistente personal.

Los dos reímos. En cuanto comenzamos a recoger los platos de la mesa me vienen a la mente un par de temas que le quiero comentar.

—Dos cosas, Jan. ¿Recuerdas que te dije que he retomado la relación con Ana? Pues insisto en organizar algo con ella para que Gerard y tú la conozcáis. Os caeréis bien.

—Vale. ¿Y la segunda?

—Quiero darme un masaje y necesito que me recomiendes un sitio.

—¿Tú un masaje? —pregunta sorprendido—. ¡Me encanta que lo hagas! Pues mira, te paso ahora el contacto del centro al que voy. Son unos *cracks* y están muy cerca de tu oficina. Pide el *thai massage* y diles que vas de parte de Gerard y Jan. Te tratarán como a una reina.

Jan me explica sus últimos viajes y sus planes para los

próximos meses. El siguiente fin de semana, él y Gerard irán a Formentera. Qué recuerdos. Jordi y yo íbamos todos los veranos una semana hasta que Laia nació. Espero poder volver a repetir algún día.

A las doce de la noche, Jan decide irse. Nos despedimos con un efusivo abrazo.

La alarma me despierta a las seis y media. He vuelto a dormir del tirón y estoy relativamente descansada, a pesar de que las agujetas siguen machacándome las piernas. Sonrío al recordar lo a gusto que estuve anoche con Jan y lo bien que me quedé tras nuestra conversación. Es viernes y estoy motivada. Vuelvo a tener la reunión con mi equipo y quiero proponerles una idea con la que estoy ilusionada. Ya veremos cómo la encajan.

Al poco de haber llegado a la oficina, Ruth entra en mi despacho.

—Hola, Beth, la reunión es ahora, ¿verdad?

—Sí, Ruth, es ahora. Envío un par de *e-mails* y voy hacia allí, ¿vale?

—OK. Te esperamos en la Sala Amarilla —me dice haciendo un gesto con la mano.

—¡Gracias!

Cuando entro, veo que están todos disfrutando del bizcocho casero que ha traído Teresa.

—Hola, chicos —sonrío—, ¡qué buena pinta tiene ese bizcocho, quiero un trozo ya!

Mantenemos una conversación distendida y agradable durante algunos minutos, mientras saboreamos el exquisito bizcocho. Cuando solo quedan las migas, decido lanzarles mi propuesta.

—Equipo, he pensado en montar varios módulos de *out-*

door training[4] para los distintos departamentos de la compañía. El año pasado nos lo solicitaron desde Marketing y, por falta de presupuesto, no se pudo llevar a cabo porque contratar a una consultora externa disparaba los gastos. Liderarlo desde nuestro departamento sería toda una novedad, además de una excelente ocasión para vendernos como departamento en la compañía.

Tras unos segundos de silencio, es Teresa quien toma la palabra.

—Me encanta la iniciativa, Beth —comenta con una expresión de ilusión sincera.

—¿Sí? ¿Os parece buena idea? —pregunto buscando en las caras de mi equipo la acogida a mi iniciativa.

—Sí, Beth, está genial —comenta Alba con la aprobación del resto.

Durante el tiempo restante de la reunión, decidimos cuáles serán los roles y primeros pasos para activar el proyecto.

A esto lo llamo concluir la semana con buen pie. Estoy orgullosa de mí misma. No las tenía todas conmigo en cuanto a la reacción del equipo, así que ha sido una grata sorpresa comprobar lo bien que han encajado mi propuesta y la actitud comprometida e ilusionada que todos han mostrado.

«Abran paso, señores, que viene Beth. Cualquier martes o jueves me viene bien. Así que no te demores y convócame a esa cena ya.» No podía imaginar un colofón mejor que el mensaje que Mikel me ha enviado a punto de concluir la jornada de trabajo. Apago el ordenador, cierro mi despacho y salgo pitando hacia el colegio de los niños.

4. Formación fuera de las aulas.

18

Hoy vuelve a ser un día clave. Ayer expiró el plazo que dimos al Comité de Dirección para decidir su participación en la herramienta «360°» y por la tarde realizaré una ronda de llamadas entre todos sus miembros para conocer el veredicto final. Quizás sea ambicioso por mi parte, pero quiero contar con el beneplácito de todos. No solo se trata de una inyección de motivación para mí; creo que también puede serlo para Carmen y para mi equipo. Si lo lograra, se trataría indefectiblemente de un triunfo de todos nosotros.

Es curioso, pero tengo la sensación de que la rabia y el coraje que me genera la indiferencia que Jordi parece sentir por la aguda crisis de nuestro matrimonio los estoy transformando en energía que vuelco en otros ámbitos, y el trabajo es uno de ellos. Así que hoy me he despertado con una profunda sed de victoria. Y no sé si Laia y Marc se han solidarizado inconscientemente con mi situación o si, sencillamente, no gasto energía en desesperarme si no desayunan como espero o si no llegamos a tiempo, pero hoy también ha vuelto a transcurrir la mañana en paz. En el trayecto al colegio he dejado sonar un viejo CD de Creedence Clearwater Revival que ha electrificado mi sistema nervioso. Aún recordaba las letras que me aprendí en el instituto y que he cantado sosteniendo el volante como si tuviese una guitarra eléctrica entre manos. Marc se tronchaba de risa y a Laia le ha hecho menos gracia: me miraba como si estuviese loca de atar. Quizás lo esté.

La pasada semana pedí, intencionadamente, hora para hoy en el centro de masajes que Jan me recomendó. Sabía que hoy me tocaba la ronda de llamadas y quería ir con el ánimo templado. Salgo un poco antes de la hora de comer y enseguida encuentro el centro. Había pasado varias veces por delante, pero nunca me había fijado en él. Me llama la atención la tranquilidad que se respira nada más poner un pie en el interior. El espacio se caracteriza por una luz tenue, conseguida a base del fuego de los cientos de velas que iluminan el espacio, tonos tierra y sonidos que imitan a los de la naturaleza, como el canto de los pájaros o agua que desciende por los arroyos. La chica que atiende en recepción, tras verificar que mi nombre figura en el libro de reservas, me informa que enseguida me atenderán. Aguardo en una de las butacas de la sala de espera echando un vistazo a una de las revistas sobre vida saludable y alimentación que encuentro sobre la mesa. Llama mi atención una mujer que, para sus aparentes sesenta años, está espectacular. Por lo visto, se trata de una respetada actriz de teatro a la que no conocía, y en la entrevista comenta que empezó a hacer deporte por primera vez en su vida a los cincuenta y dos años y que el tesón y la disciplina han sido las claves de su éxito. Si me parecía que retomar el deporte después de más de diez años de inactividad era prácticamente imposible, más difícil me parece hacerlo a esa edad, sin haberlo practicado en la vida. Está claro que esta mujer ha creído en ella y nada se ha interpuesto en su camino.

—¿Beth Torrell? —me pregunta una chica de rostro sereno que apenas alcanza el metro y medio de altura.

—Sí, soy yo.

—Acompáñame, por favor —me dice, mientras me conduce por uno de los pasillos del local.

Entramos en una sala de luz aún más tenue que la de la recepción, donde me dejo llevar por una melodía envolvente. La masajista me invita a desnudarme y a colocarme un minúsculo tanga de usar y tirar que encuentro sobre la camilla. Espero tumbada a que termine de preparar los aceites y ungüentos varios que extenderá sobre mi cuerpo.

—Te lo has puesto del revés.

—¿Te refieres a este tanga diminuto? Es tan pequeño que me he liado —comento algo avergonzada.

—Tranquila, nos ha pasado a todas —sonríe.

El masaje comienza en un punto donde jamás hubiera pensado encontrar tanto placer: los pies. Los acaricia con tanto mimo que me dejo llevar y comienzo a volar desde Barcelona hacia el cielo para flotar en nubes de algodón.

—¡Ay, qué gusto!

—Me alegro de que te guste —me dice, mientras continúa con su masaje—. ¿Eres la hermana de Jan, verdad?

—¡Sí! ¿Cómo lo sabes?

—Nos llamó ayer para informarnos de que venías y nos pidió que te tratáramos bien. Él y su novio Gerard son asiduos del centro.

—Les gusta mimarse, ¿eh?

—Mucho. Y a nosotros cuidarlos.

Las manos de la masajista dejan mis pies para continuar la ruta por el resto de mi anatomía. Gemelos, muslos, glúteos, riñones, espalda, hombros, brazos, dedos... No sé qué tienen las manos de esta mujer, pero enseguida me invade un enorme placer que da paso a un estado de relajación con el que poco a poco me voy aletargando.

—Y ahora te puedes levantar suavemente —me despierta la dulce voz de la masajista, al cabo de casi una hora.

—Qué gusto... —digo medio anestesiada—. Me he quedado completamente dormida.

Para mi grata sorpresa, cuando paso por el mostrador a pagar, la chica que atiende me dice que el masaje es un regalo de Jan. Es de bien nacida ser agradecida, así que no tardo en llamarlo:

—Querido hermano, no sé quién es más de Bilbao, si Mikel o tú.

—Bueno, qué, ¿te ha gustado?

—Gustar no hace justicia a lo bien que ese masaje me ha dejado.

—Me alegro. A Gerard y a mí nos encanta. No existe mejor centro de masajes en toda Barcelona.

—Como clienta no os llegaré ni al talón, pero a partir de ahora me gustaría incorporar esto de los masajes a mi vida.

—Será una buena inversión.

—No te entretengo más, Jan. Sabes que si ahora mismo estuviera contigo te comería a besos. Gracias por cuidarme tanto.

—A ti por ser tan buena hermana.

Camino por la ciudad con una sensación de ligereza indescriptible, como si de golpe se hubiesen minimizado todos mis problemas. Hago un alto en el camino en la Bodegueta de Rambla de Catalunya. Pido una ración de tortilla de patatas que acompaño con pan con tomate y aceite, antes de dirigirme de nuevo a la oficina. Este lugar me recuerda a Jordi, y aunque nuestra relación esté en horas bajas, los recuerdos son buenos. Me lo descubrió cuando aún estábamos saliendo. Después de dar un paseo por la ciudad, solíamos pasar por allí antes de volver a casa, y siempre que venían amigos de fuera a visitarnos los traíamos y triunfábamos. Con dos niños y nuestro matrimonio completamente abandonado, hace tiempo que no recibimos visitas. Cada uno atiende a sus amistades por separado, que en mi caso, hace tiempo que no lo hago como es debido.

Al margen de cómo pueda terminar lo nuestro, el proceso está siendo un aprendizaje. Volcarse en la pareja y dejar el resto de cosas de lado ha sido un craso error que no se volverá a repetir. Tanto es así, que hoy volveré a ver a Ana después del trabajo.

Leo el documento que he ido preparando a lo largo de estos días de cara a la ronda de llamadas y repaso mentalmente los argumentos que defienden la implantación de la herramienta. La estrategia, bien sencilla, consiste en empezar por los más fáciles y dejar los difíciles, es decir, a Andreu y a Jacinto, para el final. Cuantos más confirmados tenga, mayores las posibilidades para desencadenar un efecto dominó. El primero de la lista es Juan Madrazo, responsable de Asesoría Laboral, quien tan partidario se mostró a favor de la herramienta el día de la presentación.

—Hola, Juan, soy Beth Torrell, de Formación.

—¡Hombre, Beth! ¿Qué tal estás?

—Muy bien, ¿y tú?

—Yo tampoco me puedo quejar. Cuéntame, ¿en qué te puedo ayudar?

—Pues te llamaba en relación a la implantación de la herramienta «360°». Como ya sabes, ayer se cerró el plazo para que cada uno de vosotros valoraseis si sois o no partidarios, y ahora mismo estoy realizando el seguimiento entre los miembros del Comité de Dirección.

—Pero yo ya te dije que la aprobaba —comenta en tono extrañado.

—Lo sé, Juan, pero la llamada es de rigor. Imagina que te hubieras arrepentido de haber dicho que contáramos contigo.

—Entiendo, Beth, pero me reitero en lo que dije. No suelo desdecirme habitualmente —ríe al otro lado del teléfono.

—Me alegro, Juan. Gracias por apoyarnos.

—De nada, Beth. Y por favor, si te encuentras con algún hueso duro de roer, no dudes en pedirme que te eche un cable.

Hay que ver lo entrañable que es este hombre. Es una de esas personas que facilitan la vida, humanizan las empresas y contribuyen a una buena atmósfera de trabajo.

Tras la llamada a Juan, encadeno cinco confirmaciones más. El siguiente en la lista es Andreu. Me pregunta qué ha contestado el resto. Al decirle que todos los consultados hasta la fecha han respaldado la iniciativa a la espera de lo que él y Jacinto decidan, me da su aprobación para mi completa sorpresa. Nunca hubiera imaginado que iba a tenerlo tan fácil con él. Imagino que no ha querido llevar la contraria a la voluntad de la mayoría. Resulta una prueba evidente de que el efecto dominó ha funcionado.

El último de todos es Jacinto.

—Hola, Jacinto, soy Beth.

—...

—Beth Torrell, de Formación —añado ante su silencio.

—Ah, sí, Beth. Estoy un poco liado. ¿Qué querías? —pregunta con cierta soberbia.

—Tal y como os recordamos, ayer concluyó el plazo de decisión del «360°» —digo con firmeza—. Contigo finalizo la ronda de llamadas para saber si arropas el proyecto.

—¿Ah, sí? Y ¿qué ha dicho el resto? —pregunta lleno de curiosidad.

—No ha habido ni una persona que haya dicho que no.

—Vaya, vaya —dice—. Pues sí que resultaste convincente en la presentación...

¿Me estará retando o vacilando?

—Quizás no esté bien decirlo, pero creo que sí, pues los confirmados están ahí. No obstante, Jacinto, y al margen del apoyo de los miembros del Comité, el éxito de la herramienta es incontestable. Y como responsable de Formación, trato de impulsar todas aquellas iniciativas que pueden mejorar y contribuir al desarrollo de la empresa y de sus empleados.

—Pues tengo que darte la razón.

—¿A qué te refieres? —pregunto sorprendida.

—No suelo creer en lo que la gente cuenta, salvo en un caso. Se trata de un amigo al que respeto mucho y admiro más. Dirige una refinería petrolífera en Caracas, y el otro día estaba en Barcelona por motivos de trabajo y quedé con él. Una cosa nos llevó a la otra y terminamos, no sé cómo, hablando del «360°». En su empresa lo implementaron hace un par de años y parece que resultó ser un éxito. Y como te decía, yo admiro a este amigo...

—¿Interpreto, entonces, que nos apoyas?

—Así es. Espero no tener que arrepentirme de esta decisión. En cualquier caso, Beth, me gustaría felicitarte por la presentación del otro día. Creo que lo hiciste muy bien.

—Muchas gracias, Jacinto. No sabes cuánto me alegra oír eso.

En pleno éxtasis me dirijo al despacho de Carmen, pero no está, así que decido escribirle un *e-mail*: «Muy buenas noticias, Carmen. Todos los directivos del Comité, y eso incluye a Andreu y a Jacinto, quieren participar en el proyecto "360°"».

Me siento bien. Muy bien. Hacía mucho tiempo que no disfrutaba de esta sensación en el trabajo. En pleno nirvana, aparece Carmen por la puerta:

—Felicidades, Beth. Muy buen trabajo. Nos reunimos uno de estos días y comentamos el tema. Te dejo, que tengo lío. —Me guiña el ojo y desaparece.

De nuevo las palabras de Virginia en mi mente: «Date permiso». Lo hago para sentirme bien y orgullosa del trabajo que he hecho. Tengo claro que este triunfo es de todos. Me levanto y saco la cabeza por el despacho. El equipo está trabajando.

—Chicos, estamos de celebración. Tengo buenas noticias. Os invito a un café y os cuento —les digo con entusiasmo.

En dos minutos tengo a los cuatro alrededor de la máquina de café esperando mis palabras.

—Acabo de concluir el seguimiento del «360°» con los miembros del Comité de Dirección y... —tomo una pausa para dejar constancia de la importancia que el momento merece— todos han dicho que sí.

—¿En serio? ¿Andreu y Jacinto también?— pregunta Teresa.

—Como lo oyes —sonrío.

—Enhorabuena, Beth —me comenta sincera.

—Felicidades —dice el resto.

—No, chicos. Si os he convocado de forma espontánea aquí es porque el triunfo es de todos y quería compartirlo con vosotros.

—Si no me equivoco, eso significa que implantaremos la herramienta en todos los departamentos y que todos los trabajadores podrían beneficiarse de ella, ¿no? —pregunta Pedro.

—Exacto —respondo—. Esa es la idea, aunque para llegar a todo el personal necesitaremos tiempo.

—Así que habrá que ponerse las pilas los próximos meses. Habrá curro para dar y tomar —bromea.

—Ja, ja, ja —río—. Pues sí, chicos, creo que no habrá tiempo para aburrirse.

Después de comunicar a Carmen y a mi equipo las buenas nuevas, recojo mis cosas y me voy una hora antes de la oficina al café que tengo pendiente con Ana. La jornada ha sido bastante más reducida de lo habitual, pero hoy estoy indultada. Hemos quedado en una pastelería de reciente apertura ubicada en el centro de Barcelona. Me espera ojeando una revista y tomando un café. Enseguida se percata que estoy sospechosamente contenta.

—Bueno, ya me puedes explicar qué te ha pasado —bromea—, que esos ojos me están chivando que estás muy ilusionada.

—Algo así —sonrío.

—Pues no te hagas de rogar y cuéntamelo.

—Bueno, nos han aprobado un proyecto en la empresa que para nuestro departamento significa mucho. Hemos tenido una aprobación sin fisuras y unánime y todavía estoy que no me lo creo.

—Bueno, esto merece un brindis. Y aunque no haya champán, ¿quién dice que no pueda brindarse con café? —dice divertida, alzando su taza de café.

Imito su gesto y, con un sorbo de café, brindamos por el éxito de hoy.

—Gracias, Ana. Te confieso que es como si con la aprobación de este proyecto se oficializara una nueva andadura profesional.

—¿A qué te refieres?

—Llevo meses desmotivada. He estado desorientada, sin saber siquiera por dónde me daba el aire. Y no hablo del terreno profesional exclusivamente, sino a nivel general.

—¿Así que ahora las cosas marchan mejor?

—Sí y no. Es decir, siento que estoy dando pasos importantes en mi vida. Es como si me estuviera reinventando, con todo lo bueno y malo que ello implica. Las cosas en el trabajo están mejorando mucho. Y a nivel personal, me estoy reencontrando conmigo misma y me he prometido quererme más de lo que lo he hecho los últimos años. Me he abandonado y no volveré a hacerlo. Y quizás por eso y porque la relación ya estaba desgastada de antes, mi matrimonio no marcha.

—Pero ¿crees que se trata de algo temporal o es irreversible?

—No sabría responderte con certeza, pero ahora mismo no le veo solución posible.

—¿Habéis hablado al respecto?

—Hace semanas que no lo hacemos y supongo que debería tomar una decisión, pero ahora mismo no me veo capaz. Y eso que he llegado a un punto que no soporto a Jordi. Creo que lo han lobotomizado. No me parece el mismo con el que me casé. Pero tampoco quiero volcar toda la culpa sobre él porque las relaciones son cosa de dos.

—Así es. Las relaciones no funcionan por sí solas, hay que regarlas lo suficiente para que no se deterioren.

—Y yo creía que lo hacía, Ana, pero lo nuestro no chuta.

—No te castigues, Beth. Nadie es quién para decirte qué debes hacer con tu vida. Eso debes decidirlo tú. Por eso, el mejor consejo que puedo darte es que explores tu camino y que no dejes de vivir experiencias, porque solo así encontrarás lo que buscas.

—Eso mismo me dice Jan, al que, por cierto, le propuse quedar un día contigo y me dijo que encantado. Así que a ver si no lo demoramos más y nos vemos pronto.

—Me encantaría —dice Ana, ilusionada.

—Por cierto, ¿qué sabes del chico que conociste en casa de Oriol?

—¿Xavier? Te hice caso y, como durante un par de semanas no supe nada de él, le pedí el teléfono a Oriol y lo llamé.

—¿Y?— pregunto muerta de curiosidad.

—Hemos quedado para cenar en un par de ocasiones y parece que la cosa funciona. Pero por ahora me conformo con disfrutar del momento y lo demás ya se verá.

Al cabo de una hora nos despedimos con un sentido abrazo. Verbalizar mis problemas no los soluciona, pero me ayuda a liberarme de ellos y a ser más consciente de mi situación.

Antes de partir hacia casa compro algunos postres para celebrar con Laia y Marc mi felicidad.

19

Hoy cumplo cuarenta años. Me lavo la cara nada más despertarme y me miro en el espejo. La imagen que este me devuelve no me entusiasma. No me veo espléndida. Mi cuerpo no es el que tenía en la veintena, tengo la cabeza llena de canas que cubro con baños de color y las arrugas de mi rostro revelan el paso de los años. Aun así, tampoco me disgusta lo que veo.

Cuando era pequeña e intentaba visualizar mi futuro, me parecía que cuarenta años eran tantos que imaginaba que a esa edad estaría rozando la vejez y con pocos alicientes en la vida salvo el de ver crecer a mis hijos y envejecer junto a mi marido. Por fortuna, me equivocaba.

Comienzo una nueva década con un matrimonio al borde del precipicio y en vísperas de cenar a solas con un amor del pasado. Mi mayor patrimonio son mis dos hijos y mi hermano, a quien siento tan incondicional como en su día lo fueron mis padres. Más allá de la sangre, nos une una complicidad y sintonía indivisibles. Un amor fraternal mayúsculo. No me veo en la necesidad de justificarme ante él ni demostrarle nada, pues es él quien mejor me entiende. Siento que está ahí y que lo estará siempre que me vea en la necesidad de sortear obstáculos y reponerme de las estocadas que pueda sufrir en el camino.

Vuelvo a mirarme en el espejo. Esta vez con más detalle. Sonrío. Veo asomarse a aquella Beth a la que tanto añoraba; ha sacado la cabeza y ya tiene medio cuerpo fuera. Llega pisando fuerte. Es, sin duda, el mejor regalo que podría tener en mi cuarenta cumpleaños. Volver a creer en mí. Dejar de autocompadecerme y perseguir con tesón aquello que busco, que no es otra cosa que mi felicidad. No lo he conseguido aún, pero sé que avanzo. He retomado viejas amistades y el trabajo, poco a poco, me vuelve a motivar. El horizonte se dibuja colorido. La perspectiva de futuro se viste de ilusión.

Al ir a la cocina a preparar el desayuno de los niños, veo la puerta de nuestro dormitorio entornada y la abro para comprobar si Jordi aún está en casa, pero ya se ha ido. He vuelto a pasar la noche en la habitación de invitados; ayer seguíamos sin dirigirnos la palabra y no sé si recordará que hoy es mi cumpleaños. Hasta ahora nunca lo había olvidado, pero la dejadez e indiferencia resultan enemigos declarados de la memoria.

Hoy no habrá guerras. Ni por demoras de tiempo, ni por imprevistos. Quiero un día en paz. Preparo un desayuno especial a base de cruasanes de chocolate recién horneados para los niños y me siento en la mesa junto a ellos para devorarlos. Les recuerdo que cumplo un año más y que ese es el motivo de celebrar una mañana especial, distinta. A juzgar por sus caras, parece que la idea los entusiasma. ¿Por qué no lo haré más a menudo?

He dejado sonar de nuevo mi viejo CD de Creedence camino del colegio, que a fuerza de ponerlo, parece que a Laia y Marc les ha terminado gustando tanto como a mí. Las melodías de John Fogerty y su banda los alegran y me suelen pedir que repita «Down on the Corner», «Travelin' Band» y

«Up Around the Bend». Laia mueve su cabeza con energía al son de los acordes y Marc, que contempla divertido la escena desde su sillita, se troncha de risa con el dramatismo sobreactuado de su hermana. No les he dicho que por la tarde quedaremos con Jan y Gerard, que, por cierto, han sido los primeros en felicitarme. Será una grata sorpresa.

Nada más despedirme de ellos compro un surtido de pequeños bocadillos, dulces y refrescos que compartiré con mi equipo. Quiero hacerles partícipes de lo que significa este cumpleaños para mí a nivel personal y profesional. Así que, inmediatamente después de atravesar la puerta de la oficina, coloco en los extremos de las mesas de trabajo la comida y las bebidas, e invito a los chicos, a Carmen y al resto de compañeros de trabajo a celebrar mis recién estrenados cuarenta años. Eso también incluye a Susana que, a falta de un buen meneo, confío en que la comida le dulcifique el día.

El día transcurre liviano, sin complicaciones. No sé si se trata de algo fortuito o deliberado por parte de mis compañeros para brindarme una jornada pacífica, pero me sienta francamente bien. A media mañana recibo un correo electrónico de Facebook que me advierte que Oriol ha publicado en mi muro. Pincho sobre el *link* que me conduce automáticamente a su comentario en la página: «Fierecilla... ¡Muchas felicidades y bienvenida al club de los cuarentones! Habrá que organizar algo para vernos pronto, ¿no? Cuídate mucho y cuarenta besos como cuarenta soles». Sonrío. Qué encanto de hombre. Pues sí, estoy de acuerdo en que deberíamos organizar algo. No tardo en recibir una nueva notificación de Facebook para avisarme de una publicación más en el muro, en esta ocasión de Pol: «Querida amiga, no te asustes con eso de los cuarenta. Todavía estamos en la cresta de la ola. Por cierto, nada de celebraciones desaboridas. Propongo una barbacoa cualquier día de estos. ¿Qué mejor que un *remem-*

bering de nuestro mítico *interail* con una comida como Dios manda? ¿Quién se apunta? ¡Ahí queda eso!». ¡Qué buena idea! No se me había ocurrido, y desde luego, puede ser muy divertido. Tendría que organizarme porque con dos niños no lo tengo fácil, pero Jan y Gerard quizás podrían quedarse con ellos. Ya pensaría cómo devolverles el favor. Laura es la siguiente de la lista: «¡Muchísimas felicidades, Beth. Te espera lo mejor, ya verás. Oye, me quedé con ganas de estar más contigo en la cena del Velódromo. A ver si repetimos, ¿no? Adelanto que soy partidaria de la barbacoa que propone Pol. ¡40 tirones de orejas!». Ricard no tarda en sumarse a las felicitaciones de la cuadrilla de la universidad: «¿Cuarenta años ya? No te agobies por cumplirlos, preocúpate si no lo haces. Hoy deja que los tuyos te mimen, y adelanto que yo también voto por esa quedada». Le sigue Serafí: «¡Hola, guapa! Te felicito por tus cuarenta tacos. Seguro que haces gala de ellos como una campeona. *Yes, you can*. Besos y ánimo con el lunes. Por cierto, contad conmigo para la comilona. Si me avisáis con tiempo me puedo organizar». Ana es la última en sucumbir al foro universitario para felicitarme: «¡Felicidades, amiga! ¿Cuarenta años? ¡Qué bien suena eso! Nos vemos pronto. Y esto va para el resto: no seré la pringada que diga que no a la barbacoa». El aluvión de mensajes que recibo me abruma. Nunca hubiera imaginado que Facebook pudiera alegrarme el día de esta manera. Ahora entiendo a toda su comunidad de incondicionales.

Entre el trabajo que tengo pendiente y los mensajes de felicitación, el día se me pasa sin darme cuenta, y con ello, la hora de salida. En el tramo que separa la oficina del aparcamiento, recibo una llamada de Mikel.

—Bueno, bueno, menudo foro de exalumnos universitarios habéis montado en Facebook, ¿no? —pregunta nada más descolgarle el teléfono.

—Pues sí, y ya he visto que no te has pronunciado.

—Estaba liado con una campaña, pero de aquí a un rato lo haré. Me apetece mucho esa barbacoa. ¿A ti?

—También. Tengo que organizarme con los niños, pero con la ayuda de mi hermano y su novio, creo que podré.

—Bien hecho. Por cierto, ¡*zorionak*, guapa! —me felicita en vasco.

—¿Cómo se decía «gracias»? ¡No me acuerdo!

—*Eskerrik asko*.

—Eso. ¡Mira que sois enrevesados, eh! Es que ni aunque lo repita cien veces todas las noches me lo aprendo.

—Pues para mañana a ver si te lo aprendes, que te voy a tomar la lección —me suelta con su ironía habitual.

—Veré qué puedo hacer —le respondo en el mismo tono burlón—. Por cierto, ¿a qué hora y dónde nos vemos mañana?

—¿Qué tal a las nueve? Te envío ahora un mensaje con la dirección de mi casa. Está en Poblenou.

—Hecho.

Monto a los niños en el coche, que se han puesto a chillar como locos y a botar en los asientos cuando les he dicho que hemos quedado con Jan y Gerard, y ponemos rumbo al centro comercial. No es lo que más me apetece, con el día tan bueno que hace, pero tiene una zona de juegos al aire libre para los niños que me ahorra complicaciones. Laia y Marc salen a todo correr en cuanto ven a Jan y Gerard, que nos esperan sentados en la terraza de una cafetería italiana. Me reciben con un enorme ramo de rosas rojas y nos fundimos en un abrazo, al que también se suman los niños colándose entre nuestras piernas.

Mientras esperamos a que traigan el surtido de tartas, los cafés y batidos que hemos pedido, Jan y Gerard me entregan un sobre y dos paquetes, cuyos envoltorios son tan bonitos que da pena romperlos. Al abrirlos descubro unos espectaculares botines de color granate y un precioso conjunto de lencería de encaje.

—¡Bueno, bueno! ¡Me encanta, chicos! ¡Muchísimas gracias! ¡Me habéis dejado sin palabras!

—Nos alegramos mucho, Beth. Sobre todo Gerard, que es quien los ha elegido —bromea Jan.

—¿En serio, Gerard? —pregunto—. ¡Pues lo has clavado! Mil gracias, de verdad.

—De nada, Beth. Pero aún te falta abrir el sobre —me indica señalándolo con el dedo.

—Pero chicos, esto es demasiado. Las rosas, los botines, el conjunto... ¡Creo que habéis exagerado un poco! —exclamo, mientras tomo el sobre en mis manos y deslizo mis dedos para abrir la solapa.

Extraigo una diminuta tarjeta del mismo centro de masaje en el que estuve la pasada semana. Es un bono de diez masajes.

—¡No me lo puedo creer! —exclamo—. Chicos, ¡sois lo más! ¡Cómo me cuidáis!

—Ahora no tienes excusa para no liberarte del estrés y estar radiante —apostilla Jan.

—¡Os lo prometo! —digo entusiasmada.

Gerard se levanta de su silla para jugar con los niños y dejarnos a solas a Jan y a mí.

—Gracias de nuevo, Jan. Estoy sobrepasada, no sé ni qué decir.

—Con que lo disfrutes me basta. Imagino que las piezas de lencería te vendrán bien, ¿verdad? —me dice con un gesto cómplice.

—Calla, que de solo pensarlo me pongo enferma. He quedado mañana con él para cenar en su casa.

—¿Y Jordi?

—La cosa va de mal en peor. Seguimos sin hablarnos y durmiendo en habitaciones separadas. Hoy no me ha felicitado. Es la primera vez desde que nos conocemos que no lo hace. La verdad, no sé qué pensar. No sé si lo ha olvidado o si se trata de una forma de castigarme.

—¿Cómo es posible que no se dé cuenta de que te está perdiendo? —pregunta Jan con expresión de incredulidad.

—No lo sé. Yo tampoco me lo explico. Pero qué más da. Ha llegado un punto en que paso.

—Cambiando de tercio, Beth. Resérvate este viernes a partir de las nueve.

—¿Para qué?

—Tú resérvate la noche y veremos qué sucede —me sonríe.

Apuramos la tarde al máximo para poder estar con Jan y Gerard el mayor tiempo posible, y llegamos a casa a las nueve. Mientras preparo la cena de los niños, escucho unas llaves en la puerta. Es Jordi. Laia y Marc salen corriendo a recibirlo. Al cabo de un rato entra en la cocina con Laia en brazos y Marc adherido a su pierna como un molusco.

—Hola —saludo al verlo llegar.

—¿Y esas rosas? ¿De algún pretendiente? —me pregunta mordaz.

—Me las han regalado Jan y Gerard por el cumpleaños.

—¿Qué le vas a regalar a mami por el cumple? —pregunta Laia.

Jordi se queda completamente blanco, sin saber qué hacer ni qué decir. Incapaz de reaccionar. Por su gesto de desconcierto, deduzco que mi cumpleaños lo ha cogido totalmente por sorpresa. No ha podido disimular que lo había olvidado por completo. Sin mediar palabra ni atreverse siquiera a mirarme a los ojos, durante el tiempo restante me ayuda con el baño y la cena de los niños. No me ofrece explicaciones sobre su olvido. Tampoco se las pido; hacerlo sería hipócrita por mi parte. Una noche más, volvemos a dormir en habitaciones separadas. No puedo evitar cierto sentimiento de tristeza al pensar en dónde estoy durmiendo y por qué.

Una nueva nota de Jordi en la cocina a primera hora de la mañana, me confirma lo que ya sabía: que hoy está de guardia y llegará de madrugada. No entiendo que no haya aprovechado el escrito para felicitarme o pedirme una disculpa. Su actitud alimenta mi desamor.

Comienzo a pensar en la organización y el desarrollo de los módulos de *outdoor training* y convoco a mis compañeros de equipo para que realicen distintas propuestas al respecto. Quiero que sea una experiencia única para todos los departamentos de la compañía y que quede de manifiesto la valía de Formación. Me gustaría comentar el tema con Carmen en cuanto me convoque a la reunión, que imagino tendrá lugar esta semana. También debería determinar con ella los pasos a seguir para la implementación del «360°».

La hora de la cena se me presenta en un abrir y cerrar de ojos. Estoy hecha un manojo de nervios. Por más que lo intente no consigo controlar el chorro de adrenalina que me genera Mikel cada vez que pienso, hablo o estoy con él. La mezcla de sentimientos que despierta en mí y la falta de *entrenamiento* con hombres resulta arrolladora.

Aparco el coche en la estación de metro de Poblenou, donde Mikel me espera. Ajeno a los viandantes de la rambla, me recibe con un profundo beso que avanza el cariz que puede tomar la velada. El barrio es una suerte de pueblo integrado en la ciudad, con una zona de pasado industrial en la que residen cientos de artistas de la capital. No imagino otro lugar para Mikel.

Después de atravesar tres calles en dirección al mar, llegamos a su portal. Tal y como me explica, el edificio en el que reside albergó en su día una fábrica de baldosas, y hace cinco años lo transformaron en viviendas *loft*. Mientras esperamos al ascensor, toma mi mano y comienza a acariciarla suavemente con sus dedos. Según entramos en él, damos paso a la pasión inhibida durante estos meses y nos besamos con la misma intensidad que en nuestra época universitaria. Llevada por la humedad de sus besos, dejo caer mi bolso y Mikel comienza a recorrer mi cuerpo con sus manos. El ascensor se detiene en la última planta. Mikel abre la puerta de casa sin dejar de besarme y me conduce hasta su cama. Logro, con cierta destreza, desabotonar su camisa y desabrochar sus pantalones, mientras dejo que hunda sus delicadas manos entre mis piernas. Con una habilidad inusitada, me retira mi ropa interior y quedamos desnudos el uno frente al otro.

—¡Cuánto tiempo de esto, Beth! No he dejado de pensar en ti en todos estos años —me dice con ojos llenos de deseo.

Avergonzada del cambio que mi cuerpo ha sufrido a lo largo de los años y asustada de lo que estoy a punto de hacer, comienzo a temblar. De nuevo los dedos acusadores. Mikel me arropa con sus enormes brazos para aplacar mi angustia y comienza a trazar un recorrido de besos por toda mi anatomía. Me dejo llevar y me vuelco en vivir esta aventura que tanto deseaba.

Nuestros cuerpos se fusionan en un baile de jadeos y sudor. Mi lado más animal asoma para recibir, a horcajadas, sus suaves y precisas embestidas. Mi mente comienza a volar y se pierde en su arrebatadora sonrisa, su virilidad, las fiestas del Puerto Viejo, los verdes y frondosos paisajes de Euskadi, sus puestas de sol, el cielo, la luz de la vida y mi felicidad. Me retuerzo, me encojo, me destenso y me deshago. Visualizo la gloria.

Permanecemos desnudos, abrazados y mirándonos a los

ojos en su cama, en un trance en el que sobran las palabras. Al cabo de un rato se pone en pie.

—Ahora vengo —me dice según se aleja hacia la mesa de su despacho.

Veo que abre uno de los cajones y saca un fino paquete rectangular, que me extiende de vuelta a la cama.

—Ábrelo —sugiere—. Es tu regalo de cumpleaños.

Cuando retiro el papel, descubro una especie de cuaderno titulado: «Aquellos maravillosos años». En cuanto abro su tapa, sin embargo, veo que se trata de un álbum de fotos hecho a mano por él, que contiene imágenes que no recordaba haber visto en mi vida de aquel verano en Bilbao. La mayoría son de las fiestas del Puerto Viejo. Sus amigos, nosotros... ¡Qué nostalgia! Las fotografías están acompañadas por tronchantes comentarios redactados del puño y letra del propio Mikel, y a medida que avanzo, mis carcajadas son cada vez más sonoras. Cuando llego a la última página, leo: «Espero que te hayas reído. ¿Qué mejor regalo que la risa para estrenar tus cuarenta primaveras?». Cierro el álbum y lo beso. Un beso tan largo, profundo y sexual que nos conduce a un nuevo episodio de pasión desatada.

Ponemos el broche a la velada con una cena muy ligera. Se me ha hecho tarde para volver a casa.

—Nos vemos pronto —me despido.

Abro la puerta de casa sigilosa para no hacer ruido. Son las dos de la madrugada. En la mesa de la cocina, al lado del ramo de rosas que me regalaron Jan y Gerard, encuentro un sobre en el que está escrito mi nombre. La letra es de Jordi.

20

Hola, Beth,

Te escribo estas líneas porque no tengo valor para mirarte a la cara. Sé que probablemente sea cobarde por mi parte, pero ahora mismo es la única forma en la que soy capaz de dirigirme a ti. Antes de continuar, felicidades. No te mereces este cuarenta cumpleaños. Nunca hubiera imaginado que pudiera olvidarme de una fecha así. Créeme: no me lo perdono ni me lo voy a perdonar.

No quiero justificar mi olvido, pero sí extraer una lectura positiva: me he sentido muy mal y eso me ha servido para aterrizar. Ayer pasé la noche en vela y hoy he tenido un día horrible porque no puedo parar de pensar en que lo nuestro pinta muy mal. Nos hemos distanciado mucho. Te siento lejos, Beth, muy lejos. Tan lejos que ahora mismo no sé cómo acercarme a ti. Imagino que he tenido la realidad delante de mis narices durante todo este tiempo, pero no la he visto hasta ahora. Una de las razones de mi ceguera ha sido mi enfado. Sí, Beth, he estado muy enfadado porque no he encajado nada bien los cambios que he visto en ti últimamente.

Supongo que he sido un egoísta. Un jodido y asqueroso egoísta. Me creía con el derecho de volcarme única y exclusivamente en el trabajo con la excusa de llevar dinero a casa y procuraros un buen nivel de vida. Creía que siempre estarías ahí y que nunca podría perderte, y no sé por qué, pero ahora siento que no te tengo.

Beth, estás cambiando mucho últimamente. Y lo que más me duele es que, a pesar de nuestra distancia, te veo muy feliz. Has retomado viejas amistades, sales más a menudo, te arreglas más y sonríes más que nunca. Sé que el motivo de esa sonrisa no soy yo, y eso me asusta. Y precisamente ha sido el miedo el causante de mi actitud negativa. Fui especialmente dañino cuando te dije que estabas desatendiendo tus obligaciones como madre. Olvídalo, lo dije desde la rabia. Al contrario: estoy orgulloso de la madre que tienen mis hijos.

Trato de ponerme en tu situación e imagino que has debido de pensar que soy un necio. No te culpo. A decir verdad, yo también me avergüenzo de mí mismo.

Espero estar a tiempo de solucionar esta situación. Ahora mismo no imagino mi vida sin ti. Quiero recuperar nuestra vida familiar y disfrutar de vosotros tres a diario. Démonos una nueva oportunidad, por favor.

Te quiero,

JORDI

PD. Sé que llego tarde, pero permíteme este regalo de cumpleaños como primer paso.

La carta me cae como una losa. De golpe y porrazo desaparece el buen sabor de boca que me ha dejado la velada junto a Mikel. El peso de mi vida cae sobre mis hombros y siento un profundo dolor. Del reverso de la carta se desprende un bono con el que me desmorono por completo. Se trata de un fin de semana en pensión completa en un hotel cinco estrellas en Sant Martí d'Empúries, que para ambos guarda un significado especial. Nos hospedamos en él poco antes de quedarme embarazada de Laia, durante un fin de semana que recuerdo con mucho cariño. Los paseos por la playa, la luz de los atardeceres en la Costa Brava... fueron días llenos de magia. Ya por aquel entonces habíamos tomado la decisión de ampliar la familia, y poco después de la vuelta el test de embarazo me confirmó que estábamos esperando un bebé; el colofón a la época más dulce de nuestro matrimonio. Muchas veces hemos rememorado con cariño esos días y queríamos volver con los niños para compartir con ellos ese lugar que para nosotros fue tan especial. El viaje en familia finalmente nunca llegó, y dadas las circunstancias, ahora mismo es lo último que me apetece.

Dejo caer el vale y la carta, y las lágrimas comienzan a salir a borbotones. Sin consuelo alguno, me abrazo a mi estómago con todas mis fuerzas. Jordi parece haberse humanizado, vuelto a ser quien era y adoptado ese tono que durante tantos años he buscado; ese tono de comprensión que no recuerdo cuándo desapareció para desunirnos sin remedio. ¿Por qué ahora? Justo cuando comenzaba a trazar mi propio camino y a poner las primeras piedras para construir un futuro feliz. Abatida, me recuesto en la cama e intento aplacar el dolor que durante tanto tiempo he tenido guardado a través de un desconsolado llanto. Cada lágrima responde a alguna de las decepciones de mi matrimonio, a la soledad, a la tristeza, a la rabia contenida, a la incomprensión. A los más de cinco años de vidas emocionalmente separadas.

Despierto a las cuatro de la mañana, desubicada, aún vestida y con la piel irritada por la acidez de las lágrimas. Me acerco al baño a limpiarme la cara, me desvisto y me doy una ducha de agua caliente para templar el cuerpo. Regreso a la cama y caigo rendida hasta que el despertador me alerta de que el trabajo no perdona, sean cuales sean mis circunstancias personales.

Me angustio al pensar que Jordi aún pueda estar en casa y me cruce con él. No estoy preparada. Por fortuna, al salir de la habitación compruebo que ya se ha ido. Encuentro una nueva nota en la cocina en la que me anuncia, en un tono conciliador, humano y lleno de cariño, que se acercará a la salida del colegio de los niños para pasar una tarde en familia. Vuelve a despedirse con un «te quiero». El segundo en menos de doce horas. ¿Cómo es posible? ¿Por qué ahora?, me pregunto desconcertada. Respiro hondo.

La mañana no fluye como otras. Los niños están más lentos de lo habitual, o esa es mi percepción, y mi espesor mental no facilita el proceso. Me recompongo parcialmente al llegar al despacho. Me tranquiliza saber que una jornada cargada de tareas me ayudará a sobrellevar mi ánimo plomizo y a olvidar, de forma temporal, las tribulaciones de mi vida sentimental. Sin embargo, me equivoco, ya que me resulta del todo imposible rendir en el trabajo. A duras penas consigo hacer algo más que responder al mensaje que Carmen me ha enviado para citarme a la reunión en la que decidiremos cómo implementar el proyecto «360°».

A media mañana escribo un mensaje a Jordi. No estoy motivada para hacerlo, pero considero que es lo mínimo. «Gracias por la carta y el regalo. Nos vemos en la salida del cole. Hablamos esta noche. Te quiero.» ¿Qué estoy haciendo? ¿Estoy preparada para hablar con él esta noche? Lo dudo. ¿Por qué me despido así?, me pregunto confundida. ¿Lo quiero? Sí, naturalmente que lo quiero. Al margen de nuestra distancia y de lo atraída que me sienta por Mikel, llevamos media vida juntos. ¿Cómo no voy a quererlo? Es el padre de mi mayor tesoro, mis hijos, y un gran apoyo en momentos decisivos de mi vida. Lo quiero y mucho.

Durante toda la jornada de trabajo no puedo dejar de pensar en Mikel y me castigo sin tregua por lo ocurrido anoche en Poblenou. Las escenas se atropellan en mi mente, y mi cabeza vuela como una pelota de ping-pong del cambio de actitud de Jordi a las imágenes de sexo desenfrenado con Mikel. La palabra «traición» me perfora la conciencia como la hoja de un cuchillo. Lo que he hecho es algo que estoy casi segura de que Jordi jamás haría. Jamás.

La hora de salida. Me enciendo un cigarro nada más atravesar la puerta del despacho y subo al coche rumbo al colegio. Se me encoje el estómago al pensar que dentro de unos minutos veré a Jordi. Continúo culpabilizándome sin descanso, hasta convertir mis pensamientos en un campo de batalla. ¿Es realmente mi escarceo con Mikel lo que más me pesa? ¿O la carta de mi marido con la que no contaba para nada? ¿Ambas por igual?

Para hacer la ecuación más difícil, recibo una llamada de Mikel a punto de llegar al colegio. Presa del nerviosismo, dejo sonar algunos tonos antes de activar el manos libres.

—¡Mikel! —descuelgo agitada.

—¡Hola, Beth! ¿Qué tal?, ¿cómo va el día?

—Bien... Bueno, no sé, rara.

—Ya, entiendo... —responde comprensivo. Permanece unos segundos en silencio antes de retomar la palabra—. Beth, simplemente te llamaba para decirte que para mí ha sido una noche increíble. He disfrutado mucho a tu lado. Creo que nos lo debíamos, aunque, teniendo en cuenta tus circunstancias, imagino que para ti fue diferente...

—Supongo que sí, Mikel, aunque no pienses que para mí no estuvo bien. Al contrario: hacía tiempo que no lo pasaba tan bien y me da una alegría que no te imaginas verte. Pero en cuanto llegué a casa me encontré una carta de mi marido en son de paz, pidiéndome disculpas por su actitud durante los últimos meses, por no haberme felicitado por mi cumpleaños y proponiéndome un fin de semana en pareja para salvar distancias. Como comprenderás, en cuanto lo leí desapareció el buen rollo que llevaba en el cuerpo. Era lo último que imaginaba.

—¿He entendido bien? ¿Dices que no te felicitó por tu cumpleaños?

—Así es, lamentable. Estamos atravesando un momento muy delicado a nivel de pareja... Si te digo la verdad, creo que el cumpleaños es lo de menos.

—Ya...

—Llevamos tiempo arrastrando tensión y lo he pasado fatal —digo con la voz entrecortada—. La verdad, no contaba con esto y estoy hecha polvo.

—Lo siento, Beth. Sabes que puedes contar conmigo siempre que quieras.

—Gracias, Mikel, lo sé —le digo intentando recomponerme del llanto como puedo.

Estoy casi delante de la puerta del colegio, pero doy una vuelta más a la manzana para no dejar la conversación a medias. Con toda probabilidad, Jordi habrá llegado y los niños estarán con él.

—Me gustaría volver a verte, Beth —prosigue decidido—. Uno de mis mejores amigos tiene un restaurante muy chulo de tapas en Sabadell y quiero llevarte. Sé que te gustará. Es más discreto que quedar en Barcelona. ¿Cómo lo ves? ¿Te apetece?

—Seguro que me encanta, Mikel, pero hoy no es el día para responderte. Necesito digerir los últimos capítulos de mi vida.

—Claro. Piénsalo, y si te animas, me avisas y nos vamos cuando te vaya bien. Sabes que tengo tiempo libre, así que no hace falta que me avises con mucha antelación.

—Vale... —respondo algo tímida—. Mikel, perdona, pero te tengo que dejar. Estoy en la puerta del colegio de mis hijos.

—Claro, Beth. A cumplir con tu papel de madre, que no me cabe la menor duda que se te dará bien. Espero verte pronto. Musu.

—Gracias, Mikel. Besos.

Cuelgo y permanezco un rato en el coche antes de salir. Respiro profundamente. Vaya lío. No sé cómo salir de él. No ha transcurrido ni un día desde que me he acostado con Mikel y, de alguna forma, la desatención de Jordi me liberaba del sentimiento de culpabilidad, pero con su cambio de actitud me siento perdida. Decido no darle más vueltas a la cabeza y bajar del coche. Pronto visualizo a Jordi en la puerta principal, con Laia y Marc a cada lado. Se me revuelve el estómago. Me dirijo hacia ellos y saludo a Jordi con un beso en los labios. Me responde con un amplio abrazo al que enseguida se unen los niños. Toma a Laia en brazos y yo a Marc, y ponemos rumbo al parque, el mismo lugar donde recuerdo haber pasado la última tarde en familia.

Cuánto más fácil es todo en pareja. Nos volcamos en jugar con los niños, excusa perfecta para eludir hablar con él, y la tarde vuela entre el tobogán y los columpios. Gracias a un fluido ritual nocturno, logramos acostar a Laia y Marc, exhaustos del trajín, antes de las nueve.

Me aterra pensar en cenar a solas con él, pero evitarlo no me conducirá a nada, así que decido afrontar la situación con valentía. Me siento incómoda y confundida, pero no cabe duda de que nos debemos unas palabras. Picamos un poco de queso y embutido que Jordi ha preparado y echamos mano del vino. Supongo que es lo más fácil para ambos después de tanto tiempo sin cenar a solas. Rompemos el hielo hablando de trabajo. Con un sorprendente entusiasmo, me pone al día de los viajes que ha realizado con motivo de sus últimos congresos y de la reacción del público a sus ponencias en estos. Por lo visto, todo un éxito, al igual que sus últimas cirugías. Yo también le cuento las últimas novedades de mi trabajo. Parece que, al contrario que en el amor, la vida profesional nos sonríe.

—Te felicito, Beth. Lo estás haciendo francamente bien. No solo tu papel como madre, sino también tu trabajo.

—Hace unos días opinabas todo lo contrario —replico.

—Lo sé, y te pido disculpas. Como te decía en la nota, me ha costado encajar los cambios que estoy viendo en ti, y para serte sincero, aún me cuesta.

—Ya...

—Beth, estaba descolocado y todavía lo estoy. Pero tengo muy claro que no te quiero perder.

—Sí, estoy de acuerdo contigo y agradezco tu sinceridad, Jordi, pero las últimas semanas, por no decir años, no se olvidan con una cena y una nota.

—Está claro, pero lo importante es que hemos empezado a acercar posturas —sonríe.

—Supongo.

¿Cómo que supones? ¿No estás de acuerdo?

—Sí, Jordi, pero te repito que esto es una relación, y las relaciones son como las plantas: hay que regarlas con regularidad. La carta está muy bien, pero esto tiene que ser una carrera de fondo.

—Tienes razón. Pero hagamos el esfuerzo. Démonos una segunda oportunidad y marchémonos de fin de semana a Sant Martí. Es lo mejor para curar la relación.

Un escalofrío me recorre el cuerpo, pues una escapada a solas con Jordi a Sant Martí no es un plan que me apetezca para nada. Sin embargo, rechazarlo supondría dar unas explicaciones que ahora mismo no estoy preparada para dar.

—De acuerdo.

—Nos lo debemos, Beth. Es la mejor inversión que podíamos hacer —me responde mirándome fijamente a los ojos.

Nos fundimos en un abrazo. Jordi comienza a besarme e intenta algo más, pero lo freno con el pretexto de la hora. Parece encajarlo bien. No tarda en pedirme que vuelva a nuestra habitación y acepto. ¿Acaso estoy en situación de no hacerlo? Me tiendo en la cama fría como un poste de metal. Sus abrazos me ofrecen protección, pero mi cuerpo y mente están bloqueados por la frialdad de las últimas semanas y por mi aventura con Mikel. Me gustaría creer al nuevo Jordi, reenamorarme de aquella persona tan maravillosa a la que conocí hace veinte años, pero la realidad me devuelve, de forma reiterada, a las últimas semanas de convivencia, a sus ausencias y sus despechos, a nuestras tensiones y lejanía. Varios *flashes* de anoche complican mi cóctel emocional. Mis pensamientos vuelan al *loft* de Poblenou, donde ahora mismo me gustaría estar.

Nostalgia, vacío, desazón. Me siento perdida. A primera hora de la mañana recibo un *e-mail* de Jan en el que, con su característica imaginación, me cita en un restaurante en el centro del Born mañana, viernes, a las nueve de la noche. Sonrío. Con la intensidad de la semana no me había acordado de la cena, y tampoco tengo muchas ganas, pero no puedo faltar. Además, seguro que me sienta bien la compañía de mi hermano. Llamo a Jordi para avisarlo de la cena con Jan y curiosamente no pone objeción, algo inconcebible tan solo unos días atrás. Me confirma que será él quien se quede con los niños.

Las 10.55. Quedan cinco minutos para mi reunión con Carmen. Reviso rápidamente los pasos que hemos realizado hasta ahora en el proyecto «360°» y pongo rumbo a su despacho.

—Hola, Carmen —saludo a medida que asomo la cabeza por la puerta—, ¿puedo pasar?

—Por supuesto, Beth —responde levantando la cabeza del ordenador—. Toma asiento, por favor.

—Gracias. ¿Cómo va todo?

—Muy bien, pero este ritmo es de locos. No dejan de implicarme en temas estratégicos de los que no me puedo escabullir y, desafortunadamente, cada vez me veo más limitada a la hora de participar en proyectos de desarrollo en los que me encantaría estar. De hecho, es de lo que te quería hablar.

—Claro —respondo con mi mirada posada en sus ojos—. Dime.

—Muy a mi pesar, no me puedo implicar en la implantación del «360°». Ni llego ni doy abasto. En vista de los buenos resultados y de la aceptación por parte del Comité, creo que puedes liderarlo tú misma.

—¡Buff! Me encanta la idea y te agradezco la confianza, Carmen, pero...

—Espera —me interrumpe—, que te conozco y no quiero que te agobies antes de tiempo.

—Vale —respondo reacomodándome en la silla.

—Si te parece, podemos asignar parte del presupuesto a contratar a alguien para que te ayude con el proceso de devolución.[5] ¿Cómo lo ves?

—¿En serio? ¡Eso es genial, Carmen! —exclamo con una amplia sonrisa.

5. Entrega e interpretación del *feedback* «360°» con cada participante.

—Me alegro, Beth. Estoy segura de que lo harás muy bien.

—Gracias, Carmen.

—Te propongo que tú misma diseñes los próximos pasos y te encargues de la asignación presupuestaria. Si te parece, te convoco uno de estos días, me lo presentas y lo validamos. Confío plenamente en que será un éxito.

—Suena muy bien.

—Desde luego. Y no te cortes si te puedo ayudar en algo.

—Me he informado bastante sobre la herramienta y el proceso, y creo que podré llevarlo bien. Además, involucraré al departamento porque sé que están deseando aprender.

—Estupendo, tú decides.

—Te mantendré informada —respondo, mientras tomo mis cosas y me pongo en pie para salir—. Por cierto, antes de que se me olvide. Mañana te enviaré también la propuesta de organización y desarrollo de formación *outdoor* que hemos preparado desde el departamento. Hay ideas que me gustaría compartir contigo.

—Estaré encantada de escucharlas.

Carmen ha vuelto a confiar en mí y ha dejado todo el proyecto en mis manos. ¡Menudo regalo! Se trata de una oportunidad sin precedentes para mí y para el departamento y una ocasión única para ganarnos del todo la confianza del Comité y, de rebote, de toda la compañía. Estoy muy ilusionada. Hoy mismo mandaré un *e-mail* a Marta, nuestra *freelance* de confianza. Hace tiempo que no sé nada de ella y esta es la excusa perfecta. Si sus honorarios encajan con lo que le podemos pagar, sería un bombazo. No se me ocurre nadie mejor con quien compartir este proyecto. Encajará a la perfección. Y naturalmente, no me perderé detalle de las aventuras de sus viajes de ensueño.

21

He vuelto a pecar. Mi mente es la culpable. No he vuelto a acostarme con Mikel, ni tan siquiera he llegado a verlo, pero no me lo puedo quitar de la cabeza. Pensar en él enciende mi deseo. Sus gruesos dedos enredándose en los míos, sus húmedos y profundos besos, sus suaves embestidas... A pesar de lo tocada que me quedé con la nota de Jordi y de prometerle darnos una nueva oportunidad, estoy ansiosa por volver a quedar con Mikel y sé que no tardaré en hacerlo. Con él no tengo que forzar nada; el humor, el deseo y la química, sencillamente, fluyen. Pensaba que tan solo era cuestión de tiempo asimilar la repentina transformación de Jordi, pero me equivocaba; me siento incapaz de controlarme y de reprimir mi deseo. Me pellizco. La situación que estoy viviendo me resulta surrealista por completo. No sé qué rumbo está tomando todo esto y prefiero no pensarlo porque me asusta saberlo. Simplemente me limito a dejarme llevar hacia... ¿un callejón sin salida?

Ya es viernes. Atravieso la puerta de la oficina. La semana se me ha echado encima sin darme cuenta: mi cumpleaños, la noche en compañía de Mikel, el cambio de actitud de Jordi, el liderazgo del «360°»... Ahora mismo me vendrá bien volcarme en él para refugiar mi mente de mi complicada vida sentimental.

Mi cabeza sigue pareciéndose a una pelota de ping-pong, saltando de Mikel a Jordi y de Jordi a Mikel a una velocidad incontrolable. Jordi continúa en su tónica de cercanía, cariño, empatía y conciliación. Vaya, todo aquello que he ido buscando y reclamándole durante mucho tiempo y nunca llegaba. Paradojas de la vida, llega ahora, en el momento menos indicado.

El sonido del teléfono me devuelve a la realidad.

—¿Diga? —contesto.

—¡Hola, Beth! Soy Marta. Me llamaste ayer, ¿verdad?

—¡Hola, Marta, ¿qué tal estás?!

—Muy bien, hace bastante que no coincidimos. ¿Cómo va todo?

—Muy bien. No me puedo quejar. ¿Y tú? Bueno, ya me explicarás tu periplo africano.

—¡Uy, casi ni me acuerdo!, porque a la vuelta he tenido tanto trabajo que parece que hace siglos que estuve allí. Pero ya te contaré un día con más calma.

—A ver si es verdad, Marta. Bueno, te cuento. Mi llamada se debe a que tengo un proyecto interno de *feedback* «360°» entre manos y voy a necesitar ayuda para realizar las devoluciones.

—¡Me encanta el «360°»!

—Me alegro de que lo veas así porque a mí también me gusta mucho. A lo que iba: tenemos a los ocho miembros del Comité en el proyecto y yo, por volumen de trabajo, no puedo dar *feedback* a todos. Me gustaría involucrarte con tres o cuatro de ellos de manera que, cuando hagamos el proyecto extensivo al resto de la compañía, te hayas ganado la credibilidad de los de arriba. ¿Qué te parece?

—Me apetece mucho, pero antes de nada necesitaría saber cuándo empezaríamos para saber si me cuadra en lo que a fechas se refiere.

—En dos meses.

—Deja que mire un momento mi agenda —me dice, mientras hace una breve pausa para consultar su disponibilidad—. Cuenta conmigo —responde al cabo de un rato con entusiasmo.

—¡Bien! ¿Podrías pasarme cuanto antes tus honorarios? Tengo que ver si encajan con el presupuesto del que dispongo para el proyecto.

—Claro, eso está hecho.

Le facilito algunos detalles, además de los pasos que ya hemos dado y los pendientes de dar. Quiero agilizar los trámites previos al proceso lo máximo posible para ponernos en marcha cuanto antes. Solo espero que todo cuadre. No imagino a otra colaboradora en el proyecto.

Aprovecho un hueco en la mañana para enviar a Carmen la propuesta de *outdoor training* que ayer quedé en pasarle. Estoy convencida de que le gustará. Veremos si encaja con su línea estratégica.

No tardo en recibir un *e-mail* de Jordi que rezaba para que no llegara. Me propone ir a Sant Martí d'Empúries de aquí a dos fines de semana. Estaba claro que tarde o temprano me lo iba a pedir. Cierro los ojos y suspiro. Antes prefiero una patada en el estómago que irme a solas con él de fin de semana, pero casi de forma inmediata se activa mi pensamiento racional; ese que me advierte que tengo que ir, que no existe otra opción. Tardo un rato en responder porque de solo imaginarlo me pongo mala. ¿Cómo podría eludir el plan? De ninguna manera; no tengo escapatoria. Jordi tiene todo el derecho a pedirme una nueva oportunidad y yo no tengo valor para rechazarla, y menos después de haber entonado su mea culpa. «OK, Jordi, pero primero deberíamos resolver la logística con los niños. Beso.»

¿Con quién dejaremos a los niños? Tanto si los dejo con mis suegros, con mi hermano y Gerard o con Rosalía, sé que estarán en buenas manos, pero creo que existen más garantías de diversión para todos si se quedan con Jan y mi cuñado. Es más, estoy convencida de que los niños lo pasarán tan bien que les costará volver a la realidad. Antes de nada tendré que consultarlo con Jordi, y si a él le parece bien, lo comentaré con mi hermano y Gerard. Sé que por ganas me dirán que sí, pero no sé si tendrán algún compromiso o viaje para ese fin de semana. En caso de que puedan quedarse a cargo de los niños, les ofreceré la posibilidad de que vengan a casa a pasar el fin de semana. Tienen un piso tan bonito e inmaculado que me da miedo que Laia y Marc puedan estropear algo. Si el plan tira hacia adelante, estoy segura de que se troncharán de risa, pero también de que alucinarán. Estos dos no tienen ni la menor idea de lo que supone estar veinticuatro horas con dos niños. Me río sola imaginando la escena.

Me reconforta pensar en la cena de esta noche, más aún teniendo en cuenta mis altibajos emocionales de esta semana. Me vendrá bien salir y despejarme. ¿Con qué me sorprenderá Jan? No me cabe la menor duda de que el sitio me gustará. Mi hermano siempre pone mucho mimo en todo lo que organiza y sé que hará lo posible por que el lugar me agrade.

Decido no comer más que un sándwich rápido y adelantar trabajo, para disponer de una hora libre e ir de tiendas por el centro antes de pasar a buscar a los niños al colegio. No tardo en encapricharme de un top de punto y fular a juego en gris marengo y de unos ajustados *jeans* del mismo tono que hacía tiempo que quería tener. Creo que los botines que Jan y Gerard me regalaron encajarán bien. Estoy contenta con mis compras. Me sobran diez minutos y me cuelo en una cafetería a tomarme un café. Me dedico a releer los mensajes de móvil que Mikel y yo nos hemos intercambiado desde nuestro reencuentro hace ya algunas semanas. Menudo giro que ha dado mi vida desde entonces, y menos mal. Estaba realmente hundida cuando nos vimos. Tanto que él ni me reconoció. Estaba completamente dejada. De solo pensarlo me avergüenzo; menudo bochorno.

La tarde con los niños vuela. Laia y Marc vuelven a darme una lección de madurez y responsabilidad. Alucino con lo rápido que aprenden y crecen. Se me cae la baba con ellos. En un abrir y cerrar de ojos se presenta la hora de la cena y, para entonces, Jordi ya ha llegado a casa. Me toma el relevo con los niños y aprovecho para comenzar a arreglarme para la cita de esta noche. Vestida, me miro en el espejo y me gusta cómo me quedan los botines; destacan al lado del top, el fular y los *jeans*. No estoy tan satisfecha de mi figura. Aún tengo que quitarme varios kilos de encima. Automáticamente me castigo por no seguir con el *running*. ¿Qué hay de esa Beth deportista que quería recuperar? A ver si retomo el deporte a partir de la próxima semana. ¡Joder, cuántas cosas, qué agobio de vida!

A punto de salir de la habitación, vuelvo a mirarme en el espejo. No sé, me falta un toque. Rebusco entre los objetos del tocador y tomo una barra de labios granate. Exacto, así me gusta más. Me despido de Laia, Marc y Jordi. Marc apenas me hace caso, pues está completamente absorto jugando con sus camiones. Laia, en cambio, se muere por ver a sus tíos y, obcecada en venirse conmigo para estar con ellos, se queda llorando en el marco de la puerta mientras Jordi la consuela como puede. Se me parte el alma dejándola así.

Arranco el coche y emprendo el camino al Born. Nada más aparcar aprovecho para echar un vistazo a la pantalla del móvil, deseando tener noticias de Mikel. ¿Cómo lo pretendo si le dije que necesitaba espacio para digerir los últimos acontecimientos de mi vida? Tomo la iniciativa y le propongo vernos el miércoles de la próxima semana. Su respuesta no se hace esperar, pues antes de meter el móvil en el bolso suena el característico tono del *whatsapp*: «Estoy de fin de semana surfero con unos amigos en Zarautz. El miércoles será una gran noche. Un musu». Qué bien se lo monta este tío, no pierde el tiempo. Trato de imaginar una vida a su lado. Sería tan diametralmente opuesta a mi realidad que me cuesta visualizarla. De lo que estoy segura es que reiría sin parar, haría un millón de cosas, conocería a un montón de gente y que las horas pasarían volando.

Absorta en mis pensamientos, me paso el restaurante de largo. Escucho que alguien grita mi nombre. Me giro y descubro a Jan.

—¡Ey! —le digo mientras me lanzo a sus brazos.

—¿Qué pasa, *sister*? Son las nueve y cuarto. Con lo puntual que eres ya estaba empezando a preocuparme.

—Es que entre que he aparcado y buscado el sitio se me ha echado el tiempo encima. Pero con todas las veces que he tenido que esperarte, me perdonas, ¿verdad? —pregunto con un guiño.

—Claro —sonríe—. A ver, deja que te vea —me dice escrutándome de arriba abajo—. Bueno, bueno, bueno... ¿Queremos comentar lo impresionante que estás? Me alegra ver que estás haciendo los deberes.

—Ja, ja, ja, gracias, Jan, sabes que en gran parte te lo debo a ti.

—No te creas, veo que te manejas bien sola. Oye, y esos botines granates que llevas, ¿quién te los ha regalado? Parece que alguien con mucho gusto, ¿no?

—Sí, bueno, es un poco capullo, pero tiene mucho gusto —le digo con una sonrisa cómplice.

—¡Ja, ja, ja!

Jan me abre la puerta y, con su habitual caballerosidad, me cede el paso. Tan pronto nos acomodamos en la mesa escucho un «¡sorpresa!»; me giro de inmediato y descubro a Gerard y a Ana, que se dirigen hacia mí empuñando sendas bengalas.

—¡Chicos! —grito invadida por una enorme emoción—. ¡Qué ilusión que estéis aquí! —digo según agarro a los dos con mis brazos para abrazarlos con todas mis fuerzas—. Ana, ¿cómo así tú por aquí?

—Tu hermano, que es muy listo, y me engatusó a través de Facebook —dice guiñando un ojo a Jan.

—¿A que no te lo esperabas, *sister*?

—Para nada. Lo último que pensaba era que podría encontraros a los tres juntos esta noche. Habéis conseguido tocarme la fibra sensible.

Pan de pita, *tajin*, cuscús, humus, *falafel*, musaka, *arayes*... Jan y Gerard conocen al dedillo cada una de las especialidades de este exquisito restaurante sirio que con mucho acierto han elegido para la ocasión, y Ana y yo nos dejamos aconsejar. La armonía se instala en el ambiente desde el primer momento.

—Así que, Jan —dice Ana—, me comentabas que viajas mucho por trabajo, ¿no?

—Demasiado —replica Gerard.

—No tanto, exagerado —contesta Jan.

—No mientas, bribón —intervengo con ánimo de chinchar a mi hermano—. Cuéntale a Ana lo bien que vives.

—¡Eso, eso! —dice Gerard.

—No les hagas ni caso a estos dos —rebate Jan—. A ver, en mi trabajo las cosas como son, me toca viajar. Y la verdad, es la parte que más me gusta. No suelen ser los típicos viajes de trabajo en los que no ves nada salvo las paredes del hotel.

Al contrario, una de las mejores cosas es precisamente que, además de trabajar en el destino al que viajo, puedo conocerlo, y eso no tiene precio.

—Eres un privilegiado.

—Totalmente.

—Y ¿con qué lugar de los que has estado te quedarías?

—Perú. Sin lugar a dudas.

—¿En serio? No te molestes, pero nunca hubiera imaginado que dirías Perú. No sé, por tu perfil hubiera pensado que dirías un país más sofisticado.

—Te entiendo, Ana. Yo tampoco hubiera imaginado que me fuera a gustar tanto como me gustó, perdón, como nos gustó —dice mirando con ojos tiernos a Gerard.

—Así es, Ana —interviene Gerard—. A los dos nos fascinó.

—¿Tú también has estado?

—Sí —comenta Jan, retomando la palabra—. Lo que en principio iban a ser unos pocos días, finalmente se prolongó durante un mes. Desde el primer instante, Perú nos sorprendió de una forma que no imaginas. Y eso incluye la comida. Tiene una cultura gastronómica espectacular.

—Y prueba de ello es que, desde entonces, Jan y yo necesitamos ir cada cierto tiempo a restaurantes peruanos a inyectarnos una buena dosis de ceviche, causas, rocoto, pulpo al olivo y papas a las huancaína —comenta Gerard, divertido.

—A mí también me encanta el ceviche —dice Ana.

—Durante el viaje —prosigue Jan— decidimos ponernos a prueba a nosotros mismos e hicimos un *trekking* durísimo de varios días que se vio recompensado con creces cuando alcanzamos el objetivo: Machu Picchu. Avistar esa maravilla creada por el hombre en medio de la nada y del todo al mismo tiempo es una experiencia indescriptible. Sencillamente... —Hace una pausa para encontrar las palabras precisas.

—Mágico —concluye Gerard.

—Exacto. No sabría cómo explicártelo, pero es mágico.

—Tanto que, si algún día decidiéramos casarnos, ese sería el lugar —anuncia Gerard en la versión más romántica de sí mismo para después besar a Jan.

—Me habéis convencido, chicos. Me encantaría ir a Perú —comenta Ana totalmente embelesada por lo que acaba de escuchar.

—Y a mí también. ¡Tiene que ser alucinante! —exclamo.

—¿En serio? ¿A ti también te gustaría? —pregunta Ana, posando su mirada en mí—. Oye, y ¿por qué no vamos juntas?

—Pues, esto, yo... Me encantaría, Ana, pero no sé... Los niños, Jordi... Deja que le dé un par de vueltas al tema. Te prometo que algún día —digo con una mezcla de indecisión y frustración por no atreverme a sacar mi parte más aventurera.

—Claro, Beth, sin agobios. Si puedes, bien, y si no, tan amigas —me reconforta Ana.

—Piénsatelo, *sister*. Habrá un antes y un después en tu vida después de Perú.

Estamos tan a gusto que me parece que solo hayan transcurrido cinco minutos cuando se presenta la hora del postre. Se apagan las luces del restaurante y aparece el camarero con una tarta de limón y merengue, mi favorita, y dos velas con los dígitos de mi aniversario. Soplo con toda la fuerza de mis pulmones hasta que las velas han quedado completamente apagadas para asegurarme de que el deseo que he pedido se cumpla: ser feliz. Qué le voy a hacer, sigo siendo una infantil en ese aspecto. Antes de cortar la tarta les dedico unas palabras de agradecimiento.

—No sabéis lo a gusto que me habéis hecho sentir esta noche. Qué bonito todo esto: un hermano incondicional, un cuñado que ni en mis mejores sueños podría mejorarse y una amiga del alma que he rescatado de mi pasado. Gracias a los tres por estar aquí y brindarme esta noche tan especial.

—Porque sigas dándonos lecciones de coraje y valentía a todos y por un viaje inolvidable a Perú —dice Jan, alzando su copa con un guiño cómplice. Gerard, Ana y yo nos unimos al brindis.

Tras devorar la tarta hasta no dejar ni rastro, rematamos la cena con un té con menta y un orujo de hierbas. Me acerco a caja para invitarlos, pero como cabía imaginar, Jan y Gerard se han adelantado. Salimos algo más que contentos del restaurante, dispuestos a seguir la noche con un mojito y una segunda ronda de buena conversación; esta a mi cargo.

Escogemos una mesa más bien tranquila al final de uno de los bares de la misma Rambla del Born. Mi situación matrimonial tarda poco en salir a relucir. Es Ana la primera en preguntarme acerca de Jordi. Cuento la verdad a medias, pues evito hablar expresamente de mi aventura con Mikel. Lo haré cuando tenga un momento a solas con Jan. Les explico la nota y el cambio radical de actitud de Jordi.

—Me ha pedido que nos marchemos de fin de semana dentro de quince días y que nos demos una nueva oportunidad. No hace falta que os diga que es lo último que me apetece, pero no puedo decirle que no.

—¿Los niños también viajarán con vosotros? —pregunta Ana con ingenuidad.

—Ojalá, pero Jordi quiere que nos vayamos solos, y es lógico si queremos intentar que las cosas funcionen un poco mejor que hasta ahora. Por cierto, chicos —digo mirando a Jan y a Gerard—, tengo varias opciones en mente para dejar a los niños en buenas manos. Mis suegros, la canguro o... vosotros. No sé, siempre y cuando podáis y queráis. Aún no lo he consultado con Jordi, pero...

—Cuenta conmigo —me interrumpe Gerard.

—¿Sí? —pregunto invadida por una enorme alegría.

—No hace falta que te diga que conmigo también puedes contar, ¿verdad? —dice Jan, risueño.

—Pero ¿seguro que podéis? Como os decía, si no hay cambio de planes sería de aquí a dos fines de semana, es decir, sin contar este, el próximo fin de semana no, el siguiente.

—Ningún problema —interviene Gerard—. Hasta el mes que viene estamos libres de compromisos.

—Qué bien, chicos. No sabéis lo tranquila que me quedo. Tengo que consultarlo con Jordi, pero imagino que no habrá ningún problema.

La noche podría seguir hasta altas horas de la madrugada, pero me retiro después del mojito. Sé que mañana Laia y Marc se despertarán pronto y no quiero arrastrarme como un limaco durante todo el día. No es justo por ellos. El trío calamidad decide seguir con otra ronda, o con lo que se tercie. Han congeniado como esperaba. Parece que se conozcan de toda la vida. Vaya peligro tienen. Me voy de muy buen rollo. Me encantará verlos pronto para la próxima. En eso hemos quedado.

Amanezco con los besos de Laia, que quiere hacerse un hueco entre nosotros. Marc no tarda en despertarse y en colarse entre nuestras sábanas. ¿Existe algo más bonito que despertarte al calor de los besos de tus hijos? Que Jordi y yo volvamos a compartir cama es un hecho desde que me lo pidió. De alguna manera, me genera cierto alivio, pero no voy a negar que también lo vivo con tensión, pues el roce con mi marido es lo último que quiero en estos momentos. A pesar de mi negativa a sus intentos de acercamiento, parece respetarlo y encajarlo bien.

Jordi se encarga de prepararnos el desayuno a todos. Ha

bajado a por unos cruasanes calientes de chocolate que sabe que tanto nos gustan. Vuelve a estar encantador, realizando infinidad de esfuerzos por agradarme y por potenciar esa unidad familiar que durante mucho tiempo no ha existido. Y no sé por qué me resulta extraño. Lo veo forzado e incluso artificial. No estoy acostumbrada.

El sábado por la tarde vamos al parque, Laia en bicicleta y Marc en triciclo, y nosotros de paseo tras ellos. Hace una buena tarde y aprovechamos al máximo las horas de sol. Jordi vuelve a sacar el tema de Sant Martí d'Empúries. Cada vez que lo hace se me pone un nudo en el estómago, pero debo afrontarlo con valentía. Le anuncio que Jan y Gerard tienen el fin de semana libre y que estarían encantados de quedarse con los niños. Jordi se muestra entusiasmado con la idea, al fin y al cabo le da luz verde al plan que tanto desea.

Antes de que concluya el fin de semana, en el que no he dejado de intercambiarme *whatsapps* con Mikel y pensar en él, saco un hueco para revisar mi correo. Tengo muchas cosas entre manos y me tranquiliza avanzar un poco desde casa. Marta, haciendo gala de su eficiencia, ya me ha enviado su propuesta económica. Sus honorarios se escapan ligeramente de lo previsto, de modo que contesto a su correo para pedirle una reducción. Espero que diga que sí, pues me consta que ha rechazado trabajos que no se ajustaban a sus expectativas económicas.

Jordi comienza la semana con un nuevo viaje, esta vez hasta el jueves. A pesar del esfuerzo que me supone estar tres días sin él, a estas alturas estoy acostumbrada. Además, teniendo en cuenta la situación actual y que mañana veré a Mikel, es un gran alivio.

Para cuando llego a la oficina, Marta me confirma que

acepta la ligera rebaja de sus honorarios. «Trabajar contigo y poder hacer extensivo el proyecto al resto de la organización me han convencido —explica en su *e-mail*—, cuando quieras nos vemos para definir los próximos pasos y tareas. Un fuerte abrazo, Marta.» Qué tranquilidad. Este proyecto será un éxito seguro. No dilato mi respuesta: «Qué alegría, Marta. ¿Qué te parece vernos un día de la semana que viene para concretar?». Me responde que así será.

Cierro el día volviendo a intercambiarme *whatsapps* con Mikel. Me troncho de risa con las fotos y detalles que me avanza de sus aventuras surferas del fin de semana con amigos. Estoy ansiosa por volverlo a ver.

Antes de apagar la luz de la mesilla de noche, recibo un extraño mensaje de Carmen: «Buenas noches, Beth. Disculpa por escribirte a estas horas, pero mañana nos tenemos que ver urgentemente en mi despacho a primera hora». Me asusto. Este tipo de mensajes no son habituales en ella. ¿Qué ha podido pasar?

22

—Repasamos, Beth. El tema de hoy era «cómo quiero vivir mi vida ahora; próximos pasos». Has probado a abordar el tema desde distintos puntos de vista y «sol de primavera» ha sido el que más te ha gustado.

—Ajá —asiente.

—¿Qué significa «sol de primavera» para ti?

—Muchas cosas... —suspira antes de responder—. No culparme, confiar, dejarme llevar... Estar tranquila, a fin de cuentas.

—Ya. Y ¿qué próximos pasos podrías emprender en tu vida para estar tranquila?

—¿Dejar a mi marido? —responde antes de dar paso a una sonora carcajada—. ¡No, no, eso no...!

—¿Quieres dejar a tu marido?

—No, de verdad... En ocasiones se me pasa por la cabeza, pero no es, para nada, algo que quiera.

—¿Qué próximo paso podrías dar entonces desde la tranquilidad del «sol de primavera»?

—No sé... Quizás todavía no esté preparada para dar un paso, pero mientras tanto me gustaría vivir más tranquila. Ahora mismo, vivo mi día a día como si de un partido de tenis se tratase,

entre Mikel y Jordi, entre la culpa y la ilusión, y voy de una a otra sin parar.

—¿Cómo puedes vivir este momento de tu vida desde la tranquilidad?

—Es difícil saberlo, pero me gustaría mirar hacia atrás y sentirme orgullosa de todo lo que estoy consiguiendo...

—A mí me viene felicitarte —sugiere Virginia.

—¿Felicitarme? —pregunta a carcajadas Beth.

—Sí. ¿Con qué frecuencia te felicitas?

—Pues, sinceramente, nunca, y menos en estos momentos. Bastante tengo con tirar adelante en la neurosis en la que vivo.

—Y ¿qué cambiaría si te felicitaras?

—No me lo había planteado... Imagino que sería empezar a ver la vida con color, funcionando desde esa energía del sol. Diría que ahora estoy en una borrasca.

—Muy bien, Beth, felicidades. Te propongo que te felicites, al menos, una vez al día.

—Bueno, probaré a hacerlo; ya veremos cómo me sale. ¡Me cuesta mucho felicitarme! —exclama.

—Probemos. ¿Hoy por qué te felicitas?

—Mmmmm... Hoy me felicito por haber venido a verte —responde con una sonrisa.

Salgo del Turó Park con actitud positiva y cargada de energía. Sí, quiero vivir mi vida con sol y alegría. No sé cuáles son exactamente los próximos pasos, pero creo que todo cambia si consigo disfrutar de cada momento.

Un escalofrío me recorre la espina dorsal al recordar la reunión de urgencia a la que Carmen me convocó anoche. Tengo una extraña corazonada; no es habitual que me avise a esas horas y menos con semejante apremio. Sin embargo, no gano nada al pensar de qué puede tratarse, ya que hasta que no me reúna con ella no sabré qué pasa. De modo que decido animarme de camino a la oficina y valorar este paseo con sol y agradable temperatura primaveral de la que no todas las ciudades gozan a estas alturas del año. La Diagonal me sonríe con sus frondosos y verdes árboles en plena explosión primaveral. Me detengo por un instante en medio de la calle. ¿Acaso no estoy disfrutando de lo que ven mis ojos? Me felicito por ello y continúo el camino hacia la oficina.

Arrastro el buen sabor de boca que me ha dejado la sesión cuando atravieso la puerta del despacho. Susana me recibe con una sonrisa forzada, de esas que nunca han tenido credibilidad para mí y que ahora mismo digiero con indiferencia. Veo a Carmen entrar en la Sala Azul, donde hemos quedado, así que me apresuro a dejar mis cosas en el despacho. En cuanto la miro a los ojos constato que mis sospechas están más que fundadas. Está descompuesta.

—Carmen, ¡menuda cara! ¿Qué pasa? —le pregunto.

—Hola, Beth. Sí, la verdad, no es para menos. Siéntate, por favor —me ruega con un tono que denota preocupación—, ahora te explico.

—Soy todo oídos —digo en cuanto me acomodo en una de las sillas de la sala.

—Como sabes, la crisis está haciendo estragos y, lamentablemente, sus efectos no son ajenos a esta compañía. Hasta ahora hemos capeado el temporal como buenamente hemos podido, procurando sortear las dificultades que se presentaban sin que ninguno de nuestros trabajadores se viera perjudicado. Sin embargo, no hay quien frene esta onda expansiva. La compañía lleva meses encadenando pérdidas y debido a ello el Comité ha decidido tomar cartas en el asunto.

—Ya —acierto a decir con un hilo de voz, a sabiendas de que lo que me va a explicar me caerá como un jarro de agua fría.

—Ayer se celebró un comité excepcional para poner remedio a la situación y una de las medidas aprobadas consistirá en prescindir de un diez por ciento de la plantilla.

—¡No puede ser! —exclamo horrorizada.

—Sí, Beth, lo sé, es terrible. Llevo unos cuantos días sin dormir, pues sabía que esta decisión, antes o después, podría llegar, y como puedes imaginar, esto nos afecta directamente a ti y a mí.

—¿Qué quieres decir exactamente?

—Como es habitual en este tipo de casos —explica Carmen—, seremos nosotros, Recursos Humanos, quienes tendremos que ejecutar el proceso, y no cabe duda que este tendrá un gran impacto en la imagen del área. Han designado a Juan Antonio Mas para liderarlo, pero, al margen de ello, lo que te tocará a ti será... —Carmen respira hondo y clava su mirada en mí— decidir de quién prescindir en tu departamento. En otras palabras: tienes que echar a una persona de tu equipo.

—¡No! —digo completamente espeluznada.

—Sí, Beth, ya sé que es duro, pero así es. No queda más remedio.

—Carmen, ¡en estos momentos necesito a todo mi equipo más que nunca!

—Beth, no es una decisión negociable. Es lo que hay —me responde implacable—. Sé que es complicado, pero en estos momentos tenemos que estar agradecidos de permanecer en el barco. Si la situación no se endereza, tú y yo podríamos ser las siguientes —sentencia.

Me quedo deshecha. Abatida. Nada me hacía presagiar que la empresa podría verse abocada a tomar medidas de esta índole. Siento ser víctima de una broma de mal gusto y estar viviendo la peor pesadilla que recuerde. ¿Por qué ahora? ¿Es esta la recompensa al trabajo de las últimas semanas?

Confiaba en recoger después de haber sembrado, y ¿son estos, precisamente, los frutos que obtengo? El trabajo había logrado ilusionarme, y con esta noticia mi realidad queda completamente desmontada. De golpe, tengo un nuevo frente negro en mi vida. Un nuevo foco de angustia y preocupación.

Me quedo inmóvil en mi silla, paralizada e incapaz de articular palabra. Alegando una reunión de urgencia, Carmen, a quien desde mi última evaluación del desempeño no veía en esta fría tesitura, abandona la sala. Antes de salir por la puerta me sugiere descartar a Ruth de la elección, pues en su opinión es demasiado buena como para prescindir de ella. Es cierto que es una excelente profesional, pero no más que el resto. En realidad, es su favorita; sé que siente debilidad por ella. De manera que tendré que elegir entre Pedro, Alba y Teresa. Menuda responsabilidad. Su futuro personal y profesional en mis manos.

Por el momento tengo que olvidarme también del *outdoor training*, puesto que, naturalmente, se han priorizado otras iniciativas. No voy a negar que me hiciera mucha ilusión pero, obviamente, en estos momentos no es lo que más me importa. Detrás de mis logros hay un equipo de personas y profesionales brillante, sin el cual no concibo mi trabajo. Me importan y valoro a todos y cada uno de ellos. La única buena noticia del día es que el proyecto «360°» sigue adelante y, aparentemente, sin recortes, si bien estoy segura de que quedará en el Comité, sin hacerlo extensivo al resto de la compañía.

Vuelvo a mi despacho en estado de *shock*. Saber que tengo dos semanas para decidir de quién prescindir me supera. Supongo que en el *pack* de ser jefa va incluido tener que tomar decisiones que a uno no siempre le agradan o, lo que es lo mismo, tener que elegir. Pero pensarlo no me tranquiliza. Me llevo las manos a la cabeza ante este nuevo brete. ¿Por qué esta medida? ¿Acaso no existen alternativas intermedias u otras fórmulas viables sin tener que recurrir a reducir la plantilla? Presa de un frío sudor y de fuertes retortijones en el estómago, pongo rumbo hacia el lavabo.

—¿Te encuentras bien, Beth? —me pregunta por sorpresa Teresa, con quien me cruzo en el pasillo.

—Sí, Teresa, gracias. Es solo que he debido de comer algo que me ha sentado mal. Acabo de tomarme una manzanilla y ya estoy un poco mejor —miento, echando mano de mis dotes interpretativas de segunda fila.

El encuentro con Teresa me deja aún peor. Me siento miserable. Hago un recuento, en rápidos *flashbacks*, de los logros de las últimas semanas: el apoyo unánime al «360º», la aprobación del *outdoor training*, aunque ahora haya quedado en agua de borrajas, la activación de proyectos de formación, los desayunos de trabajo... Todos ellos han tenido un soberbio impacto en el equipo. Pero, sin duda, lo que más valor ha tenido para mí ha sido la contribución de todos ellos a un excelente clima de trabajo, sin olvidar que cuando yo peor estaba conté con todo su apoyo.

No tengo ganas de comer ni de hablar con nadie. En cuestión de minutos el trabajo parece haberse convertido en una cárcel de la que necesito salir. Las paredes de la oficina me asfixian y las horas transcurren lentas, como si el tiempo también se empeñara en torturarme. Al cabo de lo que me parece una eternidad, se presenta la hora de salida. Con la conciencia martirizándome sin piedad, emprendo el camino al colegio de los niños. La tarde en el parque no mejora mi calvario interno. Me siento prisionera de mi mente y pensamientos. Laia juega y se entretiene con amigas, pero Marc está particularmente demandante. Hago esfuerzos imposibles por entretenerlo, pero hoy no estoy para nadie. La palabra despido repiquetea con tal insistencia que mi cabeza está al borde de la explosión.

A media tarde recibo una llamada de Jordi, a quien decido omitirle el capítulo de los despidos. No tengo energía para darle explicaciones y la comunicación entre nosotros está tan mermada que contárselo me resulta forzado; sencillamente, no me apetece. Él, sin embargo, está de lo más cariñoso y me explica entusiasmado los entresijos del congreso, los doctores con los que ha tenido ocasión de intercambiar experiencias y las interesantes aportaciones que ha hecho un reducido grupo de ponentes. Agradezco su tono, me halaga su cercanía, pero me revienta este cambio ahora. Siento rabia y tristeza. Rabia por lo tarde que llega y tristeza por lo mucho que yo he luchado por conseguir esto, hasta haber decidido crearme una vida paralela.

Aprovecho el rato en el que los niños duermen para cerrar la cita con Mikel y confirmarle que mañana nos veremos a las nueve en Sabadell. Ni tan siquiera sus mensajes consiguen mejorar mi decaído ánimo. Silencio el móvil y me tumbo en el sofá. Invadida por la culpa, comienzo a llorar. ¿Qué coño hago yo mañana en Sabadell con Mikel? Como si mis responsabilidades fueran pocas, me complico la vida aún más con escarceos absurdos. Comienzo a estar enganchada a Mikel; fantaseo con él a todas horas y eso me preocupa, porque puedo terminar sufriendo mucho. Siendo realista, las probabilidades de que lo nuestro cuaje más allá de furtivos encuentros sexuales es nimia.

Mikel, Jordi, los despidos... la velocidad de mis pensamientos es tan acelerada que, a pesar de estar agotada, creo que será imposible conciliar el sueño. Decido apagar las luces e irme a la cama, no sin antes hacerme con dos cápsulas para dormir. Confío en que el sueño me ayude a clarificar las cosas.

Despierto confusa con la alarma del despertador y algo anestesiada debido a las pastillas que me tomé para dormir. Tardo unos segundos en ubicarme, los mismos que en sentir un fuerte dolor de estómago. Es uno de mis puntos débiles, que se activa de inmediato cada vez que sufro un estado de nervios y alteración. Cuando llego a la oficina, mi malestar se acentúa. Por si mis problemas sentimentales fueran pocos, me veo obligada a decidir el futuro de mis colaboradores. No tengo ni la menor idea de quién prescindir. ¿Alba? No. ¿Teresa? No. ¿Pedro? Tampoco. Ninguno merece ser despedido. ¿Cómo puedo justificar algo así si no tengo motivos?

Si bien ahora mismo no es lo más prioritario, antes o después tendré que sacar un hueco para poner al corriente a Marta de la situación de la empresa. Aprovecho el día para revisar detenidamente las evaluaciones anuales de Alba, Pedro y Teresa. Compruebo lo que ya sé: los tres son igualmente competentes y todos han agregado valor al departamento. Por más vueltas que le dé a la cabeza, no existe ninguna razón de peso que me dé motivos suficientes para echar a uno de ellos, y por ello me resulta terrible elegir entre uno de los tres. Los tres cumplen con los objetivos, los tres llevan años conmigo en el equipo y los tres tienen situaciones familiares que hacen que el trabajo sea una fuente importante de sustento. ¿Qué quieren, que elija a uno por orden alfabético? ¡Qué absurdo!

¿Con este panorama, dónde quedarán los proyectos de formación y el desarrollo de las personas? A la vista está que se inicia una nueva era, donde parece ser predominarán los recortes, la presión y la incertidumbre. Pero no pienso rendirme. Tendré que reinventarme y buscar fórmulas *low cost*, porque tengo claro que voy a seguir luchando por aquello en lo que creo, aquello que contribuya al enriquecimiento de las personas. En estas circunstancias supone un esfuerzo titánico poner en práctica los consejos de Virginia y encontrar un motivo por el que felicitarme, pero me niego a tirar por la borda estos meses de trabajo y esfuerzo. En el fondo, quizás esta crisis no sea tan mala y nos ayude a hacer limpieza de todo aquello que no nos conducía más que a la degradación. Pruebo a felicitarme por enfocar mi problema desde este punto de vista que hasta ahora no había contemplado. También lo hago por no dejarme contaminar por fines estrictamente financieros y conservar la humanidad en momentos como este. Y siendo franca... me siento mejor.

Si nada lo impide, de aquí a unas horas me veré con Mikel. Con la decisión de la compañía de despedir a un diez por ciento de la plantilla y el cambio de actitud de Jordi por recomponer nuestro matrimonio, ahora mismo tengo la libido por los suelos. Desearía no quedar con él y pasar la tarde con Jan, pero ya es demasiado tarde.

Cuando salgo de la oficina, aún me queda una hora y media hasta la salida del colegio de los niños, tiempo que destino a hacer algunos recados y colarme en una peluquería a hacerme un lavado y peinado exprés. Al salir me veo significativamente mejor, y con ello, mi humor mejora. Bien pensado, creo que ver a Mikel me vendrá fenomenal: me ayudará a evadirme de la realidad y volveré a sentirme viva. Sé que en el fondo estoy cometiendo una locura, pero me dejo llevar. Visualizo nuestros cuerpos desnudos y jadeantes en la cama y automáticamente me invade un enorme sentimiento de culpa al imaginar a Jordi descubriendo mi aventura. «¿Cómo puedes estar metida en algo así, Beth? ¡Nadie se lo espera de ti!» Me torturo al imaginar a mis seres más queridos descubriendo mi infidelidad y expresándome su decepción.

Le he pedido a Rosalía que venga antes para poder prepararme con relativa tranquilidad, pero está claro que hoy no es el día. Laia me persigue por toda la casa e insiste en venirse conmigo y Marc está especialmente gamberro y no tiene ganas de irse a la cama. En un despiste de ambos me encierro en mi habitación para vestirme. No tengo ni tiempo ni ganas para pensar en un vestuario de impacto, así que repito el de mi cena de cumpleaños con Jan, Gerard y Ana. Sonrío al recordarla. Qué a gusto estuvimos. Espero no tardar en volver a verlos. Incorporo un toque de sensualidad al *look* al pintarme las uñas con esmalte granate y apuesto de nuevo por un toque de color del mismo tono en los labios.

Tras meter el pintalabios y el colorete en el neceser del bolso, despedirme de los niños y asegurarme de haber dado a Rosalía todas las indicaciones pertinentes, salgo de casa con la sensación de agobio que siempre me acompaña. Nada más entrar en el coche me llama Jordi. Le anuncio que voy a cenar con Ana y parece mostrarse encantado, lo cual me hace sentir más miserable aún. Le doy cuenta brevemente de cómo ha ido el día con los niños y utilizo el pretexto de falta de cobertura para cortar. ¿Por qué le estoy haciendo esto? ¿Acaso no se merece una oportunidad? ¡Joder! ¿Se pueden hacer las cosas peor? ¡Qué difícil es todo esto!

Estoy a punto de tirar la toalla y de llamar a Mikel para cancelar el plan. Un enorme sentimiento de culpabilidad por traicionar a Jordi se mezcla al recordar las malas noticias del trabajo. Me vengo abajo. ¿Qué hago? Respiro hondo, decido dejarme llevar y poner rumbo a Sabadell. Sigo las indicaciones del GPS e introduzco el coche en un aparcamiento que parece estar a escasos metros del restaurante. Salgo a la superficie en busca de referencias para orientarme, cuando, de pronto, me encuentro a Mikel de cara.

—¡Mikel! —exclamo cortada.

—Además de muy guapa, ¿qué tal estás, Beth? —Antes de que me dé tiempo a responder, Mikel me recibe con un inesperado y tierno beso con el que desaparecen todos mis males.

Me dejo guiar por él, que me conduce por las callejuelas

del centro de Sabadell hasta Picuteig, el restaurante que tanto interés tenía en que conociera. Uno de sus propietarios, Josep Maria, es un buen amigo con el que suele ir a surfear muchos fines de semana. Me lo presenta nada más entrar en el restaurante y nos conduce a una discreta mesa ubicada al fondo del local. A pesar del enorme magnetismo que existe entre Mikel y yo y de lo contenta que me siento a su lado, vuelvo a culpabilizarme. Hace escasas horas me encontraba estudiando las evaluaciones de desempeño de mi equipo y ahora estoy con Mikel, habiendo engañado a Jordi, a Rosalía y a los niños.

—¿Va todo bien, Beth? —pregunta Mikel.

—¡Buff! No, no del todo. Si yo te contara...

—Y ¿para qué estamos aquí, si no?

—No sé, Mikel. Te aseguro que no es el mejor tema de conversación para esta noche. Nos va a cortar el rollo —le digo sin poder evitar echarme a llorar.

—Ey, no me gusta nada verte así —me dice según me rodea con sus brazos—. Sea lo que sea, Beth, seguro que tiene solución.

Le pongo al corriente sobre lo mal que llevo tener que despedir a una persona de mi equipo sin tener motivos para ello y de las pocas ganas que tengo de pasar un fin de semana junto a Jordi para resolver nuestra crisis de pareja. Una vez más, siento que Mikel me comprende. Basta con mirarnos y abrazarnos para sentir que cuento con su total apoyo. Quizás por ello, comienzo a sentirme mejor. A la mejora de mi estado anímico también contribuye la maravillosa cena a base de montaditos de *foie* con manzana caramelizada, dados de filete con salsa a los cinco pimientos y tiras de berenjena con miel de caña acompañadas por un buen vino tinto, así como el exquisito trato que nos brindan en el local.

Mikel me cuenta sus últimas andanzas con la gracia que lo caracteriza y yo lo escucho, divertida, y me río a carcajadas. A su lado siento que los problemas se minimizan y la vida me resulta más liviana. Y precisamente con la risa, consigo resetear mi mente y disfrutar del momento. Quizás no sea lo correcto, pero me siento tan bien que decido felicitarme por ello.

Entre conversación y conversación, nos soplamos la botella de vino en un abrir y cerrar de ojos y Mikel propone pedir una segunda, a lo que me niego porque me conozco y saldré del local a rastras. Como alternativa pedimos dos copas más, con las que brindamos a nuestra salud. Tras el brindis, Mikel me vuelve a besar, mientras desliza con delicadeza una de sus manos por mis muslos hasta llegar a mi sexo humedecido. Detecto el delicioso sabor a uva fermentada en el enredo de nuestras lenguas. Mikel desplaza sus besos a través de la largura de mi cuello y mi mente me transporta al desaforado episodio sexual que vivimos en su *loft*. Siento unas ganas incontenibles de volver a repetirlo. Con el deseo de consumar lo que acaba de desatarse, aceleramos el postre, evitamos el café y salimos del local, con prisas y en dirección al aparcamiento, no sin antes agradecer a Josep Maria la excepcional degustación de viandas. Mikel, una vez más, se niega a dejarme pagar la cuenta.

Cada una de las esquinas, portales y huecos de la calle son testigos de un grado máximo de excitación e incontrolado deseo, acentuado por la ingesta de vino. Compruebo que tiene todo atado, pues me conduce a un hotel en el que tenemos una habitación reservada a su nombre. Conseguimos mantener las formas en la recepción hasta el cierre de puertas del ascensor. Acerco una de mis manos a su pantalón, comienzo a desabrocharlo y, a tenor de su erección, doy fe de que su deseo es tan intenso como el mío. Decido no reprimirme y disfrutar de lo que ahora mismo estoy sintiendo hasta el final.

Con nuestros cuerpos altamente electrizados, nada más entrar en la habitación nos desprendemos de la ropa. Decido tomar las riendas de la situación y colocarme sobre él, mientras disfruto dejando que me acaricie los senos y hunda su deliciosa lengua en los rincones de mi anatomía. Gozo de cada una de sus apasionadas penetraciones, de sus mil y una caricias, de sus suspiros y jadeos, de sus besos y de nuestros orgasmos sincronizados.

Sellamos la noche con un último revolcón que nada tiene que envidiar al primero. Nada desearía más que pasar la noche junto a él, pero obviamente tengo obligaciones que me reclaman. Me ducho, me visto con rapidez pasmosa y salgo pitando. Son las cinco de la madrugada y en breve tendré que volcarme en mi rol de madre. Realizo el trayecto de vuelta a casa flotando por lo que acabo de vivir y sin poder borrar a Mikel de mi mente. Es un regalo lo que me está permitiendo vivir en este momento de mi vida. Me felicito por haber logrado olvidar durante unas horas mis problemas y darlo todo en una noche inolvidable.

Encuentro a Rosalía totalmente dormida en la habitación de invitados. La dejo descansar y me meto en la cama, pero no consigo conciliar el sueño porque mi mente continúa evadida entre los brazos de Mikel. Agradezco que en este preciso instante ni Alba ni Teresa ni Pedro ni Carmen ni Jordi consigan devolverme a la realidad.

23

Los días siguientes a la cena en Sabadell, con el fin de semana de por medio, transcurren en un intenso tráfico de llamadas y *whatsapps* con Mikel, con el que disfruto de dos encuentros desenfrenados en habitaciones de hoteles, e intentos de acercamiento por parte de Jordi que trampeo como puedo. A todo ello se suma la situación de máxima tensión y angustia que vivo en la oficina.

Ayer viernes mantuve una conversación con Carmen en la que le pedí que sea ella quien tome la decisión de quién prescindir en el equipo. Después de mucho reflexionarlo y valorarlo, no tengo argumentos de peso que justifiquen el despido de una persona de mi departamento. A Carmen no pareció entusiasmarle la idea, pero tampoco tenía fuerza moral para rebatirlo. Tomará la decisión durante el fin de semana y seré yo quien lo comunique la mañana del lunes; nos reuniremos poco antes para definir cómo conducirla.

Llega el sábado por la mañana, y con ello, el inicio del poco deseado fin de semana en Sant Martí d'Empúries. Jan y Gerard acaban de llegar a casa y los niños están revolucionados.

—Laia, Marc, portaos bien con los tíos, ¿vale?

—Sí, mamá —contestan sin prestarme demasiada atención. Gerard sostiene a Marc por los pies cabeza abajo y Laia hace cosquillas a Gerard tratando de ayudar a su hermano. Las carcajadas están servidas.

—Jan, hablamos esta noche y me cuentas cómo va todo.

—Tranquila, *sister*. Disfruta del fin de semana, que yo tengo a Gerard para salir de esta —dice señalando a los tres, quienes se revuelcan en el suelo del comedor como locos. Sonrío al contemplar la escena.

Salgo de casa con una extraña sensación. Hace demasiado tiempo que Jordi y yo no nos vamos solos de fin de semana. Hace unos años este plan me hubiese parecido un regalo y, sin embargo, ahora es lo que menos me apetece.

Emprendemos el camino hacia la Costa Brava. Un silencio incómodo reina en el ambiente. Me siento atrapada, como si estuviera en una ratonera sin poder escapar. No dejo de darle vueltas a la cabeza y, aunque intento cerrar los ojos, me cuesta relajarme. Jordi retira la mano de la caja de cambios para tomar mi mano y acariciarla. Me cuesta acostumbrarme de nuevo a sus caricias, nuevas para mí después de tanto tiempo. Cierro los ojos e intento quedarme dormida para evitar hablar, pero una llamada de Ana lo impide.

—Hombre, Ana, ¡qué agradable sorpresa! —digo nada más descolgar—. ¿Cómo estás?

—Muy bien, ¿y tú? —responde con su característica alegría.

—Bien. Estoy con Jordi en el coche, de camino a la Costa Brava.

—Es verdad, Beth, no me acordaba. ¿Los niños se han quedado al final con Jan y Gerard?

—Sí, estaban como locos de contentos.

—Ya me imagino. Con tíos tan enrollados como ellos, yo también estaría eufórica.

—Estos no saben bien lo que les espera —digo entre risas.

—Te llamaba por el mensaje de Facebook. ¿Lo has visto?

—Qué va. He tenido un día de locura y entre maletas y niños no he tenido tiempo. ¿Por qué lo preguntas?

—Tranquila, no es importante. Es solo que Oriol ha organizado una barbacoa para el 27 de marzo y ya han confirmado todos. Es un sábado. ¿Tú cómo lo tienes?

—¿El 27 de marzo? Espera que lo mire. —Mientras Ana permanece al otro lado del teléfono, consulto la agenda del iPhone y compruebo que no tengo ningún compromiso para ese día—. Perfecto, Ana, contad conmigo.

—¿Te parece que avise al resto que te va bien y así cerramos fecha?

—¡Claro, Ana! Mil gracias. ¡Eres lo más!

—Un beso, Beth, y disfruta del fin de semana.

Sonrío. Ana me da buen rollo y consigue sacar lo mejor de mí. ¿Qué tal si me felicito por haberla recuperado después de tantos años? «*Ten points for you*, Beth.»

—¿Qué pasa el 27 de marzo? —pregunta Jordi.

—Que hemos quedado los de la uni para hacer una barbacoa.

—¿Con parejas?

—No. Hay gente del grupo que está sola, así que se decidió que solo iremos los de siempre.

—Ya —comenta con ironía—. Veo que te hace mucha ilusión.

—No empieces, Jordi. Y respondiendo a tu pregunta, naturalmente que me hace mucha ilusión quedar con ellos. Son mis amigos, he compartido con ellos experiencias que no las borraría por nada del mundo, y ahora que los he recuperado no quiero volver a perderlos.

—Ya. Y ¿vas a estar así todo el fin de semana?

—¿Qué quieres decir?

—Pues conectada al móvil, respondiendo llamadas y enviando *whatsapps*. Beth, quiero disfrutar este fin de semana a solas contigo sin que nadie nos moleste.

—No puedo desconectar el teléfono, Jordi. Tenemos que estar disponibles por si pasara algo con los niños. Además, esta noche he quedado en hablar con Jan.

—No digo que apagues el móvil, Beth, simplemente que lo uses con moderación. Hazlo por mí, ¿vale?

En este mismo instante recibo un *whatsapp*. ¡No me lo puedo creer! Miro de reojo la pantalla del móvil y compruebo que es Mikel: «Me voy a pillar olas con Josep Maria. ¿Nos vemos la semana que viene? Que pases un buen finde, guapa. Musus». Me pongo tan nerviosa que le doy al botón de eliminar sin querer. Silencio el móvil y cruzo los dedos para que Jordi no me vuelva a lanzar un sermón. Con el mensaje de Mikel, mi mente viaja al barrio de Poblenou, a la carretera de les Aigües, a las esquinas del casco antiguo de Sabadell... Me estremezco al pensar en él. Lo imagino recorriendo con sus labios todos los rincones de mi cuerpo y mi mente se refugia en él hasta que Jordi comienza a acariciar mi mano de nuevo y, con ello, vuelvo de golpe a la realidad.

La habitación del hotel sigue tan bonita como la recordaba. Retiro las cortinas y contemplo el espectacular paisaje. La cala, las embarcaciones, el mar, las olas... todo guarda el mismo encanto que antaño, si bien el número de turistas es considerablemente inferior en esta época del año. Es un paisaje que me envuelve y me relaja. Me quedo unos minutos en silencio mirando por la ventana y recordando la última vez que estuvimos aquí. Todo está igual... menos nosotros. Inmersa en recuerdos del pasado, Jordi se acerca, me agarra por los hombros y comienza a besarme delicadamente en la nuca, mientras sus manos se enredan en mi cabello. Incómoda, procuro zafarme con suavidad para que no se sienta molesto y comienzo a pasear por la habitación y a abrir armarios y cajones para disimular y mantenerlo alejado. Acto seguido entro en el baño y echo un vistazo al kit de higiene, que contiene un generoso surtido de jabones y cremas que tanto me gusta oler.

Es la hora de comer y bajamos al restaurante del hotel para aprovechar la pensión completa. Con los preparativos de la mañana, no nos ha dado tiempo a desayunar y estamos hambrientos. Debido al trabajo de Jordi, estos últimos días apenas nos hemos visto, de modo que aprovecho la ocasión para ponerle al corriente sobre mi situación laboral. Le cuento las medidas que el Comité ha tomado en relación a la plantilla, mi decisión en lo que a mi equipo respecta y mi posterior conversación con Carmen. Aunque me recrimina no haberlo compartido antes con él, me felicita por lo que considera una actitud valiente y ejemplarizante por mi parte y me confiesa que se siente muy orgulloso de mí.

Después de la comida, salimos a caminar por el paseo. La conversación continúa en torno al trabajo, hasta que pasamos a hablar sobre Laia y Marc. Hacía tiempo que no lo hacíamos y, a pesar de lo lejos que me pueda sentir de Jordi, hablar de nuestros hijos nos vuelve cómplices. Cómo pasa el tiempo. Quién diría que este lugar fue el punto de partida para convertirnos en una familia. Primero Laia, que hay que ver lo mucho que ha crecido, y después Marc, que con su espontaneidad nos alegra a todos el día. Alcanzamos la playa de Sant Pere Pescador, aún abarrotada de *windsurferos* y *kitesurferos* disfrutando como locos al son del viento. Al verlos vuelvo a recordar a Mikel. Seguro que si viniera con él aquí me empujaría a probar uno de los dos deportes y, sin duda, se troncharía de risa observando mi torpeza.

Según iniciamos el camino de vuelta, Jordi me da un beso que acepto con cariño y al que correspondo con un abrazo sincero. Hacemos una parada en un bar de Sant Martí d'Empúries, donde nos sirven un *gin-tonic* espectacular. Dejo de sentirme incómoda al lado de Jordi, pero tampoco vibro particularmente porque mi mente continúa rescatando los mejores momentos que en los últimos días he vivido junto a Mikel.

Para cuando volvemos al hotel, ya es la hora de la cena. Nada más sentarnos en el comedor recibo una llamada de Jan.

—¡Jan! ¿Cómo va todo?

—Muy bien. Ahora mismo Gerard le está contando un cuento a Laia. Marc lleva un rato dormido como un tronco.

—¿Qué tal han comido?

—Bastante bien. A la hora de la comida no ha habido problemas, y para cenar les hemos preparado una tortilla de jamón y queso, que Marc se ha comido en menos que canta un gallo, y a la princesa... ya sabes, le ha costado un poco más.

—Ya me puedo imaginar. ¿Cómo estáis sobreviviendo?

—¡Ja, ja, ja! Buena pregunta. Estamos encantados, pero hay que reconocer que los niños agotan.

—Gracias, Jan. No sé cuántas te debo ya.

—Calla, hombre. ¿Para qué si no estamos los hermanos? ¿Vosotros qué tal por allí?

—Bien, ahora mismo cenando en el hotel.

—OK, no te entretengo más. Ya me contarás a la vuelta.

—Vale. Un beso a los dos.

La cena transcurre sin demasiado diálogo. Siento que hemos agotado los temas de conversación y que no tenemos mucho más que contarnos. Entramos en la habitación y Jordi no tarda en acercarse a mí y darme un suave beso en la boca. Mis labios reciben los suyos con frialdad. Vuelve a besarme con mayor fogosidad y de forma instantánea mis manos lo alejan. No puedo hacerlo.

—¿Jugamos un poco? —me susurra Jordi al oído, mientras toma mis caderas con sus manos.

—Jordi, lo siento, estoy agotada. Necesito dormir.

—Venga, Beth. Estamos solos. Es nuestro momento.

—Lo sé, Jordi, pero hoy no puedo más. Se me ha echado el cansancio de esta semana tan dura encima y necesito descansar. No puedo ni con mi alma.

Jordi parece acatarlo y, sin mediar palabra, se va al baño. Aprovecho para enfundarme en mi pijama de franela y meterme en la cama y evitar así sus tentativas de seducción. Cuando sale del baño, yo ya estoy medio dormida, me despido con un beso de buenas noches y me doy media vuelta.

El día amanece despejado. Los rayos del suave sol de primavera se filtran por las hendiduras de la persiana y me brindan un dulce despertar. Me levanto procurando no hacer ruido, me doy una ducha rápida y le escribo una nota a Jordi, a quien a diferencia de mí le cuesta mucho despertarse por las mañanas, para avisarlo de que lo espero en la cafetería del hotel. No hay nada que me guste más que desayunar con tranquilidad y leyendo la prensa del día.

Me encanta la sensación de tener todo el tiempo del mundo. Me siento en una de las mesas con vistas al mar y pido un café con leche, un zumo de naranja y un bocadillo de fuet con tomate. Estoy enfrascada en mi lectura, cuando Jordi llega y me da un beso en la mejilla.

—Hola, amor —lo saludo.

—Hola. ¿Qué tal has dormido?

—Bien. Me encuentro mejor, la verdad. Como podrás comprobar —le digo según muerdo un trozo de bocadillo—, tengo un hambre feroz.

—¡Ja, ja, ja! Eres un caso, Beth —ríe Jordi—. Si no estás cansada, tienes hambre o frío... eres terrible —comenta haciéndome un guiño cómplice.

—Me conoces muy bien —apruebo con una sonrisa.

Después de un desayuno de reyes, decidimos dar un nuevo paseo por la playa aprovechando el sol del mediodía. Es curioso cuánto pueden cambiar las cosas. Estamos en el mismo sitio que hace unos años y me siento totalmente diferente. Cuando estuvimos por primera vez, Jordi y yo estábamos unidos e ilusionados y vivíamos un momento mágico. Han pasado más de siete años desde entonces; el paisaje permanece intacto, pero nosotros hemos cambiado y nuestra relación ya no es lo que era. Me siento vacía y muy lejos de Jordi.

—¿Qué te pasa, Beth? —pregunta al comprobar mi semblante apenado.

—No sé, Jordi... Supongo que estoy triste. ¿Sabes? —le digo fijando mi vista en sus ojos—, me doy cuenta de lo mucho que han cambiado las cosas desde la primera vez que estuvimos aquí —explico con un nudo en el estómago y una intensa presión en el pecho.

—Cariño —me dice en el tono más tierno que jamás haya escuchado en él—, no quiero verte así, porque se me parte el alma. Estamos aquí para darnos una oportunidad. Te quiero, Beth. Te quiero con locura y, aunque sé que no va a ser fácil recuperarte, quiero que volvamos a ser una familia unida. Tú y los niños sois lo más importante para mí.

—Jordi... yo... —Intento que las palabras salgan de mi boca, pero la falta de aire me lo impide. Exploto. Lágrimas de dolor, tristeza e impotencia se deslizan por mi rostro en un llanto intenso y ahogado.

—Beth —me ruega Jordi, descompuesto y con la voz entrecortada—, por favor, déjame que lo intente.

Por más que quiera, no puedo parar de llorar. Permanezco agarrada a Jordi con todas mis fuerzas. Poco a poco, los sollozos se aplacan y me voy calmando. Nos quedamos en silencio. Un silencio que al cabo de un rato se torna pesado e incómodo. La tristeza y el dolor están servidos.

—Jordi... lo siento. Estoy rota por dentro.

—¿Qué quieres que haga, Beth? ¡Hago lo que sea, pídeme lo que quieras! —suplica desesperado.

—Es demasiado tarde, Jordi —digo con una pena inmensa—. He sufrido tanto todos estos años y me he sentido tan sola, que no puedo darte mi amor ahora mismo. Me he quedado vacía y aún siento dolor y rabia por todos estos años de repetidas ausencias.

—Entiendo cómo te sientes —me dice Jordi en un intento por reconfortarme.

—No, Jordi. Siento decirte que no tienes ni idea de cómo me siento y de cómo me he sentido —respondo herida—. No sabes qué es estar casada pero vivir como si fuese una madre soltera. Siempre sola. Tardes y noches a solas con los niños. Me he sentido abandonada como esposa y como mujer. Siempre que llamabas tenía la esperanza de que me dirías que se había anulado un congreso y que vendrías a casa con nosotros. Estoy harta de cenar sola, de pasarme las tardes con los niños en el parque y de mis viajes relámpago de casa al colegio y del colegio a casa. No es esto lo que yo entiendo por una relación, Jordi. Sé que no quiero llevar esta vida. Me he descuidado como mujer y solo me he centrado en la familia y en nuestros hijos, y ha sido un error. El resto de mi vida la he enterrado. He olvidado a mis amigos, y lo más importante: me he olvidado de mí. No puedo seguir viviendo así.

—Beth, estoy haciendo lo imposible por entenderte y salvar las distancias... —dice desesperado—. Cariño, ahora mismo estoy perdido. Has cambiado, y admito que me ha costado aceptarlo, pero tengo claro que quiero recuperarte.

—¿Te das cuenta de lo que nos está pasando, Jordi? —le digo a punto de estallar de nuevo en lágrimas—. Que estamos en caminos diferentes. Nos queremos, pero no como nos queríamos antes. No como pareja. Y por mucho que hagamos esfuerzos para estar juntos, ahora mismo nos estamos haciendo más daño.

—Beth, no me hagas esto, por favor —balbucea Jordi, mirándome a los ojos y buscando mi compasión.

—Lo siento tanto... —le respondo. Me acerco a él y nos fundimos en un largo y amargo abrazo.

—¿Te he perdido, verdad?

La frase me llega como una bala directa al corazón. Los ojos se me nublan de lágrimas y soy incapaz de responderle. En el fondo de mí conozco la respuesta, pero no puedo decirlo en voz alta porque tengo pánico a lo que eso puede suponer en nuestra relación. Todo se ha terminado. Siento que nuestro amor ha muerto y todo lo que hemos construido durante estos años se torna frágil y voluble, para desmoronarse como un castillo de naipes. Un dolor ácido se extiende por cada rincón de mi ser.

—Te he perdido... —murmura Jordi casi para sus adentros.

—Jordi, te quiero.

—Y yo, Beth. Todo ha sido culpa mía. Estaba tan preocupado por mi carrera y por daros una vida cómoda que me olvidé de vosotros. Lo siento.

—No busques culpables, Jordi. Con los años nos hemos ido dejando y ha llegado un momento en que nos hemos vuelto invisibles el uno para el otro.

Permanecemos en silencio unos minutos. Un silencio distinto, lleno de respeto, comprensión y aceptación.

—Y ¿qué hacemos ahora? —pregunta Jordi.

—¿Qué quieres decir?

—Beth, acabas de decirme que no quieres continuar viviendo así. Sé que ahora mismo soy yo quien impide tu felicidad.

Se me rompe el corazón al escuchar sus palabras.

—Quizás necesitemos darnos un tiempo —aclaro.

—Y esto ¿qué significa? ¿Me voy de casa? —pregunta.

—No lo sé...

—Y ¿qué les decimos a los niños?

—Todo esto está yendo muy rápido, Jordi. Si te parece, lo meditamos a lo largo de esta semana y decidimos qué hacer.

Tras la conversación decidimos adelantar la vuelta. El viaje transcurre en silencio. Estoy rota, pero liberada al mismo tiempo. No sé cómo conduciré mi vida ahora exactamente, pero sé que necesito estar un tiempo a solas para aclarar mis sentimientos. Pienso en las palabras de Virginia y me felicito por haber expresado mis sentimientos y haber tomado una decisión importante en mi vida, aunque no tengo ni idea de hacia dónde me llevará.

24

—¿Cómo estás ahora, Beth?

—¡Buff! —suspira profundamente—. Bueno —responde a medida que recupera visibilidad después de un rato con los ojos cerrados—, ahora que he abierto los ojos y veo que estamos en un lugar seguro, mejor.

—Y ¿qué sacas de lo que acabas de vivir?

—Tengo la sensación de que he estado en esa habitación fría, húmeda y oscura durante mucho tiempo y que, por fortuna, durante los últimos meses han ido entrando rayos de luz, gracias a mi esfuerzo y trabajo, y por supuesto, gracias a ti —responde con mirada cómplice.

—Gracias a ti y a tu tesón —sentencia Virginia—. Y ¿qué más?

—Bueno, quizás añadiría que ahora estoy bien, mejor, pero sigo en esa habitación y quiero salir de ella.

—¿Qué necesitas para salir?

—Más luz.

—Y ¿cuál es esa luz?

Beth tarda un rato en responder. Se le humedecen los ojos, baja la mirada y, tras unos segundos de pausa, responde:

—No lo sé exactamente, Virginia, pero lo que sí sé es que mi historia con Mikel está impidiendo la entrada de esa luz...

—Me llega tristeza, Beth.

—No te equivocas. Es que todo esto me genera mucho tormento y mucho sentimiento de culpabilidad. Tengo que cerrar este capítulo —responde secando sus lágrimas con un pañuelo.

—¿Tienes que? —pregunta Virginia.

—Quiero —responde sonriendo entre lágrimas.

—¿Quieres cerrar la historia ya?

—Sí... —suspira de nuevo—. Es difícil porque ahora mismo tengo muchos frentes abiertos, pero sé que si lo hago habrá más luz en la habitación... En mi vida, vaya. Desaparecerá este sentimiento de culpa que lleva un tiempo torturándome.

—Lo tienes claro —responde Virginia.

—Aunque me cuesta y me duele darme cuenta de ello, sí, lo tengo claro.

—Eres muy valiente, Beth. Felicidades.

Beth reflexiona en silencio. Transcurren unos segundos hasta que Virginia, mirándola fijamente, le pregunta:

—Y ¿cómo lo quieres afrontar?

—Hablando con Mikel y explicándole todo esto con sinceridad. Es una persona madura y sé que puedo mantener esta conversación con él. Es cuestión de mentalizarme y llevarlo a cabo.

—Genial. ¿Cuándo quieres poner en marcha este acto de coraje?

—Esta semana.

—Enhorabuena.

—Gracias, Virginia. Gracias por llevarme a esa habitación. Ha sido horrible pero he aprendido. Creo que he reunido la fuerza necesaria para dar este importante paso.

Salgo del Turó Park mentalmente agotada. La sesión con Virginia ha sido dura, pero no cabe duda que la ruptura de mi matrimonio lo es más aún. Reconozco que esta me ha aportado paz, pero también una sensación de vacío indescriptible. Ahora mismo estoy sobrepasada por los acontecimientos; me abruma todo lo que tengo pendiente de resolver. Sé los pasos que tengo que dar, pero todos son emocionalmente pesados y me agota pensar en afrontarlos. Respiro profundamente, me enciendo un cigarrillo y camino reflexiva hasta la puerta de la oficina.

Ayer no tuve ocasión de hablar con Jan. Le avancé por *whatsapp* lo que había pasado y, una vez en casa, al despedirnos, tras un sentido abrazo, me susurró al oído que hoy me llamaría. Desde luego, ayer no era el día para hablar; además de tener a Jordi al lado, yo no estaba de humor. Fiel a su palabra, el teléfono no tarda en sonar.

—¿Cómo estás, *sister*? —me pregunta nada más descolgar.

—Bueno... —Intento hablar, pero las lágrimas, que se activan al escuchar la voz de mi hermano, me impiden articular palabra.

—Beth, tranquila... Si prefieres, te llamo en otro momento.

—No, Jan, de verdad. Sí, en realidad necesito hablar contigo. Es solo que... —digo tomando aire para que las palabras se abran paso en el llanto— esto está siendo duro. Aunque me sienta liberada, tengo una sensación extraña ahora mismo, como de vacío.

—Normal, Beth. Llevas una vida al lado de Jordi y es el padre de tus hijos; de mis maravillosos sobrinos —puntualiza—. ¿Habías planeado dejarlo este fin de semana?

—No, para nada... Me moría de pereza al pensar en irnos juntos a la Costa Brava, pero jamás pensé que allí tomaría la decisión de dejarlo. Imagino que la propia inercia me condujo a ello. No sé, simplemente surgió.

—Y ¿cómo reaccionó?

—Muy bien. Se portó como un señor y demostró una madurez ejemplar. Le dije que no podía seguir así, que estaba rota por dentro, y lo respetó. Cuando me preguntó si... —se me quiebra la voz. Trago saliva e intento empezar de nuevo—. Cuando me preguntó si me había perdido, se me partió el alma. Pero me salió de dentro. Jan, tú sabes más que nadie que no podía más. Así que, a pesar de lo doloroso que resulta todo esto, me siento bien.

—Eres muy valiente, Beth. ¿Qué te parece si te invito a comer al mediodía y me cuentas todo en persona?

—¡Encantada! Necesito estar contigo, Jan. Además, hoy tengo que despedir a una persona de mi equipo y ahora mismo tengo una reunión con mi jefa para que me diga a quién. ¡Imagínate el panorama!

—¡Buff! Lo siento, Beth. En fin, luego me lo cuentas. ¡Mucho ánimo!

—Gracias, Jan. ¿Nos vemos a las dos?

—Hecho.

—Un beso y te veo de aquí a un rato.

Al colgar leo un mensaje de Mikel en la pantalla del iPhone que probablemente he recibido mientras hablaba con Jan: «¿Cómo ha ido el fin de semana? ¿Estás bien? Tengo ganas de verte. Ya me dirás si puedes quedar esta semana. Beso». Ahora mismo no tengo ganas de responderle. Ya veremos si más adelante.

Al cabo de dos horas, y tras reunirme con Carmen, cito a Alba en mi despacho, que permanece expectante al desconocer el motivo que nos reúne.

—Buenos días, Alba.

—Hola, Beth —me devuelve el saludo algo desconfiada.

—¿Cómo ha ido el fin de semana? —pregunto para destensar el ambiente.

—Muy bien. Estuvimos con los niños de excursión el sábado, y ayer, día de relax.

—Buen plan —respondo con palabras insulsas antes de anunciarle las malas noticias—. Alba, como bien sabes, la crisis económica que se está viviendo en el mundo está barriendo todo a su paso y se está ensañando con este país. Desafortunadamente, nuestra compañía se ha visto seriamente afectada y el Comité ha tenido que tomar una terrible decisión, y es la de reducir el diez por ciento de la plantilla. —Hago una breve pausa para darle tiempo a procesar la noticia—. En nuestro departamento, concretamente, tenemos que prescindir de una persona y, muy a mi pesar, esa persona eres tú —concluyo, mientras la miro fijamente y dejo unos segundos de silencio en los que observo su absoluto desconcierto.

—¿Yo? Pero... ¿por qué? —pregunta balbuceante.

—Alba, quiero que sepas que esta decisión nada tiene que ver con tu valía profesional y no sabes cuánto lo siento. Eres una excelente trabajadora y sé que has puesto toda la carne en el asador en los años que llevamos colaborando. Has tenido un rendimiento intachable y has mostrado un compromiso e iniciativa admirables.

—Gracias, Beth, pero ahora mismo esto no me sirve de nada... En unas horas seré una más entre los millones de parados de este país —responde tajante.

—Lo sé. Trato de ponerme en tu lugar e imagino lo difícil que tiene que ser vivir una situación así, y más aún sabiendo que eres una buena profesional. Pero, desgraciadamente, la realidad nos ha obligado a tomar esta injusta decisión.

—No sé qué decir... No contaba con esto para nada.

—Yo tampoco, Alba, pero voy a intentar ayudarte en la medida de lo posible. Si quieres referencias, me comprometo a darlas, ya sea de forma oral o escrita. Y déjame también una copia de tu currículum. Quizás alguna de las empresas con las que colaboramos pueda precisar de un perfil como el tuyo. Insisto, Alba, creo firmemente que eres una fantástica profesional.

—Te lo agradezco, Beth, aunque ahora mismo para mí esto no son más que palabras vacías. Necesito tiempo para digerir este jarro de agua fría.

La conversación me produce una gran desazón. Qué decisión tan injusta y terrible. No acierto a imaginarme qué duro debe de ser recibir un mazazo de este calibre, y más siendo madre de dos hijos. Le doy el día libre para que asimile este duro golpe y no tardo en reunir al resto del equipo para anunciarles su despido y las razones que han motivado tal decisión. Todos se han llevado un disgusto enorme y, aunque no se hayan atrevido a comentarlo, sé que están rabiosos con la compañía y probablemente conmigo. No cabe duda de que durante los próximos meses tengo que ganarme su ahora menoscabada confianza.

Con una extraña mezcla de pesadumbre y paz interior, salgo de la oficina en dirección al restaurante. Además de ganas, tengo una enorme necesidad de ver a mi hermano y ponerle al día de los últimos capítulos de mi vida. Me recibe con uno de sus mágicos abrazos. No sé en qué parte de ellos reside su poder, pero tan pronto recibo uno me siento bien.

—¿Cómo estás? —pregunta acariciando una de mis mejillas.

—Dímelo tú. Acabo de despedir a Alba, he dejado a mi equipo de piedra, me separo de mi marido y tengo un amante al que quiero dejar. ¿Cómo lo ves? —Suelto una carcajada nerviosa.

—Pues, esto... ¡Ja, ja, ja! —ríe también—. Ya veo que vas a lo grande.

—En serio, Jan. Estoy hecha una mierda. Me siento fatal.

Lo del despido de Alba me ha dejado muy mal cuerpo. No se lo merecía. Es una profesional como la copa de un pino, y lo peor de todo es que tiene dos hijos y el dinero no le sobra. Imagínate qué papeleta me ha tocado.

—¡Joder!

—La empresa la ha indemnizado por encima de lo que obliga la ley en estos casos, pero me gustaría ayudarla de alguna manera. Me he ofrecido a dar referencias suyas y le he pedido su currículum. Te lo paso mañana. Échale un vistazo y mira a ver si puede encajar en tu empresa. Por supuesto que sin compromiso.

—Claro, *sister*.

Empezamos a comer una sopa de tofu y una ensalada de algas, que nos sirve el camarero.

—Cuéntame lo de Jordi —me pide Jan.

—Bueno, tal y como te avanzaba esta mañana, vamos a darnos un tiempo. Ahora mismo no puedo seguir con él. Necesito tiempo para mí y para reflexionar en soledad. Con el tiempo ya veremos qué sucede.

—Creo que es lo mejor que podías hacer, Beth. Has tomado una sabia decisión. Te he visto sufrir mucho, y creo que este paso te ayudará a crecer y a aclarar qué quieres hacer con tu vida.

—Eso espero. Te lo contaré de aquí a un tiempo...

—Te quedas con los niños, entiendo.

—Hombre, no lo hemos hablado, pero está claro que sí... Por mucho que quisiera, él no podría hacerse cargo por una cuestión de tiempo y yo no concibo mi vida sin ellos. Eso sí, habría que buscar una fórmula que nos beneficie a ambos.

—¿Haréis papeles?

—¡Buff!... Creo que es pronto para eso todavía. Hablo por mí, pero intuyo que Jordi opina igual.

—Y vivirás en vuestra casa.

—Pues no lo sé, Jan. Fíjate que este tema no lo tengo claro. La casa está llena de recuerdos y no me resultaría nada fácil recomponer mi vida en ella.

—¿Cogerías a los niños y buscarías un nuevo lugar en el que vivir? —pregunta Jan, sorprendido.

—Ahora mismo no lo sé, pero podría ser...

—Eres una jabata, Beth. Sabía que tenía una hermana fuerte y echada para adelante, pero esto que me acabas de decir es digno de admiración.

—Gracias —sonrío—. Pero no te precipites que aún no tengo nada decidido.

—¡Un momento! —exclama eufórico, consiguiendo que del susto salte de mi silla—. Se me acaba de ocurrir algo.

—¿Qué? —pregunto expectante.

—Si mal no recuerdo, el piso ubicado justo encima del nuestro está en alquiler —avanza sin perder detalle de mi reacción—. Sé que es idéntico al nuestro, porque me lo ha dicho su propietario, que es el dueño de toda la finca. Está completamente renovado, tiene tres habitaciones, dos baños... Vaya, perfecto para vosotros tres. El precio son 1.300 euros, que, con los 2.500 euros del local que acabamos de alquilar, te lo podrías permitir. ¿Qué te parece? —pregunta exultante.

—Pues... Me has pillado un poco descolocada, pero me parece que... —comienzan a brotarme lágrimas de emoción— que tengo una lotería de hermano y que vivir encima vuestro sería lo mejor que me puede ocurrir en estos momentos. A mí y a Laia y a Marc, claro. —Sonrío al imaginarlos bajando las escaleras para visitar a sus adorados tíos.

—Antes de cantar victoria voy a llamar a ver qué me dicen —comenta, mientras se aleja de la mesa y me deja con la comida en la boca.

Regresa al cabo de escasos cinco minutos.

—Ya está arreglado. Sigue en alquiler y esta tarde iremos a verlo.

—Espera, Jan... Esto es demasiado precipitado.

—¿Precipitado? Beth, sería un error no hacerlo. No tienes nada que perder. Si no te convence, contemplas otras opciones y punto.

—Jan, aún no he hablado con Jordi...

—Déjate de historias. Ya lo harás. El piso es perfecto, y si no nos movemos rápido, nos lo quitarán de las manos... Y ahí sí lloraremos.

—¡Ja, ja, ja! Eres tremendo, Jan. ¿A qué hora vamos a verlo?

—A las cuatro.

—Vale, pues me voy volando a la oficina. No puedo ir a ver ese piso sin antes acabar algunas cosas. Te veo allí.

—Perfecto.

Me presento como un clavo a la visita del piso, que está a diez minutos a pie de la oficina. Me encanta. Es mucho más de lo que puedo pedir, y tener a Jan y a Gerard como vecinos no tiene precio. A pesar de sus complicadas agendas y sus continuos viajes, sé que me sentiré muy arropada estando tan cerca de ellos. Comienzo a visualizar mi nueva vida en él. Una vida que promete.

Mikel intenta ponerse en contacto otra vez con una llamada a la que tampoco contesto. Aprovecho un rato en el que los niños se entretienen con juegos en el parque para enviarle un mensaje y explicarle brevemente los últimos acontecimientos: «Mikel, te debo una charla. Jordi y yo nos vamos a dar un tiempo. Ahora mismo estoy descolocada y necesito algo de tiempo. Cuando me reubique te contacto. Un beso».

Cuando los niños y yo entramos en casa, Jordi ya ha llegado. Ahora que sabemos que el próximo paso será separarnos y despedir esta etapa de convivencia juntos, la relación se ha vuelto mucho más amable. Se me remueven las entrañas de tener que afrontar la charla que tenemos pendiente, pero siento una necesidad imperiosa de dar pasos adelante, y hacerlo será un enorme descanso. Decidida, me aproximo a la cocina, a sabiendas de que lo que ocurra en la próxima conversación determinará mi futuro y el de mis hijos. Cojo aire.

—Jordi, ¿te parece que hablemos? Sé que no es lo que más nos apetece, pero antes o después tendremos que decidir cuáles serán los próximos pasos.

—¡Buff! Me pongo malo de solo pensarlo, pero sí, creo que es lo mejor para los dos —responde con la vista posada en el suelo—. Quedarnos así no nos conduce a nada, pero si no te importa, empieza tú porque yo no sé por dónde hacerlo.

—Bueno... no sé, Jordi, a mí por encima de todo me gustaría que esto fuera civilizado y que los niños sufran lo menos posible —avanzo a punto de volver a echarme a llorar—. Joder, vaya semanita de lágrimas llevo —digo llevándome las manos a la cara.

Jordi se acerca y me abraza.

—Estoy totalmente de acuerdo en que los niños son lo primero —dice infundiéndome tranquilidad—. ¿Qué propones?

—Pues mira, he estado dándole vueltas al asunto y, francamente, no creo que pueda quedarme en esta casa. Significa demasiado para mí, porque está llena de recuerdos y ahora mismo necesito oxigenarme. Creo que lo mejor será que los niños y yo nos vayamos a otro lugar.

—¿Vosotros fuera? ¿Estás segura? —pregunta sorprendido—. Daba por sentado que sería yo quien tendría que abandonar el hogar. De hecho, me había planteado coger algo que estuviera cerca de la consulta y bien conectado con el hospital.

—Te lo agradezco, Jordi, pero, como te decía, creo que lo mejor será buscarme un nuevo espacio.

—Me has pillado tan descolocado que no sé qué decirte...

—Ahora mismo hay un piso en alquiler en el edificio de Jan y Gerard, con tres habitaciones y espacio suficiente. De las opciones que barajo es la que más me convence porque contaría con el apoyo de ellos y creo que me puede ayudar mucho.

—Qué buena idea. Para serte sincero, no se me ocurre nada mejor. A la vista está que los niños se vuelven locos con sus tíos y para ti será un gran apoyo tener a Jan y a Gerard tan cerca. Yo no sé dónde estaré, pero la opción es igualmente válida porque también estaréis cerca de mi trabajo.

Visiblemente emocionado, hace una breve pausa. Le tomo de la mano y rompemos a llorar. Tras un rato callados, rompo el silencio para continuar.

—Jordi, sé que ahora es terrible afrontar esto, pero cuanto antes lo hagamos, mejor. ¿Te parece que hagamos el traslado la próxima semana? Me cogeré unos días libres que emplearé en hacer la mudanza.

—Sí, Beth, yo también creo que será lo mejor.

—Gracias, Jordi, eres un sol.

—¿Sabes que puedes contar conmigo para lo que necesites, verdad?

—Lo sé, pero te agradezco que me lo recuerdes —sonrío.

—Y ¿cuándo hablamos con los niños?

—Ummh... Déjame que cierre primero el tema de la casa y decidimos cómo y cuándo hacerlo. ¿Te parece?

—Perfecto.

Decidimos dejar los papeles para más adelante. Es demasiado precipitado para ambos y no estamos preparados para firmar una ruptura definitiva. El tiempo ayudará a poner las cosas en su sitio.

Jordi se queda en el salón viendo la tele y yo me voy a la

cama, satisfecha y con la conciencia en paz. Nunca hubiera imaginado que Jordi allanaría tanto el proceso, por lo que le estoy profundamente agradecida. A pesar de lo abatida que me encuentro por lo que he vivido durante los últimos días, tengo el presentimiento de que la luz del sol no tardará en llegar. Me siento fuerte. En poco tiempo volveré a ser Beth. Esa Beth que fui y que sigo siendo.

El próximo paso será una conversación con Mikel para llenar de luz la habitación oscura de la que ya tengo un pie fuera.

25

Mi separación ya es una realidad. Acabo de depositar la fianza y la mensualidad del piso en la agencia inmobiliaria que gestiona su alquiler y, con ello, consumo la decisión de dar un giro definitivo a mi vida. Una decisión inexorable que no sé hacia dónde me conducirá, pero confío en que hacia algo bueno. Mentiría si dijera que no me siento algo perdida ahora mismo, pero imagino que es parte del proceso. Lo cierto es que en estos últimos meses he recuperado gran parte de la confianza en mí y, si bien la separación ha sido un duro golpe, en el fondo no me encuentro mal; quizás porque comienzo a divisar la luz al final del túnel. Tras una tormenta sin piedad, el cielo, por fin, comienza a despejarse.

Me angustia pensar cómo pueden encajar los niños la separación y el impacto que puede tener la nueva situación en ellos, pero sigo las directrices de mi propio sentido común: lo que es bueno para nosotros, también lo es para ellos. Desde luego, entre las posibilidades que existían creo que hemos apostado por la que más favorece a Laia y a Marc. No solo porque vamos a vivir al lado de Jan y Gerard, sino porque ayer Jordi me comunicó su deseo de permanecer en la que ha sido nuestra casa hasta ahora, decisión que creo facilitará el proceso de adaptación de los niños. Podrán volver todas las veces que deseen al hogar en el que han crecido.

Entro en una cafetería y me pido un café con leche caliente. Mi mirada se pierde observando a los transeúntes, mientras fantaseo con mi nueva vida y los proyectos que esta me puede traer. Estoy ilusionada. Llamo a Jan y a Jordi para hacerles saber que ya he realizado las gestiones de alquiler y depósito del piso. El próximo paso será realizar la mudanza. Pensar en ella me da pereza, pero cuanto antes lo haga, mejor.

El ambiente de trabajo continúa enrarecido por el despido de Alba, así que voy capeando el temporal como puedo. La carga de trabajo nos ha aumentado a todos y siento que la hasta hace poco buena sintonía de trabajo está a punto de volar por los aires. Invito al equipo a comer fuera, convencida de que nos ayudará a limar asperezas y a compartir inquietudes.

Concluida la jornada laboral, emprendo el camino hacia el colegio sin dejar de pensar en todo lo que todavía tengo pendiente por hacer. Por respeto a los niños, esta misma tarde Jordi y yo deberíamos hablar con ellos. Bastante les descolocará el traslado de la próxima semana, como para anunciarles el mismo día que nos mudamos de casa. Me entristece saber que en cuestión de días abandonaré el que ha sido mi hogar durante tanto tiempo, pero sé que hacerlo me ayudará a crecer. Recular, definitivamente, no es una opción. En fin... Nada como tamizar las penas con buena música. Introduzco en el reproductor del coche el viejo CD de Creedence, que siempre me ayuda a ver las cosas bajo un prisma optimista.

Jordi llega a casa antes de la cena. Como si hubiera sido capaz de leerme el pensamiento, es él quien me propone hablar con los niños aprovechando que estamos los cuatro en casa. A excepción de una operación de apendicitis a la que sometieron a Laia cuando solo contaba con dos años de edad y que se complicó seriamente durante algunas semanas, creo que es el trago más duro que nos ha tocado afrontar desde que somos padres. Y Laia precisamente es quien más nos preocupa por una cuestión de edad; Marc aún es demasiado pequeño para entender qué está pasando.

—¿Cómo lo enfocamos? —pregunta Jordi.

—Creo que lo fundamental es explicarlo de forma natural y que vean que los dos estamos de acuerdo con la decisión.

—Me asusta la reacción de Laia. Marc todavía es muy pequeño para comprender el alcance de la decisión.

—A mí también, pero forma parte de lo que la separación implica y de nuestro papel como padres. De todas maneras, si transmitimos tranquilidad y seguridad, creo que todo será más fácil.

—Tienes razón, pero igualmente me resulta muy difícil.

—Te entiendo, Jordi; yo me siento igual. Lamentablemente, no existe ni un manual ni una fórmula mágica, así que lo haremos lo mejor que sabemos y echaremos mano del sentido común.

Nos acercamos al salón, donde ambos se entretienen con sus juguetes. Nos sentamos en el sofá y Laia no tarda en lanzarse a las rodillas de su padre, por quien siente adoración. Marc, que copia todo lo que hace su hermana, se abalanza como un torpedo hacia nosotros. Lo cojo en brazos y tomo la iniciativa.

—Hijos, papá y mamá os queremos explicar una cosa —digo sin que me presten demasiada atención—. Laia, Marc, sabéis que sois lo más importante del mundo para nosotros, ¿verdad? —digo en un nuevo intento, en un tono quizás demasiado solemne.

Esta vez consigo atraer la atención de Laia, que nos mira

con los ojos como platos. Marc, tal y como habíamos supuesto, continúa a lo suyo.

—Papá y mamá hemos decidido estar un tiempo separados.

—¿Por qué? —pregunta Laia, incrédula y con ojos vidriosos.

—Para pensar y estar tranquilos —me apresuro antes de que Laia se eche a llorar.

—Cariño, Marc y tú estaréis con mamá y yo os iré a visitar cada semana, así que nos vamos a ver mucho —comenta Jordi en un tono cariñoso, mientras acaricia la cara de su pequeña—. Además, a partir de ahora tendréis dos casas. La nueva casa con mamá y esta casa con papá —añade, mientras Marc, completamente ajeno a lo que sucede, da volatines entre nosotros y ríe a carcajadas.

—Y ¿cuándo estaremos todos juntos? —pregunta de nuevo Laia.

Se hace un incómodo silencio. Jordi y yo nos miramos sin saber qué contestar.

—Eso todavía no lo sabemos. Pero hijos, papá irá a veros todas las semanas y estaréis con él siempre que queráis —digo intentando salir del paso.

—¡No me quiero ir de casa! —chilla Laia, con el ceño fruncido y los brazos cruzados.

Antes de que pueda decir algo, Jordi me mira y me presiona al brazo ligeramente dándome a entender que él se hace cargo de la situación.

—Mi amor —intenta consolarla—, te va a encantar tu nueva casa. ¿Sabes que vais a estar al lado de los tíos Jan y Gerard y que Marc y tú vais a poder jugar un montón con ellos? —Esto último parece convencer a Laia, quien, tras permanecer un rato seria y en silencio, nos dedica una generosa sonrisa.

Todavía es pronto para ver cómo calará la decisión en los niños, pero por ahora todo parece estar en orden. Los acostamos, les contamos un cuento y cuando comprobamos que se han quedado dormidos, nos vamos al salón. Tras un rato de silencio y reflexión en el sofá, recibo un *whatsapp* de Ana: «¿Preparada para la barbacoa? Si quieres te paso a buscar y vamos juntas».

—¿Qué sucede? —me pregunta Jordi al verme pensativa.

—Nada, es Ana. Tengo una barbacoa este sábado con mis amigos de la universidad y la verdad es que con toda la movida de estos días se me había ido totalmente de la cabeza. Me propone ir juntas, pero ahora mismo no tengo el cuerpo para ver a nadie.

—Beth, yo creo que te puede ir bien. Además, el sábado me puedo quedar con los niños y organizar algo con ellos. Ahora que sé que no los voy a ver a diario quiero pasar el máximo tiempo con ellos. Lo necesito.

Las palabras de Jordi me sorprenden y me hacen recapacitar unos segundos.

—Quizás tengas razón. No sé, mañana llamaré a Ana. Ahora estoy demasiado cansada y no tengo energía para hablar con nadie.

Antes de acostarme preparo dos infusiones de poleo-menta. Le ofrezco a Jordi la suya, aprovechando que no pierde detalle de la última temporada de *Homeland*, su serie favorita, y me marcho a la habitación satisfecha de cómo hemos conducido la situación. Aún tenemos conversaciones pendientes, como el reparto de los muebles o las cuentas en común, pero hoy no es el día.

A punto de meterme en la cama, le envío un *whastapp* a Mikel para proponerle quedar mañana para tomar un café a las tres cerca de nuestros trabajos. Compruebo, por la inmediatez de su respuesta, que tenía ganas de saber de mí.

«Perfecto, guapa. Te veo mañana, entonces. Musu.» Apago la luz de la mesilla, cierro los ojos y sonrío.

Me levanto contenta y con un propósito claro en mente: acabar el episodio de Mikel de la mejor forma posible. De camino al trabajo, decido llamar a Ana. Quiero contarle lo de Jordi, aunque decido, una vez más, omitirle el capítulo con Mikel. Ya habrá tiempo para eso más adelante.

—¡Hola, Ana!

—¡Ey, Beth! ¿Qué tal?, ¿cómo estás? ¿Viste el mensaje que te envié anoche?

—Sí, Ana, perdona por no haberte respondido, pero, verás... Es que no sé por dónde empezar...

—¿Qué pasa, Beth? ¿Todo bien? —me pregunta inquieta.

—Sí, bueno, dentro de lo que cabe. ¿Recuerdas que me fui con Jordi a pasar el fin de semana a la Costa Brava?

—¡Claro!

—Pues como ya os dije en la fiesta de cumpleaños que me organizasteis, las cosas entre nosotros no marchaban bien desde hacía tiempo. Este fin de semana en pareja hemos hablado mucho sobre nuestra relación y hemos decidido darnos un tiempo. La semana que viene me voy a vivir con los niños a un piso de alquiler que está en el mismo edificio de Jan y Gerard.

—Me dejas de piedra, Beth. Lo siento mucho. Puedo imaginarme por lo que estás pasando... Y los niños ¿cómo están? ¿Se lo han tomado bien?

—Pues justo ayer cuando recibí tu *whatsapp* acabábamos de tener una conversación con ellos para explicarles nuestra decisión. Laia al principio parecía reticente e hizo varias preguntas, pero después lo encajó bien, sobre todo cuando su padre le contó que viviremos al lado de Jan y Gerard. Marc todavía es muy pequeño para entenderlo. Emocionalmente fue todo tan intenso que me quedé sin fuerzas para llamarte.

—No hace falta que me des explicaciones, Beth, porque entiendo lo que estás viviendo ahora mismo.

—¿Sabes, Ana? Durante todos estos días me he acordado mucho de la conversación que tuvimos en la cena de reencuentro con todos vosotros en el Velódromo. Me dijiste que tu separación fue una liberación para ti y que lo más duro lo habías vivido en tu relación. Siento que a mí me está pasando algo parecido.

—¡Qué memoria! Así es, Beth, y de ahí que no me cueste nada ponerme en tu lugar. Por cierto, ¿cómo es que no te quedas en tu casa y te mudas a otro espacio?

—Necesito empezar de nuevo y vivir en una nueva atmósfera. Creo que quedarme en la casa no me ayudaría; me traería demasiados recuerdos. Además, estar cerca de Jan y Gerard me da un buen rollo alucinante. Sé que voy a estar cuidada por ellos y que me van a apoyar a tope.

—Tu decisión es admirable, Beth. Además, ahora que lo pienso, estarás cerca del cole de tus hijos, ¿no?

—Sí, y del trabajo también. Supongo que ganaré en calidad de vida. No sé, Ana, a pesar de que todo va a la velocidad del rayo, creo que las cosas se están poniendo en su sitio poco a poco.

—Y ¿cómo lo lleváis Jordi y tú?

—Sorprendentemente bien. Su actitud me ha dejado perpleja, la verdad. Solo puedo hablar bien de él en el proceso de separación. Se está portando como un caballero y, al margen de nuestros problemas de pareja, estoy orgullosa de que sea el padre de mis hijos.

—Me alegro un montón, Beth. En cuanto a la barbacoa, ¿qué te parece si el sábado te paso a buscar, desayunamos y luego nos vamos juntas?

—De eso te quería hablar, Ana. Por una parte me apetece ir para estar contigo y ver a toda la cuadrilla, pero por otra, estoy especialmente sensible y no me gustaría ponerme a llorar a la mínima y ser una aguafiestas.

—Beth, yo voy a estar por ti. Además, en el grupo hay varios separados y, si decidieras explicarlo, vas a recibir el apoyo de todos. Cuando me separé, Oriol, Laura y Pol estuvieron muy pendientes de mí. Te diría que gracias a ellos remonté y salí adelante.

Tras unos segundos pensativa, respondo:

—Ummh... De acuerdo, me has convencido. Creo que me irá bien reírme y teneros a todos cerca.

—¡Bien! Lo dicho, entonces: te paso a buscar a las diez por casa. ¿Te parece?

—Genial, Ana. Te veo el sábado.

—Verás qué bien lo pasamos.

Sigo intentando mejorar el ambiente de trabajo a diario e intento volcarme en recuperar la motivación y confianza de mi equipo, puesto que nos necesitamos unos a otros para salir adelante y consolidar el trabajo que hemos estado haciendo durante el último año. Me llevará un tiempo, pero estoy convencida de que lo lograré.

Debido a la cantidad de proyectos aún pendientes y al reducido tiempo que disponemos para comer, encargo unas pizzas y varias coca-colas a la oficina e invito a los chicos a comerlas en una de las salas de reuniones. En un ambiente algo más distendido al de los últimos días, Teresa me pregunta si, tal y como señalan los rumores de pasillo, están previstos más despidos. Les digo lo que sé, es decir, que en principio no. Todo seguirá igual y, eso sí, nos tocará a todos trabajar duro para salir adelante. A tenor de sus caras, parece que mis explicaciones los ha convencido.

A las 14.45 me dirijo a la cafetería en la que he quedado

con Mikel. Antes de entrar en el local respiro profundamente para intentar infundirme fuerza. «Ánimo, Beth, es el paso que te queda para estar en paz contigo misma. Recuerda la habitación oscura a la que Virginia te acompañó. Tú puedes.» Abro la puerta y lo veo, sentado en una de las mesas del fondo, con un café y ojeando una revista. Creo que es irremediable; siempre que lo vea saltarán chispas, pero la decisión está tomada. Necesito hacerlo.

Me recibe con un caluroso abrazo.

—¿Cómo estás? —me pregunta buscando mi mirada con sus ojos.

—Buff... —resoplo a punto de echarme a llorar—. La verdad es que todo ha ido muy rápido... Durante este fin de semana, en que Jordi y yo nos hemos ido solos a la Costa Brava, nos hemos dado cuenta de que lo nuestro por ahora no puede continuar. Algo entre nosotros se había resquebrajado hacía tiempo y al final hemos decidido darnos un paréntesis.

—Y ¿cómo lo llevas? ¿Te encuentras bien?

—A ratos. No sé. Tengo bastantes altibajos. En ocasiones pienso que estoy en el camino correcto y eso me da bastantes ánimos, pero no te voy a negar que también hay momentos de tristeza y dolor. Sobre todo cuando pienso en los niños.

—Eres fuerte, Beth. Sé que saldrás adelante. Y ya sabes que si necesitas cualquier cosa, solo tienes que pedírmelo —me dice acariciándome la mejilla.

—Gracias, Mikel. Te lo agradezco de corazón —aseguro con una sonrisa sincera. Me quedo pensativa de nuevo, sin saber cómo abordar la charla con él.

—¿Todo bien? —pregunta.

—Es que no sé por dónde empezar, Mikel... —digo llevándome las manos a la cara.

—Dispara, Beth. Saca eso que llevas dentro —me anima.

—Verás, Mikel... Hace unas semanas pensaba que Jordi

era la causa de toda mi desdicha. —Trago saliva antes de continuar—. Ahora que nos vamos a tomar un tiempo me doy cuenta de que necesito estar sola y recuperar mi paz interior. Mikel... Me vuelves loca y creo que no vas a dejar de gustarme en la vida, pero no puedo seguir con esto. —Las lágrimas comienzan a deslizarse por mi rostro. Los dos nos quedamos en silencio y Mikel me rodea con sus brazos.

—¿Estás segura de que quieres hacer esto? Ahora que no tienes que rendirle cuentas a tu marido tendríamos más libertad para quedar, y los fines de semana que Jordi se quede con los niños podríamos escaparnos a hacer surf, a conocer nuevos restaurantes, a mis rodajes, a...

—Mikel, no sigas, de verdad. A mí también me encantaría hacer todo eso que dices, pero sé que a la larga no funcionaría. Tengo muchas posibilidades de engancharme sin remedio a ti y sé que, por tu naturaleza, a ti no se te dan bien las relaciones a largo plazo. Y lo que tengo clarísimo es que paso de que por ese motivo puedan surgir malos rollos en el futuro, porque ante todo te aprecio un montón y no te quiero perder como amigo.

—Pero amigo con derecho a roce, ¿verdad? —Con su característico sentido del humor me roba la primera carcajada del día—. Ahora en serio. Respeto tu decisión. Como yo también te aprecio y mucho, me vas a tener siempre que quieras y puedes contar con mi apoyo siempre que lo necesites. Soy el fan número uno del *team* Beth, así que si eso es lo que quieres y necesitas, no hay problema por mi parte.

Mikel vuelve a rodearme con sus brazos y me dejo abrigar por ellos.

—¿Te veo el sábado en la barbacoa? —pregunta al salir de la cafetería.

—Sí. No me veía con fuerzas de ir, pero Ana me ha convencido. ¡Ya la conoces! De hecho vamos a ir juntas.

—¡Qué bien! Me gustará verte divertirte entre todos nosotros.

—Lo intentaré —sonrío.

—Hasta el sábado. Por cierto, si te apetece puedes quedarte a dormir en mi casa después de la barbacoa. Piénsatelo. Te vendría bien quitarte las penas de encima.

—¡Ja, ja, ja, ja! Joder, Mikel, ¡lo tuyo no tiene remedio!

Los dos reímos con su salida durante un buen rato. Antes de marcharse se acerca y me besa en la mejilla. Toma el camino hacia su trabajo y lo veo alejarse entre los viandantes.

Siento una sensación de paz y sosiego. La luz, de pronto, se proyecta en todo a mi alrededor. Constato que ya es una realidad: acabo de salir de la habitación oscura.

26

—¿Cómo te ves en dos años?

—En dos años... —Beth permanece unos instantes pensativa—. Me veo con mis hijos, con mi hermano, mi cuñado y mis amigos cerca. En mi versión más aventurera y llena de energía.

—¿Cuáles son las cosas que has dejado en el camino hasta llegar al punto donde estás hoy?

—Pues entre otras el deporte, la constancia, las comidas sanas... Y te confieso que no me gusta haberlo hecho. —Beth se revuelve incómoda en su silla.

—Veo que quieres empezar a cuidarte en serio y que tu cuerpo te pide que lo mimes.

—Así es, Virginia. Necesito sentir mi cuerpo más ligero y estar más conectada con él.

—¿Cuáles son las cosas que has aprendido para llegar al punto donde estás hoy?

—Que es tan fundamental cuidar de las personas que son importantes en mi vida como de mí misma.

—¿De dónde sacas la energía?

—Ummh... Sentirme bien y cuidarme, sin duda, me aportan mucha energía.

—¿De qué te estás dando cuenta, Beth?

—De que en estos momentos de mi vida quiero cuidarme de verdad.

—Y ¿qué significa cuidarte?

—Pues... por ejemplo, conseguir que el deporte sea un hábito en mi vida.

—¿Cómo lo vas a conseguir?

—Buena pregunta, Virginia —responde dubitativa—. Veamos... La idea del gimnasio me aburre y me agobia. El running*, ahora no me apetece como antes... Además, lo he probado y no ha resultado. Llevo unos días barajando la posibilidad de apuntarme a* pilates *o yoga; creo que podría engancharme. Le preguntaré a Jan si conoce algún centro cerca del nuevo piso.*

—Y ¿con qué frecuencia te propones ir?

—Dos días por semana. Me gustaría más, pero no quiero comprometerme a algo que no tengo todas las garantías de poder cumplir.

—Genial, Beth. Ya estamos al final de nuestro viaje y estoy muy orgullosa de ti. ¿Te acuerdas del objetivo que nos marcamos al principio del viaje?

—Sí. Ser feliz.

—Y ¿cómo te sientes de feliz en estos momentos?

Beth sonríe.

—Me siento bien, Virginia. Sé que voy por el camino correcto y cada día me siento más feliz.

—¿Del cero al diez?

—Un seis.

—¿Recuerdas la historia del águila de la que te hablé, Beth?

—Sí. El águila no se atrevía a salir del gallinero. El guarda del bosque la invitaba a salir y a volar.

—Exacto. Imagina que tú eres ese águila ahora. Haciendo un paralelismo con la historia, ¿en qué momento te encuentras?

—Con todas las decisiones que he tomado últimamente, creo

que puedo decir que ya he salido del gallinero y que he realizado algún que otro vuelo, aunque aún regreso a la mano del guarda.

—Me da la sensación de que te falta algo para sentir que vuelas de verdad.

—Sí, exacto. No sé, necesito hacer algo con lo que sienta a la Beth aventurera al cien por cien.

—Y ¿qué te ayudaría a tener esta sensación?

—No sé... ¿Un viaje tal vez? —propone dubitativa.

—¿Cómo es ese viaje que significa el resurgir de la Beth más aventurera?

—Pues espera, necesito pensar. —Permanece un breve instante en silencio—. Sería un viaje apasionante con mucha naturaleza para desconectar de la urbe y, precisamente por ello, también con una parte espiritual. No sé, algo diferente y especial. —Su sonrisa evidencia la energía positiva que pensar en el viaje le provoca.

—¿Qué te parece si en los próximos días decides qué viaje te gustaría hacer? Es decir, adónde te irías y cuándo.

—¿Qué? —Traga saliva—. Virginia, ¡es un poco precipitado!

—Este puede ser tu reto para terminar tu otro viaje: nuestro viaje.

—¡Buff! De solo pensarlo me pongo histérica, pero al mismo tiempo me encanta la idea. ¡Venga, va, acepto el reto! —exclama con entusiasmo.

—Del cero al diez, ¿a cuánto crees que podría aumentar tu felicidad con el viaje?

—A un ocho, seguro.

—Perfecto. Hacemos una cosa, entonces: cuando tengas el destino pensado, me envías un whatsapp*.*

—Pensaba que me ibas a pedir que te enviara el billete de avión —dice entre carcajadas.

—Confío en ti, Beth, así que con un mensaje me sirve —le contesta Virginia con un guiño—. También quiero que me con-

firmes el centro al que te has apuntado y a qué actividad, ¿te parece?

—Sí. Me voy a cuidar con las comidas, mi cuerpo lo agradecerá. Creo que con esto mi felicidad iría en aumento hasta... ¿un nueve? El diez no me interesa porque ya sabes que la perfección para mí no existe.

—Fantástico. Ya empiezo a ver a la Beth aventurera.

—Gracias, Virginia.

—A ti.

Salgo del Turó Park con las piernas temblando de la emoción. La idea del viaje me apasiona, pero también me da vértigo con el plan de vida que llevo ahora mismo. No va a resultar fácil dejarlo todo y enchufar a los niños al cuidado de alguien durante varios días, aunque la energía que me genera pensar en el viaje y emprender la aventura en un nuevo país creo que puede con todo. ¡Hace una eternidad que no viajo y parece mentira, con lo mucho que lo hacía en mi época universitaria! Por aquel entonces el presupuesto era mínimo, pero el disfrute, máximo. La vida era de lo más intensa y ahora sé que estoy en el camino correcto para que vuelva a ser tan fascinante como entonces.

¿Dónde me voy? ¿Cuál sería el destino idóneo? Me refiero a aquel que reúna todos los ingredientes que busco. Me apetece un país con sol. Tendría que pensar en algún lugar que ofrezca buen clima en esta época y que sea exótico, diferente. Un *flash* de la cena de mi cumpleaños con Jan, Gerard y Ana atraviesa mi mente como un rayo y el destino se dibuja en un instante en mi cabeza: Perú. Llamo a Ana inmediatamente hecha un manojo de nervios:

—¡Ana, que sí! —chillo entusiasmada.

—Beth, que sí ¿qué? —pregunta perpleja.

—¡Tía, que nos vamos a Perú!

—¿Qué me dices? ¿En serio? ¿Tú y yo? ¿De verdad te apetece? ¡Qué fuerte! ¡No me lo puedo creer! ¡No dejas de sorprenderme!

—Sabía que te alegrarías.

—¡Y tanto! Oye, Beth, estoy en una reunión y ahora no puedo hablar. Te llamo en un rato, ¿vale?

—Tranquila, lo hablamos en el desayuno de mañana.

—Perfecto. ¡Menuda noticia! —dice exultante—. Voy a pensar en los detalles del viaje esta noche. ¡Qué emoción! ¡Me acabas de alegrar el día, la semana y, si te descuidas, hasta el mes!

—No quiero entretenerte, Ana. Te veo mañana.

Me siento viva. Feliz. Cuando Jan y Gerard hablaron del viaje a Perú era una posibilidad muy lejana, y ahora sé que está a la vuelta de la esquina. Me lo he prometido a mí misma y quiero hacerlo. Tan solo es cuestión de cerrar fechas y organizarme un poco en casa y en el trabajo y el viaje será una realidad. Confío en que Perú despierte mi parte aventurera de una vez por todas y suponga el punto de partida hacia mi nueva vida. Creo que sin el espaldarazo de Virginia nunca hubiera tomado esta decisión y estoy inmensamente agradecida de haberme puesto en manos de una profesional de su altura.

Creo que a Jan le va a hacer casi la misma ilusión que a mí saber que me voy a Perú, así que lo llamo para contárselo, pero me salta el contestador. Le dejo un mensaje: «Hoy he tenido mi última sesión de *coaching* con Virginia. Y apunta: como remate final me voy a Perú». Envío también un *whatsapp* a Virginia para hacerle saber, tal y como habíamos acordado, el destino elegido: «Me voy a Perú y casi seguro con Ana. Aún nos falta decidir cuándo». Me responde al segundo: «Un lugar maravilloso. Te encantará. Felicidades, Beth».

Parece que el ambiente de trabajo me sonríe de nuevo, como sin haberlo hablado todos hubiéramos hecho propósito de enmienda y firmado un pacto de buen rollo. Contagio al equipo con la energía que me da haber tomado la decisión de viajar a Perú o, en otras palabras, incorporar la aventura en mi vida. Así que la jornada de hoy se rige por la cohesión, el entusiasmo y la armonía, y algo me dice que esta será la tónica de trabajo a partir de ahora.

Me despierto con un chorro de energía impresionante. Creo que ahora mismo podría levantar un camión con mi dedo pulgar. Si pudiera, eliminaría las horas de sueño para limitarme a vivir. ¡Vivir, vivir y vivir! ¡Qué maravillosa sensación! Antes de que Jordi y los niños se despierten corro a la ducha, me visto con un jersey, unos *jeans* y las botas de flecos que gracias al uso que les estoy dando están mucho más bonitas que el día que las compré. Les dejo preparado el desayuno y, tan pronto se despiertan, me despido de todos con un beso. Me muero de ganas de hablar sobre los detalles de Perú durante el desayuno. En cuanto salgo de casa, Ana me espera en su coche. Nada más entrar y sin mediar palabra comenzamos a chillar como locas entre abrazos y carcajadas. Ponemos rumbo a una cafetería del centro, en la que pedimos un desayuno a base de zumo de naranja, café y tostadas. El viaje a Perú se merece un preámbulo digno. Ana no tarda en sacar el tema:

—¡Tía, no me lo puedo creer! —me comenta, mientras remueve su café.

—Yo tampoco, pero te aseguro que esto supera mis mejores sueños.

—Pero vamos a ver. Cuéntame bien lo de Perú. ¿Qué te ha pasado? ¿Cómo has tomado la decisión?

—Pues gracias al *coaching*, y hoy me atrevo a decirte que gracias a mí, también.

—No lo dudo, Beth —sonríe Ana—. Pero explícame bien lo del *coaching*. Últimamente lo escucho por todas partes, pero no tengo ni idea de qué significa.

—¡Ja, ja, ja! Tienes razón. Últimamente está en boca de todo el mundo. Pues mira, el *coaching* es un proceso en el que una persona que se llama *coach*, que viene a ser una especie de guía, te acompaña a lo largo de un proceso de crecimiento. En un viaje personal, vaya.

—¿Viaje personal? ¿A qué te refieres?

—A lo que tú quieras conseguir como cliente. Yo, por ejemplo, llevaba tiempo con la moral por los suelos. Necesitaba un cambio en mi vida, sentirme mejor, vaya, y no sabía por dónde empezar. Jan me aconsejó que probara con el *coaching*. Durante la primera sesión con Virginia, mi *coach*, me marqué el objetivo de ser más feliz, y todo el proceso lo hemos enfocado a conseguir esta meta.

—Qué interesante. Y ¿se pueden trabajar también temas profesionales?

—Claro. Tú puedes trabajar la parcela de tu vida que quieras, es decir, puedes marcarte una meta personal o profesional. Lo que pasa es que al final, como dice Virginia, lo acabas tocando todo, porque si mejoras tu vida profesional tiene un impacto en tu vida personal y viceversa.

—Pinta muy bien. Y ¿cuánto dura un proceso de *coaching*? ¿Varios años, como la psicoterapia?

—No. En el *coaching* fijas un número de sesiones al principio, y una vez finalizadas decides si realizar más o acabar el proceso. La decisión está en tus manos, si bien la idea es que no se dilate más allá de ocho o diez sesiones. Unos meses, vaya.

—Entonces —me pregunta Ana con mucha curiosidad—,

¿cómo te ha ayudado el *coaching* a tomar la decisión de ir a Perú?

—Por así decirlo, ha sido el resultado de un largo proceso. Ayer tuve la última sesión de *coaching* y salió el tema de cuidarme y de recuperar a esa Beth aventurera que conociste en la universidad, pero a la que hacía tiempo había abandonado. Virginia me retó a completar el proceso con un viaje. No sé cómo me vino a la mente nuestra cena con Jan y Gerard, pero me acordé de su experiencia en Perú y de que tú comentaste que te encantaría ir. De hecho me lo propusiste, pero en aquel momento la decisión me venía grande.

—Me apetece mogollón este viaje contigo, Beth.

—Y a mí. ¡Me parece lo más! Solo necesito organizarme bien el curro y con los niños. Para mí lo mejor sería hacerlo de aquí a uno o dos meses, cuando estemos completamente establecidos en el nuevo piso. ¿Te iría bien por esas fechas?

—Sí. Mayo me parece un buen mes. Además diría que es una época apropiada para ir allí. Si quieres, la próxima semana, que andaré algo más holgada de tiempo, me informo en profundidad sobre el viaje.

—Te lo agradezco. Con la mudanza y la aclimatación al nuevo hogar, creo que me esperan unas semanas algo intensas.

—Claro, Beth, cuenta con ello. Por cierto, ¿qué tal los niños?

—De momento bien. Ya veremos qué sucede más adelante. Sé que les da pena dejar de vivir en la que ha sido su casa hasta ahora, pero por otro lado les hace mucha ilusión tener a sus tíos como vecinos.

—Y Jordi, ¿cómo lo lleva?

—Según el día. Hay días que está triste y días que mejor. Supongo que, como yo, se está haciendo a la idea de que comienza una nueva etapa.

—Entiendo. Una cosa es tomar la decisión y otra es llevarla a cabo. Y ahora que estáis repartiendo y empaquetando cosas, imagino que Jordi se da cuenta de que esto va en serio y que no hay vuelta atrás.

—Exacto. Creo que a Jordi le va a resultar duro, y más en una casa que hasta ahora ha estado llena y que de la noche a la mañana quedará vacía.

—Ya. Y tú ¿cómo estás?

—Pues sobre todo tranquila y en paz conmigo misma. Para mí lo más importante son mis hijos, y como los veo bien y contentos, eso me da mucha fuerza para seguir adelante. Además os tengo a Jan y a ti, que, aunque no lo creas, en estos momentos me estáis ayudando a mantenerme en pie.

—Yo también estoy contenta de haberte recuperado, Beth —sonríe Ana.

—Cambiando de tercio, ¿cuánta gente seremos en la barbacoa?

—Creo que unos veinte. Vendrán algunos amigos del colegio de Oriol. ¿Te acuerdas de ellos?

—¿Los que conocimos en el carnaval de Sitges?

—Los mismos. No me acuerdo de los nombres, pero eran todos de atar en corto.

—¿Qué me dices de aquel que iba disfrazado de *drag queen*?

—¡Ja, ja, ja! ¡Menudo elemento! Recuerdo que llevaba una peluca rubia y unas tetas de plástico enormes.

—Sí, y a pesar de ello se le olvidó depilarse. Con esas medias transparentes que se plantó se le veían todos los pelos de las piernas. Un toque muy femenino, sin duda.

—¡Ja, ja, ja! ¡Es verdad! Bueno, bueno, ¡esto promete! Presiento que nos lo vamos a pasar en grande.

A la una y media llegamos a la barbacoa, que tiene lugar en casa de los padres de Oriol, a las afueras de Tarragona. Pronto visualizamos a todos al fondo del jardín charlando animadamente y preparando el fuego. Siento un hormigueo en el estómago, similar al que notaba cuando estaba a punto de empezar un examen. Enseguida salen a recibirnos entre besos y abrazos y comenzamos a calentar motores con un par de cervezas bien frescas que nos ofrece Oriol.

No tardo en ver a Mikel, que me ofrece una segunda cerveza haciendo gala de la mejor de sus sonrisas. Suspiro aliviada al ver lo bien que parece haber encajado mi decisión y comprobar que ni sus dotes de seducción ni su vis cómica lo han abandonado. A decir verdad, espero que eso nunca suceda, porque perdería su encanto y dejaría de ser quien es.

La jornada transcurre entre chorizos, costillas, chuletones y unas cuantas, muchas, cervezas. Con los amigos sin complejos de Oriol, que amenizan la comida con sus desternillantes chistes y alocadas anécdotas, las risas y el buen rollo están servidos.

Por unos instantes mi mente abandona mi cuerpo para sobrevolar la barbacoa y contemplar la escena como si de un satélite se tratara. Me observo con atención. Estoy flanqueada de esas personas a las que, a pesar de no haber visto durante muchos años, considero verdaderos amigos. Desprendo una contagiosa energía. Irradio plenitud. Merezco esta felicidad por la que tanto he luchado.

Epílogo

Querida Virginia,

Te escribo desde el lugar más hermoso que hayan visto mis ojos. Tras un durísimo *trekking* de cinco días y cuatro noches, hoy hemos amanecido en Machu Picchu. Tengo los pies llenos de heridas y el cuerpo vapuleado, pero te aseguro que el esfuerzo se ha visto recompensado con creces. Tal es la magia y belleza del lugar, que tengo ganas de llorar. Llorar de que exista un lugar así en el mundo y que haya tenido la inmensa fortuna de poder conocerlo.

Aprovecho para redactar estas líneas en mi cuaderno de viaje, ahora que Ana charla animadamente con la gente que hemos conocido estos días. Por ellos también puedo decir que ha merecido la pena este periplo por tierras latinoamericanas. ¡Qué gente tan encantadora!

Estoy feliz, Virginia, muy feliz, y me siento enormemente agradecida por todo lo que me has ayudado a lo largo de estos meses. Sé lo que me vas a contestar: que he llegado aquí sola y que tú solo me has acompañado en el proceso. ¿Me equivoco? Pues permíteme que te lleve un poco la contraria y que te diga que, sin ti, hoy yo no estaría aquí. Y sin Jan, claro está, que fue quien me condujo hasta ti.

La verdad es que no sé cómo me pude dejar tanto. Descuidarme de la manera en que lo hice. Desde la perspectiva de mi *yo* más aventurero, si ahora mismo echo la vista atrás, te juro que no me reconozco. Pero ¿sabes qué? No borraría ese desastroso punto de partida ni lo mal que lo pasé, porque sin ello estoy segura de que no hubiera habido semejante transformación. Recuerdo perfectamente aquella conversación con Mikel en la que me dijo que no borraría los malos momentos de su vida porque lo han ayudado a crecer, y siento que es así. La tristeza y la apatía me alertaron de que las cosas no marchaban bien y esa fue la clave para iniciar, junto a tu inestimable ayuda, este brutal proceso de crecimiento. Por resumirlo de alguna manera, lo malo me ha empujado a algo bueno. Sabes a lo que me refiero, ¿verdad?

No descartes que nos volvamos a ver, Virginia. No por que esté mal (aunque no esté libre de volver a estarlo algún día), sino porque he visto que el *coaching* me ha servido para mejorar y aprender. Y no quiero renunciar a superarme y a reinventarme. Y contigo de la mano, el viaje me resulta infinitamente más llevadero.

Con (mucho) cariño,

BETH

Testimonios de experiencias reales del *coaching*

En un momento muy difícil de mi vida, el *coaching* me ha dado una idea clara de las cosas por las que luchar y cómo sentirme bien consiguiéndolas. Esta positividad, utilizada como motor, me ha permitido sentirme lleno y con fuerzas para seguir creciendo y disfrutando de un modo distinto ante retos complejos y exigentes.

FERRAN CARRERAS BOIX
Responsable Marketing Internacional
Simon

Vivimos tiempos en los que estar preparado, aportar todo tu conocimiento, ilusión y ganas al trabajo no es suficiente para obtener buenos resultados y, por lo tanto, satisfacción con aquello que realizamos, y esto a veces nos genera frustración, que nos afecta tanto en el ámbito profesional como personal. El *coaching* me ha ayudado a canalizar este sentimiento y transformarlo en algo positivo. Me ha permitido valorar las muchas cosas a mi alrededor por las que felicitarme y darme cuenta de que depende de mí aprovecharlas y hacer de cada día algo diferente.

Francesc Llamas Asensi
Director Industrial
Simon Lighting

Preguntar a un ingeniero «¿qué ha sido el *coaching* para ti?» es desafiante. Los técnicos formamos el colectivo más escéptico ante este tipo de formaciones no convencionales, ya que no cumple ninguna ecuación y navega en el mundo de las emociones, donde los seres 99,9% racionales nos sentimos como en arenas movedizas. Pues el *coaching* ha abierto una puerta a querer reconocer mis emociones, mis miedos, a afrontarlos y a encontrar maneras para gestionarlos. En lugar de querer hacer todo predecible y cuadriculado he aprendido a manejar la incertidumbre, básico en los tiempos que corren, y a no sentirme incómoda con ella.

Y lo he aplicado al día a día de los proyectos: lo difícil no es la gestión técnica, lo difícil es gestionar a las personas, y más en las organizaciones matriciales donde no existe el poder de la jerarquía.

Gracias, Ana y Ainhoa, por acompañarme en tan excitante travesía.

Beatriz González Ferret
Europe Regional Project Manager
FMC Corporate Engineering Services

Vivir no consiste en ser consciente de que el tiempo pasa, lo cual ocurrirá en cualquier caso, sino en asumir la responsabilidad de lo que sucede mientras pasa el tiempo.

Mi proceso de *coaching* me ayudó a asumir plena y conscientemente este reto y a disfrutar del camino para llegar a donde yo quiero.

DR. ALEXIS PEY
Director
Swissi Instituto Suizo de Seguridad

El *coaching* ha significado para mí una verdadera revolución interior que me ha llevado a conocer quién soy y qué quiero. ¡Nunca antes había aprendido tantas cosas tan vitales en tan poco tiempo! Sin recetas ni fórmulas, solo con la experiencia del autoconocimiento a través de la toma de consciencia de los pensamientos y las emociones. Solo aprendemos de aquello que vivimos de cerca, y ¿qué hay más cercano que nuestro propio corazón? Cuando dedicas tiempo a escuchar tu corazón de la mano de tu *coach* (¡mi *supercoach* Ainhoa!), llegas a tu esencia como persona, y una vez descubierta tu esencia, esta ya no se puede volver a esconder. Y es entonces cuando quedan atrás la culpa, el miedo y la autoexigencia y aparece esa nueva persona más sabia, estable y sin límites.

JOAN FEIXAS BOADA
Ingeniero Industrial

Es un viaje hacia el interior que permite la observación y el reconocimiento de uno mismo; la identificación de nuestras limitaciones y barreras creadas con el paso del tiempo; la toma de consciencia del impacto que tenemos en los demás; el crecimiento y la superación constante. Un viaje de introspección personal de gran valor.

G. B.
Departamento Tax&Legal Services
Multinacional del sector de consultoría

Dijo el poeta que «al echar la vista atrás se ve la senda que nunca se ha de volver a pisar». Mirar atrás desde la consciencia te ofrece la experiencia, te hace mirar hacia el interior, y lo más importante: te deja contemplar el paisaje que te envuelve y del que formas parte. Luego continúas el camino con confianza y sabiendo que, por donde te lleve, pasarás siendo la persona que quieres ser.

L. S.
Departamento RRHH
Multinacional del sector farmacéutico

Los últimos cuatro años de mi vida se han caracterizado por la profundidad y rapidez con las que hemos evolucionado mi entorno y yo. Al inicio de este período, los constantes cambios a los que me enfrentaba precisaban un alto grado de estabilidad física y mental, para los cuales no estaba preparado. Ese fue el momento en el que entré en contacto por primera vez con el *coaching*, a través de una excelente profesional. Ana, mi *coach*, consiguió que me conociera a mí mismo de una forma que jamás antes me había planteado. Este nuevo enfoque me ha permitido afrontar muchos retos y situaciones con éxito, de manera que, a día de hoy, puedo estar orgulloso de manifestar que disfruto de una vida plena tanto a nivel personal como profesional.

JUAN A. NÚÑEZ MOLINA
Consultor de Estrategia y Operaciones

ESTA EDICIÓN DE «MI VIDA LEJOS DE MÍ»,
DE ANA GUIU, AINHOA BERGANZA
Y EIDER MADARIAGA, SE ACABÓ DE IMPRIMIR
EN PAMPLONA EN EL MES DE MARZO
DEL AÑO 2013

Recursos Humanos